전생자

전생자 13

초판 1쇄 인쇄 2019년 6월 11일
초판 1쇄 발행 2019년 6월 25일

지은이 나민채
발행인 오영배
편집 편집부
일러스트 eunae
본문편집 오정인
제작 조하늬

펴낸곳 (주)삼양출판사 · 드림북스
주소 서울시 강북구 도봉로 173
대표 전화 02-980-2112 **팩스** 02-983-0660
편집부 전화 02-987-9393 **팩스** 02-980-2115
블로그 blog.naver.com/dreambookss
출판등록 1999년 3월 11일 제9-00046호

© 나민채, 2019

ISBN 979-11-283-9632-8 (04810) / 979-11-283-9410-2 (세트)

드림북스는 (주)삼양출판사의 판타지 · 무협 문학 브랜드입니다.

ORIGINAL FANTASY STORY & ADVENTURE

나민채 판타지 장편소설

13

천생자

dream
books
드림북스

목차

Chapter 1.

특성 탐험자에는 세 가지 효과가 있다.

첫째로 시스템에 깃든 비밀을 들려주고, 둘째로 던전 포인트를 확장시켜 주며, 셋째로 게이트가 열릴 시 사전에 예고해 준다.

[최종장에 진입 하였습니다.]

그 메시지가 뜬 이후로 피터가 하늘만 노려보고 있던 까닭은 세 번째 효과 때문이었다.

하늘은 침묵뿐이다. 하지만 금방이라도 무슨 일이 터질

것만 같은 침묵이기에 긴장의 끈을 놓을 수가 없었다.

그때 꽤 지친 표정의 여자가 다가왔다. 데보라였다.

"피터."

오딘의 벼락이 무슨 공능을 일으켰던 것은 아니었을까.

유독 달빛이 강한 밤이었다.

데보라의 단단한 육체가 더욱 도드라져 있었다. 다만 생기가 넘치는 것은 그녀의 육체뿐이지, 정작 눈동자는 죽음보다 말라 있었다.

그녀는 오딘에게 하루아침에 다 빼앗겼다.

병력도. 남자도.

"아직. 게이트 하나 뜬다는 것 없이 조용하기만 해."

피터가 말했다.

"모른 척하지 마."

피터는 데보라의 대꾸가 이전같이 서늘하게 들리지 않았다.

세상이 바뀌었지 않은가.

자신과 데보라 벨루치의 세상은 바깥 세계의 지배자가, 여기에서도 절대자로 도래하기 전이었던 2막 5장까지였다.

피터는 데보라가 온 목적을 깨닫고는 담담하게 대답했다.

"내가 했던 말은 모두 사실이다. 데보라. 이를 의심할수록 너만 곤란한 처지가 될걸. 여기서든 돌아간 바깥에서든."

"나는 변절자를 살려 둔 법이 없었어. 그게 너라도 변함없어."

"너는 그걸 변절이라 부르나."

"가장 중요한 걸 숨겨 왔잖아. 오딘을."

데보라는 그 이름을 직접 입에 담은 순간, 이름의 주인이 보여 주었던 벼락이 제 정수리로 떨어지는 듯한 느낌마저 일었다.

그만큼이나 오딘의 등장과 존재는 지금까지도 충격적이었다.

"나라고 다 아는 게 아니다. 그분께서도 진입하셨을 줄은. 진즉 알았대도 대응할 수 있는 방법이 없었을 거다. 그리고 변절이라니. 대개 이런 행동을 순응이라 부르지 않나?"

데보라는 피터를 응시했다. 피터는 이렇게 나약한 자가 아니었다.

누구보다 과감하고 말의 힘을 이용할 줄 아는 자였다. 내부의 불만을 이용하여 자신이 실현하고자 하는 바를 어떻게든 이루고 마는 자였다.

그렇게 선동에 능하면서 멘탈은 또 어떻던가. 이왕 독을 마셔야 한다면 잔까지 삼켜야 한다는 정신으로 무장되어 있었다.

그랬던 자가 안주해 버린 패배자들처럼 굴고 있었다. 아무것도 해 보지 않고, 그의 말마따나 순응해 버린 것이었다.

"정말 이게 끝이라고? 네가 시작했었어. 네가."

데보라는 믿기지 않는다는 듯이 중얼거렸다.

자신의 가슴에 불을 질러 놓은 게 피터였다. 그런데 이제 와서 혼자 꽁무니를 빼다니.

피터는 6진영이었던 조나단 투자 금융 그룹을 합병하고, 조슈아 폰 카르얀을 제거하는 데 성공한다면.

그러면 그것이 불가능한 일이 아니라고 말했던 장본인이었다.

세계 정복, 그것 말이다.

그때 피터가 체념과도 비슷한 웃음을 머금고야 말았다.

"아직도 그 이야기냐."

역사를 통틀어 봤을 때.

엘리트 지배 계층에 의한 권력 남용은 언제나 있어 왔었다.

그것이 세계화 시대에 돌입하며 정점을 찍었다. 빌더버그 클럽이 만들어졌다. 다국적 비밀 결사. 전 세계가 소수의 엘리트들에 의해 통치되는 시스템이 갖춰진 것이었다.

삼각 위원회, 로마 클럽, 원탁 회의 등. 세계적으로 많은 네트워크가 구성되어 있지만.

그것들은 빌더버그 클럽에서 파생된 것으로, 종국에는 빌더버그 클럽이 핵심적인 교점이자 세계 정부의 중추였다.

그들이 세운 질서는 영원히 깨지지 않을 철옹성이었다.

그랬던 빌더버그 클럽이 한국인 청년 한 명에 의해 깨져 버리는 희대의 사건이 발생했다.

클럽의 주인이었던 명가들은 역사의 뒤안길로 사라지거나 한국인 청년의 가랑이 사이를 기어야만 간신히 자리를 보존할 수 있었다.

빌더버그 클럽은 앞서 말한 바, 세계 그림자 정부라는 공동의 목적을 이루기 위해 만들어진 결사(結社) 조직이다.

그러나 한국인 청년이 후신으로 세운 전일 클럽은 오로지 그만을 위한 친위대의 성격이 짙었다.

빌더버그 클럽에서처럼 논쟁과 화합의 과정은 없었다.

큰 지시는 그의 입을 통해서만 나왔다.

그가 지시를 내리면 끝이었다. 그의 입에서 나온 말로 전 세계의 운명이 좌우되었다.

각성하지 않았더라도 본연의 지배력만으로 각성자 세계에 크게 개입할 수 있었을 텐데, 최고의 무력까지 거머쥐었다.

그가 드골이라는 한 진영의 리더를 어떻게 제거했는지 봤는가?

그의 황금 갑옷은? 그의 뇌신 창은?

그것이 땅을 찍었을 때 천공 끝까지 치솟아 올랐던 벼락 줄기들은?

또한 여기에서도 그의 양옆에 포진하고 있는 조나단 헌터와 조슈아 폰 카르얀은?

그는 최초로 세계를 통일한 정복자이기 전에 인류가 탄생한 이래로 가장 강력한 지배자였다.

한국인 각성자들의 말마따나 그는, 아니 그분은 신격을 갖췄다.

피터는 그걸 깨달았을 때 새로운 야욕이 꿈틀거렸다.

이미 전일 클럽의 일원인 데다가 각성자 세계에서도 소수의 엘리트에 속한 자신이니, 그분께서는 자신을 크게 중용할 것이다.

어차피 민주주의는 정치 제도의 하나일 뿐이다. 대중들에게 권력이 있다고 착각하게 만들어 왔던 것도 클럽의 오래된 일.

진실은 일인에게 제정(帝政)시대를 능가하는 지배력이 쏠려 있는 데 있었다.

그러니 그림자 정부로 족하지 않고 실제로 물리적인 통

일을 도모할 수도 있지 않을까?

그렇게 탄생할 신세계는 연방 따위가 아니다. 제국이다.

진짜 제국.

그리고 제국의 영토가 넓으면 넓을수록, 그 땅을 대신 통치할 왕들을 필요로 할 수밖에 없는 법이다.

그분과 나란히 앉았던 자들과 동등한 영토는 바라지도 않는다.

멕시코 정도라도. 얼마든지.

"무슨 속셈이지?"

데보라의 일침이 피터의 귓가를 파고들었다.

"돌아간다면……."

피터는 그때도 담담하게 말을 이었다.

"그분을 황제로 추대할 것이다. 그땐 너도 뜻을 함께하길 바란다. 같이할 텐가?"

피터는 보는 눈도 듣는 귀도 없지만, 소리를 죽였다.

*　　　*　　　*

스스로를 왕이라 높였던 리더들을 여럿 마주쳤었다. 꼭 왕이라는 칭호를 쓰지 않아도 통치 수단은 대개 비슷했다.

데보라 자신도 그랬다.

그러나 여기가 무법지대라서 가능한 일이지 바깥은 아니다.

피터는 그런 당연한 진리를 모를 인사가 아니었다. 그 반대다. 바깥에서 가졌던 신분만 따지고 본다면 그는 모든 각성자들 중에서도 손에 꼽는 유식한 자라 할 수 있었다.

데보라는 출진 전에 피터가 했던 말을 떠올렸다.

"세계에 세워진 질서는 모두 위대한 오딘으로부
터 파생된 것이니, 오딘께서 재결하시기에 달렸다
말씀드린 것입니다."

이야기는 다시 처음으로 돌아왔다.

"감추고 있던 걸 꺼내 봐."

데보라가 말했다.

걸어오면서 들끓었던 분노는 순간에 가라앉아 있었다.

"나는 저널리스트였다."

과거에 무슨 신분이었는지 따졌던 건 시작의 장 초반의 일.

데보라로선 그가 퓰리처상을 받은 저널리스트라는 사실은 오딘의 말을 통해서나 알게 된 일이었다. 하지만 대충 짐작은 하고 있었다.

사람들을 선동하는 데 일가견이 있었으니까. 자신의 얼어붙은 마음을 선동하는 데에도.

"퓰리처상을 받았다지?"

"그다음에 그들이 내게 접촉했었다. 그들에게는 나 같은 사람들이 필요했다."

"그들 누구?"

"넌 어땠지? 스스로 생각했을 때, 바깥 사회에서 네 입지 말이다."

"적어도 시작의 날이 오기 전까진 좋았지."

데보라는 대수롭지 않게 대답했다. 당시에 정리했던 사업체와 재산들은 지금에 이른 각성자로서의 힘에는 비할 바가 아니었다.

오딘의 말마따나 협회에서 자유와 안전을 보장해 준다면 그깟 재화들은 다시 쌓을 수 있다.

하지만 각성자의 능력은 돈으로도 살 수 없는 것이다.

"그럼 그들에 대해 들어 본 적이 있을지도 모르겠군. 빌더버그 클럽."

데보라는 고개를 끄덕거렸다.

오래된 기억이기 이전에 그 이름부터가 연기 같은 것이었다. 실존한다는 것은 알지만 만질 수 없는.

"세간에서는 음모론쯤으로 알고 있을 테지. 하지만 그

그룹은 진짜였다. 그들의 회합에서 세계의 국정이 결정 나기 마련이었다."

"네가 그들 중 하나였다는 거냐?"

"금융가, 산업가, 정치가. 이름만 대면 누구나 알 수밖에 없는 자들이었다. 하지만 나처럼 펜만 놀리는 것도 몇 있었지. 난 그들을 위해 일했다. 그들이 선심 쓰듯 던져 주는 이권만으로도, 여기서 누려 왔던 권력 따윈 견줄 수가 없었다. 좋았어. 아주 많이."

피터가 이를 드러내며 웃자 그의 얼굴이 음흉한 웃음으로 번졌다. 소리 없는 웃음과 함께 그의 목소리는 더욱 줄어들었다.

"하지만 전일 클럽에 대해서는 들어 본 적이 없었을 거다. 확신하지. 그게 내 일이었으니까."

"전일 클럽?"

"빌더버그 클럽은 한 사람에 의해 붕괴되었다. 그걸 전신으로 삼아 세워진 것이 전일 클럽이지. 한 사람에 의해서였다. 그 혼자서 세계를 송두리째 삼켰다. 말로만은 믿기지 않을 거야. 전 세계가 일인의 통치하에 있다는 것이."

"오딘."

"그래. 그분이 전일 클럽의 주인이다. 조나단 헌터와 조슈아 폰 카르얀은 그분이 키우는 충견이고. 대통령이니 총

리니 했던 다른 것들도."

"놀라운 이야기네. 그럼 얘기가 달라지지."

조나단 헌터보다 위로 추정되는 인사라면 그 정도 이야기는 나와야 했다.

무엇보다도 실감이 들지 않았다. 어느 시점에서 역전되었다. 시작의 장이 현실이고 바깥 세계는 꿈처럼 허상 같아졌다.

데보라의 어조가 차분했던 것은 그러한 까닭들 때문이었다.

데보라가 말했다.

"오딘이 황제가 되면 우리는 왕이 되겠군. 가능하겠어? 오딘의 의중은 다를 수도 있어."

"그분께서도 시작의 장을 거쳐 오셨다. 과거에는 그래야 할 필요성을 느끼지 못하셨겠지만, 지금은 그분부터가 원하고 있을지도 모를 일이지."

피터는 드골의 죽음을 상기했다.

과연 그분께서는 최종장까지 오른 절대자답게 눈 하나 깜빡하지 않고 그를 도륙했다. 살점 하나 남기지 않고 터트려 죽였다.

그분뿐이랴. 조슈아 폰 카르얀도 조나단 헌터도, 전일 클럽의 먼발치에서 봤던 예전의 그 모습이 조금도 남아 있지 않았다.

모두는 새로 태어났다. 무자비하며 무력까지 갖춘 초인들로. 바깥의 연약한 인류들 따위 얼마든지 발아래로 굴종시킬 수 있으리라.

"원하지 않는다면?"

"바깥 세계는 암중이 아니라 그분의 실질적인 통치가 필요한 시점이다. 거기에서도 게이트가 열린다. 명분으로서나 효율로서나, 그러셔야만 한다. 그래. 원치 않으신다면 원하게 만들어 드려야지."

그분의 연인 마리는 피 냄새가 잔뜩 나는 음산한 웃음을 짓는 여자였다.

조나단 헌터는 항상 분노로 가득 차 있는 듯했다.

조슈아 폰 카르얀은 더 말할 것 없이, 피를 좋아하는 자다.

피터는 이태한만 제외한다면 그분의 측근들에게도 같은 뜻을 전파할 자신이 있었다. 5인석과 30인석의 지도층들은 물론이고.

"데보라. 그분의 밑에서라면 우리가 세계를 지배할 수 있다. 전의 계획보다 위험 부담도 적어."

"떨어지는 것도 적겠지만. 현 상황에서는 그게 최선이겠지?"

"물론."

"기대되네. 돌아갈 날이."

비로소 둘의 눈빛은 하나가 되었다. 누가 먼저라 할 것
없었다.

혀와 혀가 엉겼다.

피터의 한 손이 데보라의 등을 바싹 끌어안으며 둘의 몸
이 완전히 맞붙었다. 다른 한 손은 흉갑 끝을 지나쳐 데보
라의 엉덩이를 움켜쥐고 있었다.

민간인에게 그 손길이 닿았다면 골반이 으스러졌겠지만,
데보라에게는 조금 욱신거리는 통증만 동반시키는 게 다였
다.

데보라가 비명 같은 신음 소리와 함께 피터의 목을 움켜
쥐었다.

그럼에도 얽혀 있는 둘의 혀는 떨어지지 않았다. 엉덩이
를 움켜쥐고 목을 조르는 서로의 악력이 고조를 높여 갔다.

둘의 행위가 다른 방향으로 더욱 과격해지려는 찰나, 데
보라가 먼저 힘을 풀었다.

피터를 향해 오는 한 기척이 가까워지고 있기 때문이었다.

이안 존스.

5인석의 또 다른 주인.

그도 오딘의 진짜 정체에 대해 자세히 듣고 싶은 모양이
었다.

＊　　＊　　＊

게이트가 열리지 않고 있었다. 그러니 네 구역으로 출진한 쪽에서도 빛기둥이 치솟아 오를 일이 없었고, 새로 뜨는 퀘스트도 없이 잠잠했다.

동이 틀 때까지도 아무 일 없는 시간들이 지나가고 있었다.

모두 떠났었다. 내 곁을 지키고 있는 건 오르까뿐이었다. 사색 중인지 기억 창고를 더듬고 있는 것인지, 오르까도 수도승처럼 조용했다.

녀석이 침묵을 깨트렸을 때 나온 소리는 내가 쓰는 언어였다.

놀랍지는 않았다. 제법 듣는 귀가 있던 녀석이니 터지는 입도 있는 것이다. 그것이 언제 터지나 했는데 바로 지금이었다.

"안 온다. 마루카."

"그럼?"

"바클란."

예측 가능한 일이다.

마루카 일족은 날 봉인했던 대가로 퇴행하였다.

때문에 마루카 일족 다음으로 강한 군단인 바클란 군단

이 우리를 섬멸하라는 임무를 인계받았을 것이다. 적어도 전장 전체가 늪지대로 변해 버리는 문제만큼은 제거되었다.

그런데 녀석의 벌어진 입은 그대로 닫히지 않고 계속 움직였다.

"바르바. 그라프. 데클란. 크시포스."

모든 군단들의 이름이 다 토해져 나오는 것이었다.

조용하기만 했던 하늘의 원인은 여기에 있었다.

큰 의문이 뇌리를 때리고 들어왔다.

그 거대할 화력은 둘째치고, 이 좁은 지역에서 그런 일이 가능한가?

칠마제 군단들은 각기 다른 문명체다. 그것들의 최고신 둠 카오스를 공통적으로 숭배하고는 있는 것 외에는 교차점이 크게 없다.

그래서 본 시대에 본격적인 침공이 시작되었을 때에도 대륙별로 분담해서 공격해 왔었지, 한 대륙 안에 둘 이상의 군단이 들어왔던 적이 없었던 것이다.

그런데 이상했다.

거기서 그칠 수밖에 없던 오르까의 입이 한 번 더 열리고 있는 것이었다.

"루네아."

루네아?

"그게 뭐냐."

"루네아는 숭배한다. 둠 데지르—"

"……!"

정리해 보자면 이렇다.

No.1 둠 카오스

No.2 둠 아루쿠다 —바클란 군단

No.3 둠 엔테과스토 — 바르바 군단

No.4 둠 인섹툼 — 마루카 일족, 그라프 일족

No.5 둠 마운 — 크시포스 군단

No.6 둠 데지르 — ?

No.7 둠 카소 — 데클란 군단

둠 데지르는 그 존재만 알려져 있을 뿐 직접적으로 연관된 퀘스트가 없었다.

그것을 추종하는 몬스터 군단도 마찬가지로 전면에 나선적이 없고, 그것들에게 닿을 수 있는 던전은 존재하지도 않았다.

칠마제란 존재만큼이나 비밀에 싸인 것이 둠 데지르를 추종하는 것들이란 말이다.

루네아. 이제야 알게 된 것인데 그런 이름을 하고 있었다.

문명체가 하나의 모태를 두고 있다면 일족, 그렇지 않다면 군단.

시스템이 나누는 기준은 그랬다. 루네아가 과연 일족일지 군단일지 모를 일이다만 중요한 건 그게 아니었다.

그것들이 어떤 특성을 가지고 있냐는 것!

! 바클란 군단 — 원초적인 강인함.

! 바르바 군단 — 지배 계급: 죽음을 다스리는 힘

　　　　　　　　　피지배 계급: 역병.

! 마루카 일족 — 폭발적인 생산력, 부활을 통한 학습.

! 그라프 일족 — 독성.

! 크시포스 군단 — 폭발적인 생산력, 집단의 조직력.

! 데클란 군단 — 불굴의 투지.

다른 칠마제 군단들은 그렇게 정리할 수 있는데, 루네아는 말했던바 비밀스러운 종이다.

거기에 대해 오르까에게 더 물었지만, 녀석이 아는 건 딱 그뿐이었다.

마침 연희가 돌아오고 있었다.

"거짓말······ 이라고 하기엔 애매하네."

연희가 말했다. 게이트가 열리면 당장 제 구역으로 이동해야 했기에, 그녀의 손에는 어김없이 귀환석이 쥐어져 있었다.

오르까는 연희에게 풀려나자마자 내 시선을 회피했다.

"마루카 일족의 대공 아몬이 이 아이를 죽이러 올 거야. 그 외에는 이 아이도 루네아에 대해선 아는 게 없어. 많이 신경 쓰여? 루네아?"

그럴 수밖에.

연희에게 칠마제 군단이 한 공간에 있을 수 없는 이유를 들려 주었다.

그러자 연희도 나와 같은 답을 내렸다.

그것이 가능한 까닭은 루네아라는 종에게 있을 것이며, 즉 서로 다른 문명체 간의 충돌을 억제하는 역할을 하게 될 것이라고 말이다.

"정신계 쪽으로 특화된 게 아닐까?"

"음······."

일반 각성자들에겐 역병이 번지고 독에 찌들며 죽은 자들이 걸어 다니는 것만으로도 힘겨울 일이다.

거기에 정신 쪽으로 특화된 몬스터가 떼를 지어 온다면…….

빌어먹을.

둠 카오스는 우리를 말살하려고 아주 작정한 것 같았다.

그 순간에 염려되는 건 시스템의 결정이었다.

본 시대의 최종장에선 우리 길드를 비롯한 다른 길드의 지도부들 무엇 하나 최종 퀘스트에 접근조차 하지 못했는데, 장을 끝내 버렸다.

우리 모두를 안식의 장으로 보내 버렸다.

우리는 시작의 장에 대한 진실을 알지도 못한 채 평온해 보이는 그 공간을 경계할 수밖에 없었다.

편안한 쉼터. 풍부한 음식. 쉽게 접근할 수 있는 다양한 박스들.

하지만 당시는 시스템의 악의적인 부분이 제거되지 않은 때였다. 박스를 차지하는 자들은 정신계 힐러를 수하로 둔 지도층뿐이었다.

이제는 안다. 왜 안식의 장이란 게 만들어질 수밖에 없었는지.

패전이 확실시되었기 때문이었다. 거기서 다 죽도록 방치할 수 없었던 것이다.

그렇게 우리 고향으로 전장이 옮겨지니, 그 전에 우리 패잔병들을 쉬게 하고 더불어 다시 싸울 수 있는 무기를 쥐여 줄 수밖에 없었던 것이다.

그것이다.

이번에도 시스템이 멋대로 판단할 게 두렵다.

"인도관."

서둘러 부르짖었다. 한 번으로는 나오지 않았다.

"인도관. 인도관!"

　[안녕하세요. 그렇지 않아도 조만간 만났을 텐데요.

　소개할게요. 대망의 최종장을 인도하는 루마—르 입니

　다. 헷! (ⁿ丨ᴗ丨ⁿ)]

말투도 이모티콘도 진지한 구석이라곤 눈곱만큼도 없다. 조롱 같이도 느껴졌다.

이 녀석들에겐 인류의 운명 따윈 아무런 가치가 없을지도 모른다.

치미는 부아를 짓누르고 있을 때에도, 내 가슴속에선 녀석의 작은 모가지를 갈라 버리고픈 생각으로 심장이 크게 뛰어 대고 있었다.

일악과 일선에게 그랬던 것처럼.

[무려 최종장까지 승격한 저예요. 저. 제게 도전하실 생각이라면 접어 두세요. 절 지켜야 할 분이 그러시면 아니 되어요. 이크! 말해 버렸네. 괜찮아요. 어차피 알게 되는 건 시간문제였으니까요.]

연희에게는 이 메시지가 전달되고 있지 않았다.

옛날에는 정령을 동화 속의 요정처럼 바라보았던 그녀가, 이제는 오르까를 처음 만났을 때와 동일한 눈빛을 띠고 있었다.

연희에게 고개를 저어 보인 뒤 정령의 면전에 대고 뇌까렸다.

"퀘스트냐?"

[침공이 시작되면요.]

"널 지켜야 하는 까닭은?"

[알려 드려야 하나. 말아야 하나. 고민스럽네요. 탐험자로도 알 수 없는 정보인데. 서로 신뢰를 쌓는 첫 계단으로 생각할까 하는데 어때요?]

"좋아."

　[우리 인도관들이 그동안 맡아 왔던 역할이 뭐라고
생각하세요? 헷. 시스템은 우리들에게 많은 힘을 부여
해 왔어요. 그리고 그 대단한 힘들이 저 루마—르 에게
집약되어 있죠. 우와! 우와! 45만 인도관의 치열한 경
쟁을 뚫고 유일해진 저 루마—르에게요.]

녀석은 내 얼굴을 한 바퀴 돌며 자태를 뽐내는 듯했다.
그러고는 정확히 미간 사이에서 멈췄다.

　[제게 잘 보이셔야 해요. 제가 여러분들을 집으로
돌려보내 줄 거거든요. 그리고 그것이 저를 반드시 지
켜야 하는 이유가 되겠죠. 왜 우리가 서로 신뢰를 쌓아
야 하는지 이해하셨겠지요?]

"내 손으로 이 전쟁을 끝내 놓을 것이다. 시스템도 너도
그때까지 마음대로 굴지 마라. 그것만 지키면 우리는 좋은
친구가 될 수 있을 것이다. 해치지도 않을 테고."
　젠장할 새끼.

[욕하는 거 다 들립니다. 그리고 절 어떻게 할 수 있다는 자신감은 좋은데, 확신은 곤란해요. 그것이 계속 우리 관계를 가로막고 있잖아요.]

"대답이나 해. 시스템이 바라는 바를 내 손으로 이뤄 주겠다는 것이다."

[곧 다 아시게 될 건데 재촉하시긴. 그냥 지금 퀘스트 피울게요.]

"잠깐."

[네?]

"루네아라는 종에 대해서 아는 바 있나?"
그 순간 정령의 얼굴이 바싹 굳었다. 처음 보는 표정이었다.

[우리가 한때 그렇게 불렸던 적이 있었죠. 지금 여러분들이 인간이라 불리듯이.]

"모태가 있나?"

[어디서 들으셨어요?]

있다는 소리였다.

그럼 이것들은 루네아 군단이 아니라 루네아 일족이 된다.

시스템이 이것들을 데려다 부려 먹는 걸 보면 틀림없다.

인도관으로 있었던 것들은 일찍이 일족에서 떨어져 나온 무리들이다.

* * *

둠 카오스와 휘하 둠들이 한 차원을 노리는 방식은 두 가지로 추정된다.

차원의 생명력과 영혼 그리고 대지를 침탈하는 파괴적인 방식 하나.

여러 칠마제 군단과 그것들의 온전한 본토처럼 군대를 양성하는 방식 둘.

이에 본 시대에서 인류가 멸종 직전까지 치달았던 것이나 온 땅이 핵 사용 외에도 칠마제 군단에 의해 역병과 독성 도진 땅들로 변해 버린 걸 생각해 보면.

둠 카오스와 휘하 둠들은 우리 인류에게 본인들을 숭배할 기회조차 주지 않은 것이다.

우리 인류의 차원은 파괴되기로 예정되어 있던 것이다.

[(ˊ๑ˋ) 물었잖아요. 어디서 들으셨어요?]

녀석은 스스로 답을 찾았는지 오르까를 향해 고개를 틀었다. 악의로 물들었을 때와 비슷했다. 붉은빛을 발광하면서였다.

연희가 즉각 반응했다. 행여나 있을 일에 오르까 앞을 막아섰으나, 연희보다 한참 큰 오르까의 얼굴이 그 뒤로 툭 올라와 있었다.

"한때 네 동족이었던 것들도 온다더군. 여기로. 우릴 죽이러."

그렇게 뇌까린 후에야 녀석의 고개가 내게로 돌아왔다.

마저 말했다.

"큭. 우리의 위대한 시스템께선 오르까만도 못하군. 전부가 올 거란 말이다. 바르바, 바클란, 데클란, 마루카, 그라프. 크시포스. 그리고 루네아 일족도."

[…….]

"하지만 대책이 마련되어 있다. 우리는 루네아 일족 포함 다 죽여 놓을 것이다. 우리가 치러 왔던 게임들을 이제 그것들이 치를 차례지. 상관 있나?"

[없어요. 루네아 일족은 이제 제 동족이 아닌 걸요.]

"그럼 시스템에게 제대로 전해. 나는 나대로, 너희들은 너희들대로. 퀘스트 제대로 짜 놓으라고. 맘에 안 들면 나부터가 이 체스판을 엎어 버릴지도 모르니까."

[한 말씀 드려도 될까요? 저는 루네아들의 어머니보다 둠 데지르가 더 걱정이에요.]

"말해 봐."

[만일에 하나. 둠 데지르의 화신과 마주치게 된다면 조심하세요. 도전자 님을 죽을 수밖에 없는 과거로 보내 버릴지도 모른답니다. 누구나 그런 순간이 한 번쯤은 있잖아요. 헷.]

분명히 봤었다.

[만일에 하나.]

찰나에 사라져 버렸지만 그건 틀림없이 메시지였다.

계집의 배에서 내려왔다.

그러자 욕정 가득한 손길이 내 가슴을 더듬어 왔다.

"왜 그래요."

환각에 찌든 목소리였다.

"닥쳐 봐."

그래도 계집의 손길은 내 성감대를 자극하기 바빴다.

발로 밀어 찼다.

그런 후에야 방해하던 움직임이 멎었다. 계집의 손길은 나 대신 몬스터 피가 가득 차 있는 그릇을 찾아 헤매기 시작했다.

싸구려들은 이래서 문제다.

지독한 부정 환각일지라도, 오래된 바깥 세계를 간혹 띄워 주기 때문에 거기에 중독된 것들이 적지 않았다.

거기까진 괜찮다.

하지만 섭취량이 정도를 넘어가면 관계 중에 몬스터처럼 돌변하는 게 문제가 되는 것이다. 이번에 제공된 계집은 그쪽으로는 나쁘지 않았지만.

"……."

그런데 그 메시지는 뭐였을까.

굵은 글씨의 메시지를 본 적은 있었다. 하지만 그렇게 희미하게 사라져 버린 메시지는 처음이다. 문장이 제대로 구성되지 않은 점도 그랬다.

기존의 체계에서는 있을 수 없는 일이었다.

계집의 가슴을 빨아 대는 사이에, 혹 거기에 묻어 있던 몬스터 핏물이 내게로 흡수된 것은 아니었을까.

가능성이 없지는 않았다. 그렇다면 정말 재수 옴 붙은 것인데.

"정도껏 해라. 어차피 곧 더 진한 걸 마시게 될 거니까."

계집의 그릇을 걷어차고서 천막 밖으로 나왔다.

내가 처음이었다.

파티원, 아니 파티원라는 이름하에 강제로 붙여진 것들은 아직도 스트레스를 풀고 있는 중이었다.

교성과 비명 소리가 마루카 일족의 짠 내보다도 더 진하게 퍼져 있는 거리였다. 그때 신선한 피비린내가 풍겼다.

전투를 막 끝내고 생환해 온 자들이 거리로 들어오고 있었다. 성미 급한 자들 중에선 일을 치르고 있는 천막에 들어가 알몸의 사내들을 끄집어내고 있었다.

본 주거지의 주력 부대 중 하나.

그들이 돌아왔다는 건 적어도 오늘은 마루카들로부터 안전하다는 소리다. 시스템이 퀘스트를 돌발시키거나 적대 진영들이 쳐들어오지 않는 이상은.

어쨌거나 자리를 이동해야 할 때였다.

특성 추격자 덕분에 지도층의 개 같은 관심을 받고 있다 해서, 그것이 내 목숨까지 보장해 주진 않는다. 이럴 땐 피하는 게 상책이지.

자리를 옮기려고 일어섰다. 날 부르는 소리가 등 뒤로 나왔다.

"머니. 어디 가냐."

놈은 내가 그 호칭을 싫어한다는 것을 파악한 이후부터 더 지랄이었다.

머저리 같은 짓이다.

날 자극한다고 해서 본인에게 득이 될 거라곤 하나도 없는데.

순간 관자놀이 쪽으로 피가 솟구친 것은 놈 때문이 아니었다. 최종장에 이른 지금까지도 저런 머저리들과 같은 무리에 속해 있는 내 자신이 한심해서였다. 이번에야말로 저런 머저리들과 저승길을 함께 갈지도 모른다는 두려움 때문이었다.

시작의 장도 오래전 바깥의 룰이 지배하고 있다. 부익부 빈익빈(富益富 貧益貧).

1막 2장에서 미끄러져 버린 이후로 다시 패잔병이 되고 말았다. 월 스트리트에서 도망쳐 나온 패잔병은 여기에서도 패잔병 신세.

나는 놈에게 생환자들을 눈짓해 보였다.

그제야 놈도 얼굴을 굳혔다. 내 뒤를 조심스럽게 따라오기 시작했다.

그런데 이 멍청한 놈은 거리에 방치된 시체들을 뒤져 대기 바빴다.

아직까지 남은 게 있을 리가. 놈이 기대하는 것은 육포한 조각이겠지만, 떨어져 나오는 것이라곤 곰팡이 핀 살점들뿐일 것이다.

역시나 곧 놈의 손은 그것들로 질척거렸다.

놈이 이름 모를 각성자의 살점을 제 흉갑에 문질러 대며 물었다.

"하나 묻자. 신의 이름일 리는 없고. 왜 다들 널 머니라고 부르는 거냐?"

어쩌면 놈도 날 먹잇감으로 점찍었는지도 모른다. 하지만 나부터가 계산이 끝나 있었다. 이놈만 추격자가 아니다.

나도 추격자다.

구태여 시스템이 암살 퀘스트를 띄워 주지 않아도, 이놈은 다음번 임무 도중에 내 먹이가 될 것이다. 그 전에 알아서 뒈질 확률이 절대적이지만.

그러니 조급해할 것도 벌써부터 적개심을 드러낼 필요도 없다.

살아서 다음 진영까지 가려면 놈의 협조가 필요하다.

"귓구멍 막혔냐?"

어차피 뒈질 놈.

비아냥 따위 한 귀로 흘려보내던 그때.

[둠 데지르의 화신과 마주치게 된다면]

이번에야말로 눈을 깜빡이지 않을 수 있었다.

그런데도 순간에 나타나서 순간에 사라져 버렸다.

둠 데지르의 화신?

부정 환각이라도 없던 것을 만들어 내지는 못한다. 무슨 말이냐 하면 환각은 내 기억에 존재하는 걸 기초로 한다는 것이다.

아버지가 구울로 나타나 내 인육을 노릴 순 있다. 그러나 있지도 않은 동생이 그럴 수는 없다는 것이다.

'둠 데지르의 화신'이란 명칭은 들어 본 적이 없었다. 언젠가 흘려듣고 잊어버렸다기엔 강렬한 명칭이다. 들었다면 잊을 리가 없다.

자그마치 화신(化身) 아닌가!

"확 후벼 파 버리고 싶네. 그 눈깔."

놈이 또 지껄일 때에도 빠르게였다.

[조심하세요.]

만일에 하나. 둠 데지르의 화신과 마주치게 된다면 조심하세요?

이제야 알겠다.

이건 시스템이 띄우는 메시지가 아니다.

구어체로 메시지를 띄우는 존재가 있다.

빌어먹을 인도관.

한데 그건 더 말이 안 되는 일이지 않은가?

인도관은 1진영에서나 볼 수 있는 악령.

거기에서도 1진영 최고의 권력자들이나 대면하고 있을 존재가 내게 뭔가를 경고해 온다는 것은 있을 수 없는 일이다.

이 메시지가 무엇인지 판단을 내리기가 어려웠다. 히든

퀘스트의 전조라면 좋을 텐데.

그때 날카로운 목소리가 내 목을 베듯이 들어왔다.

"머니! 종수! 군단장님께서 보자신다."

올 것이 오고야 말았다. 비록 싸구려들일지라도, 계집을 안겨 줬을 때부터 예견된 일이다.

나는 주머니 속의 부적을 매만질 수밖에 없었다.

아버지.

이번에도 절 지켜 주십시오.

＊   ＊   ＊

세간에는 이미 B 등급의 반열에 올랐다는 말이 파다했다.

거짓 소문이 아니다. 내가 짜 맞춰 본 바로는 진짜다.

군단장 강우성은 B 등급의 강자다.

먼발치에서나 간신히 느낄 수 있었던 것과는 확실히 달랐다.

그가 앉은 자리로부터 전해져 오는 기세는 꼭 추격자가 아니더라도, 위압감을 느끼기에 충분했다. 하지만 큰 부상을 입은 자들에게서 느낄 수 있는 느낌도 동반하고 있었다.

허락이 떨어졌다.

고개를 들자 볼 수 있었다.

작은 촉수들이 군단장의 전신 어디에서나 꿈틀거리고 있었다. 군단장 뒤에 포진해 있는 힐러들은 그걸 제거하기에 바빴다.

이번 전투도 군단장마저 온몸에 부상을 입을 정도로 치열했었다는 것이다.

이번에는 내 차례다. 나도 지옥의 늪지대로 보내진다. 조무래기 E 등급 각성자로서가 아니라 추격자로 활용될 것이다.

젠장. 젠장. 젠장할! 빠져나갈 구석이 없다.

"다들 안면은 텄나?"

목소리는 군단장의 사람들 중에서 나왔다. 내 직속 상관의 상관. 날 경계해 온 모략들은 전부 이자의 손을 거쳤다.

부아가 치밀어 오른다. 하지만 내색해서는 절대 안 되는 자리였다.

"예."

나 외에도 같이 끌려온 넷의 목소리가 동시에 나왔다.

그런데 또였다.

[도전자 님을 죽을 수밖에 없는]

희미한 메시지가 떴다가 곧장 사라졌다.

혹시나 해서 조심스레 주변을 살폈다. 인도관의 푸르거

나 붉은 발광체는 어디에서도 보이지 않았다.

도전자.

이번에도 처음 보는 명칭인 데다가.

'죽을 수밖에 없는.'

죽음에 대한 이야기까지 다루고 있는 것이다. 불길함이 달라붙었다.

환각이든 인도관의 진짜 메시지든.

여기는 내가 죽을 자리가 될 수 있었다. 경계로 그치는 게 아니라 정말로 이자들이 나를 죽음으로 내몰고 있었다.

다른 놈들이 계집을 배 아래 깔고 침을 흘려 대기 바빴던 동안, 나는 이자들의 진의를 파악해 두었다.

우리는 1신영으로 보내지게 될 것이다. 우리 외에도 다른 주거지에서 실종된 공격대와 파티들의 행적이 거기로 이어져 왔었다.

틀림없이 그렇다.

1진영이다.

그리고 1진영을 도모하기엔 턱없이 부족한 우리 12진영, 석가여래의 각성자들이 거기로 꾸준히 보내지는 까닭은…….

아마도 퍼런 인도관이 중앙 무대에 부여하는 특혜 때문일 것이다.

그것이 정확히 무엇인지는 몰라도.

"좋군. 기뻐해라. 드디어 너희들도 석가여래께 보은할 기회가 생겼다. 이 임무를 성공한다면 석가여래께서 친히 너희들을 불러, 그분의 직속 군단으로 편입시켜 주실 것이다. 너희들로선 평소 꿈도 꿀 수 없었던 장비와 인장이 지급될 것이며. 원한다면 최종장이 끝날 때까지 안전을 보장받을 것이다."

달콤한 말이었다.

무엇보다 최종장이 끝날 때까지 안전을 보장해 준다는 말이.

하지만 머저리들이라도 그 말을 곧이곧대로 믿는 녀석은 없을 것이다.

"임무가 무엇입니까?"

머저리 중 하나가 물었다. 그러나 이어질 대답에 신경이 곤두서지 않았다. 또 뜬 정체불명의 메시지로 정신이 쏠렸다.

[과거로 보내 버릴지도 모른답니다.]

도전자 님을 죽을 수밖에 없는 과거로 보내 버릴지도 모른답니다?

정말 뭐냐. 이건.

　　　　*　　　*　　　*

특성은 두 가지로 나뉜다.

상위 특성에는 '자'가 붙고 하위 특성에는 '꾼'이 붙는다.

도전자라는 명칭은 특성 중 하나일 수도 있었다.

또 죽을 수밖에 없는 과거로 보내 버린다는 것은, 둠 데지르의 화신이란 존재에게 시간을 다루는 능력이 있다는 방증이다.

그런 초월적인 능력을 지닌 몬스터가 존재할 수 있단 말인가. 하기야 무엇이든 가능하겠지.

혹 둠 데지르는 시스템이 형상을 갖춘 또 다른 이름일지도 모르겠다.

무심결에 군단장을 바라보았다.

군단장 같이 우리와 다른 영역을 살아온 이라면, 이 불가사의한 현상에 대해서 설명해 줄 수 있을지도 몰랐다.

희미한 메시지는 무엇이고. 거기에 담긴 명칭은 어떤 것인지에 대해서.

슬슬 감이 잡혀 오는 바가 있긴 했다. 경고를 전해 오는 메시지인 것이 확실하다. 다만 내게 전해져 올 메시지가 아니다.

시작의 장을 둘러싼 비밀들을 독점하고 있는 자들.

그러니까.

가까이는 우리 진영의 제왕인 일본계 석가여래와 그 수족들.

멀리는 오시리스, 오딘, 헤라, 칼리, 시바 같은 신의 이름으로 군림하고 있는 제왕들과 그 수족들에게나 전해져야 하는 메시지다. 환각이 아니라는 가정하에.

그때 군단장과 눈이 마주쳤다. 황급히 시선을 피했다. 하지만 나를 노려보는 공포스러운 시선이 꽂혀 들어오는 것이었다.

그가 몸을 일으켰을 때 간담이 서늘해졌다. 그의 얼굴에서 아래로 내린 시선으로는, 그의 벌어진 복부가 훤히 보였다.

내장에서도 피어난 촉수가 의사의 메스질처럼 상처를 벌려 대고 있었다.

그가 목소리를 냈다. 다행히 자신을 똑바로 쳐다본 것에 대해 분노를 터트리는 소리가 아니었다.

"임무는…… 간단하다. 인도관의 행방을 알아 와라. 정확히."

나는 고개를 숙였다.

그러나 내 파티원이라 붙여진 놈들은 본인들도 모르게 고개를 치켜들었다.

왜 아니겠는가. 마루카 일족이 펼쳐 놓은 지옥의 늪을 밟는 것도. 다른 진영의 도살자들을 피해 그 먼 1진영까지 도달하는 것도. 1진영의 영토에 진입하는 것 자체로서도.

어느 것 하나 뺄 것 없이 가서 뒈져 버리라는 명령밖에 되지 않는다.

하지만 길드 지도부로서는 불가능해도 포기할 수 없는 이권이 거기에 있던 것이다.

불복 또한 죽음.

하니 최선은 맞닿은 다음 진영까지 도달해서 거기에 투신하는 것뿐. 오딘이 다스리고 있는 진영으로 말이다.

어느 진영이든 변절자의 목을 치기 마련이지만, 바로 이 날을 위해 준비해 놓은 것들이 있었다.

우리 진영의 비밀들을 하나씩. 그렇게 시간을 끌어 가며 하나씩 풀면서.

최종장이 끝날 때까지 나를 죽일 수 없게 만들어 줘야 한다.

그동안 최소한의 아이템과 인장 외에는 전부 팔아 해치우고 매음굴을 왜 기웃거렸는데? 성체 그라프의 독액을 왜 구해 뒀는데?

내 상관도, 상관의 상관도. 심지어 군단장도 내가 어디까지 알고 있는지 모른다.

병신 같은 것들.

목숨이 오가는 전투 중에는 숨기려야 숨길 수 없는 게 많아진다. 목격자도 있기 마련이다. 그들은 계집들과 몸을 섞으면서, 혹은 똑같이 몬스터 피를 빨아 젖히며 그들이 본 바를 흘려 대기 마련이었다.

누군가에게는 허풍이고 별 가치 없는 이야기들일지라도.

그것들이 퍼즐 판에서 짜 맞춰지면 제대로 된 진실 하나로 조합되는 법이다.

문제는 머저리들만 데리고 지옥 늪을 어떻게 통과하냐는 건데……

나도 그렇지만 머저리들도 조용했다. 그건 자살행위라는 둥, 인원을 보충해 주라는 둥의 말을 했다간 어떻게 되는지 모르지 않기 때문이었다.

명령이 떨어졌으면 수행해야 한다. 뒈질 수밖에 없는 운명이 빤히 보여도.

[누구나 하나쯤은]

또 희미한 메시지가 나타난 그 무렵.

우리는 다 같이 지휘 막사에서 나왔다. 죽음을 달고 나왔기에 하나 같이 조용했다.

"모여 봐."

머저리 중 하나가 두 눈 위로 살의를 띠면서였다. 놈은 아주 조용히 말했다.

이래도 저래도 죽을 수밖에 없으니까, 전투에서 복귀한 부상자들을 대상으로 한탕 해 먹고 튀자는 것이었다.

그렇지 않아도 내가 먼저 제안할 생각이었다.

다만 머저리의 뜻대로 무턱대고 힐러가 붙어 있는 부상자들의 막사를 쳐들어갈 수는 없다. 그것도 명을 재촉하는 짓이니까.

주력 부대에 붙어 있는 힐러들은 우리 같은 것들의 기본 능력치를 능가한다.

대답 대신 성체 그라프의 독액이 든 병을 꺼내 보였다. 그러자 다들 매음굴 거리를 눈짓하면서 소리 없이 웃기 시작했다.

아가리 안의 작은 호흡으로만 킥킥.

다른 설명이 필요 없어 보였다. 그 정도 대가리는 굴러들 간다는 거다.

성체 그라프의 독액은 부상자들이나 힐러들에게 쓰일 것이 아니었다. 매음굴의 계집들을 위한 것이다.

안주해 버린 것들이지만 지도부 입장에서는 주력 부대만큼이나 훌륭한 자원이 바로 그 계집들이다. 그러니 방관할 수 없을 것이다.

계집들을 향해 주력 부대의 힐러들이 일시적으로 빠졌을 때.

그때가 기회다.

그리고 그렇게 거주지 밖으로 도망친 후부터가 진짜겠지.

목책 너머의 무시무시한 광경이 시야에 계속 걸려 댔다. 광활히 펼쳐진 마루카 일족의 늪지대. 그 진흙 위로 삐져나와 있는 대가리와 팔다리들은 잡초처럼 끝없이 무성했다.

이 멤버로 저기에 발을 딛고도 살아남을 수 있을까. 우리도 저 잡초 중의 하나가 되고 마는 게 아닐까.

[그런 순간이 있잖아요. 헷.]

파르르—

갑자기 몸이 떨렸다. 그 순간에 뇌리로 꽂혀 들어오는 생각들이 많았다.

온갖 메시지들과 함께.

*　　　*　　　*

[만일에 하나. 둠 데지르의 화신과 마주치게 된다면 조심하세요. 도전자 님을 죽을 수밖에 없는 과거로 보

내 버릴지도 모른답니다. 누구나 그런 순간이 한 번쯤
은 있잖아요. 헷.]

눈을 떠서 주변 광경이 보이는 상태에서도, 눈을 감아서
어둠뿐인 상태에서도.

완전히 조합된 메시지가 유지되기 시작했다.

그때부터 쏟아져 들어왔다.

[탐험자가 발동 하였습니다.]

[게이트 7개를 감지 하였습니다.]

[분류: 게이트 1

등급: B

출몰종: 바클란 군단 (총 군단장: 둠 아루쿠다의 최고
제사장, 이수아)

출몰지: 마리 군단의 주둔지

출몰 시간: 2시간 30분 후]

[분류: 게이트 2

등급: B

출몰종: 바르바 군단 (총 군단장: 죽음의 서 1권의 주

인, 네크로맨서 샤이마르)

　　출몰지: 오시리스 군단의 주둔지

　　출몰 시간: 2시간 30분 후]

　　[퀘스트 '돌격! 둠 데지르'가 발생 하였습니다.]

　　……

　　[퀘스트 '이심전심, 인도관'이 발생 하였습니다.]

　　[퀘스트 아이템, 권능 추출기가 지급 됩니다.]

　　[퀘스트 아이템, 정수 추출기가 지급 됩니다.]

　　[게이트 5가 개방 되었습니다.]

　　[출몰종: 데클란 군단 (총 군단장: 둠 카소의 최고위

제사장, 차우버러)

　　출몰지: 길드장 오딘의 야영지]

　　[길드: 군단장 오시리스가 인장 '빛기둥'을 사용하였

습니다.]

　　……

　　[길드: 군단장 염마왕이 인장 '빛기둥'을 사용하였습

니다.]

[* 보관함]
[아도니스의 신성 투구가 제거 되었습니다.]

[오딘의 절대 전장에 진입 하였습니다.]
[경고 : 둠 데지르의 권능이 균열을 만들고 있습니다.]
[최고위 제사장, 차우버러를 처치 하였습니다.]

[열정자(7단계)가 발동 하였습니다.]

[레벨업 하였습니다.]
······
[레벨업 하였습니다.]
[레벨: 559]
[둠 맨의 탄생(1) : 559 / 561]

[경고: 권능 저항력이 부족 합니다.]

[라의 가호(라의 태양 망토)가 발동 하였습니다.]
[경고: 아도니스의 신성 투구가 파괴 되었습니다.

메시지들이 많을 수밖에 없었다.

인도관 루마르를 만나고.

칠마제 군단들이 천공을 찢고 나온 후부터 데클란 군단과의 전투를 거쳐.

데클란 군단 속에 숨어들어 온 둠 데지르의 화신이 내 앞에 나타나기까지.

당시 순간마다 떠올랐던 메시지들이 한꺼번에 밀려오고 있는 것이다.

다만 둠 데지르가 죽을 수밖에 없는 과거로 보낸다는 이야기는 시간에 대한 것이 아니었다. 비슷하긴 하다. 처절했던 과거의 사선 중 한 곳으로 나를 던져 버리긴 했으니까.

그렇다.

이 모든 건 오래전 기억의 한 부분.

여기는 정신세계 안이다.

Chapter 2.

여기가 정신세계 안이라는 걸 깨달았다.

둠 데지르의 진짜 공격이 닿기 전에 자각해 버린 것이었다.

밀려들던 메시지들이 끊기며 동시에 내가 할 수 있는 것들을 깨달았다. 연희 덕분에 정신세계가 돌아가는 법칙쯤은 꽤 파악해 두었지 않은가.

만일 놈이 내 정신세계를 완전히 장악했다면 내 앞에 놓여져 있을 광경은 과거의 한 파편이 아니었다.

내 목을 졸라매고 있는 교수대 하나만 놓여 있어야 했다.

연희가 프리야를 교수형에 처해 버렸던 것처럼 말이다.

놈은 그렇질 못했다.

필시 여기 어딘가에 숨어 있다. 놈도 제약이 따른다는 것이다.

군단장의 모습이든, 머저리 중 하나든.

또 모른다.

마루카 일족의 강력한 원종(元宗)의 모습으로 저 늪지대에서 내가 나오기만을 기다리고 있을지.

나는 내가 자각한 사실을 숨기려고 했었다. 그래서 난리를 피우지 않고 당시의 그때처럼 머저리들과 함께 매음굴에 독을 풀 심산이었다.

그렇게 과거와 똑같이 진행하면서 놈을 찾고자 했다.

그러나 세상에 균열이 생기고 있었다. 놈은 이 기억의 파편에서는 나를 죽일 수 없다고 판단을 마친 것 같았다. 그럴 수밖에.

E등급 각성자 머니면 몰라도 559 레벨의 오딘을 무슨 수로 잡을 수 있을까.

사기라 일컬어졌던 자원들을 한데로 집약시킨 오딘을!

정신세계지만 자각을 끝마친 이상, 나는 559 레벨의 그 오딘이 될 수 있었다

쏴악—!

앨범을 빠르게 뒤적여 대는 것 같았다. 눈앞에서 온갖 광경이 스쳐 대기 시작했다.

다시는 보고 싶지 않았던 광경들이 많았다. 살기 위해서 혹은 강해지기 위해서 저질러 왔던 일들을 다시 보는 건 불편한 일이었다.

본 시대의 최종장에서 있었던 기억들이 넘어간 다음에는 본격적으로 전 세계가 멸망으로 치닫는 과정들이 펼쳐졌다.

정말로 사진처럼 기억의 한 부분만 나타났다가 빠르게 다음 장면으로 넘어가는 식이었다.

점점 확신이 들었다. 그러나 레볼루치온 항쟁도, 일선에게 죽임을 당할 뻔했던 순간도 그대로 지나가 버렸다.

죽음의 순간에 주마등처럼 펼쳐진다던 광경을 고스란히 보고 있었다.

그리고 마지막이었다. 본 시대 말기의 한때가 틀림없었다.

눈을 깜빡이고 나자 오래된 얼굴이 눈살을 찌푸리며 나타났다.

녀석이 주머니를 흔들면서 말했다.

"이걸로는 어림없어. 값이 더 뛰었거든."

위이이잉.

자력 발전기가 돌아가는 소리가 좁은 굴에 가득 차 있었다. 굴 곳곳으로 퍼져 있는 전기선들은 피복이 벗겨져 당장이라도 끊어질 것처럼 보였다.

다시 기억이 난다. 여기는 당시에 썼던 아지트 중에 한 곳이다.

내가 잠깐 말이 없던 사이, 녀석은 사진 몇 장을 테이블 위로 던져두었다.

사진 속에는 늙은 어머니가 계셨다. 위생이라고는 조금도 찾아볼 수 없는 더러운 환경 속에서 산소 호흡기에 의존하고 계셨다.

병상 옆에는 음식 같지도 않은 찌꺼기들이 몇 점 놓여 있고 찌그러진 생수병 안에는 물도 담겨 있었다. 녀석은 나와 함께 사진 속을 들여다보며 자신감에 찬 어조로 말했다.

"끝내주잖아. 그러니 좀 더 성의를 보여 봐."

녀석이 사진에서 시선을 떼고 굴 곳곳을 훑어보기 시작했다.

내게서 더 뜯어낼 것이 있나 찾는 시선이었고, 곧 그의 시선은 자력 발전기 소리가 나오는 방향으로 고정되었다.

거기까지는 옛 기억과 동일했다.

이 녀석은 생존 브로커로 아이템과 마석을 미친 듯이 뜯어 가는 대신, 일 하나만큼은 믿을 만하게 해내던 자였다.

그러니까 이때까지도 이 녀석을 통해 어머니의 안전을 살피고 있었던 것이다.

그때도 나는 사진 속에서 눈을 뗄 수 없었다. 많고 많은 사선 중에 여기에 나를 데려다 놓은 까닭이야 짐작이 가는 바였다.

그래서 보란 듯이 녀석의 눈앞에서 사진을 찢어 버렸다.

어차피 다 허상이다. 사진도, 사진 속에 박혀 있는 늙은 어머니도.

그런 것으로 나를 혼란하게 만들 수 있을 거라 생각했는가.

"직접 보기 전엔 믿을 수 없다는 거냐? 이제 와서? 얼마든지 확인해 보라니까."

당시에 어머니께서 계셨던 생존 지역은 일악의 영향력이 크게 미치는 곳이었다. 전 세계적으로도 몇 남지 않은 생존 지역이었으니, 일악이 출몰하는 일도 많았던 걸로 기억한다.

실제로 일악에 관한 정보를 좀 더 얻을 겸 잠입했던 적이 있었다.

그때 어머니의 안전을 확인하기도 했고.

어쨌거나 녀석은 의도적으로 목소리를 키운 거였다. 굴 바깥에서 녀석의 일행들이 들어왔다.

전직한 것들이 끼어 있었다.

진짜 네크로맨서만큼은 아니지만 죽음의 힘을 다룰 수 있는 것이나, 곱추 같이 등 굽은 걸음걸이에서 역병을 몰고 올 수 있는 자도 모두 말이다.

이 세계는 흥미롭다.

정말로 시간을 역행해 틀어진 과거가 돌아가고 있는 것처럼 녀석들의 반응에서는 조금의 괴리감도 찾을 수 없었다.

당시의 녀석들이 그랬듯, 들어오면서 나를 경계하는 기색이 뚜렷했다.

어디에 어떻게 숨겨져 있는지 모를 함정 때문이기도 했으며 내가 그들의 약점을 쥐고 있던 상황도 고스란히 반영되어 있었던 것이다.

녀석들 한 명 한 명을 유심히 쳐다보았다.

물론 둠 데지르는 거기에 없었다. 고작 이런 녀석들의 모습으로 숨어 있다간 내게 발견되는 즉시 치명상을 입고 말 테니까.

잠깐 본 기억과 다른 진행이 있었지만 비슷하게 이어지기 시작했다.

내가 먼저 자력 발전기를 가져가라고 했던 것과는 달리, 녀석이 먼저 그것을 가져가겠다고 나온 것이었다.

자력 발전기만 뜯는 게 아니라 거기에 부속되어 있는 장비들과 전기선들까지 수거하는 광경이 과거와 동일해서 실소가 나왔다.

둠 데지르가 앞에 있다면 묻고 싶다.

대체 여기의 무엇으로 나를 죽음에 이르게 하겠냐고?

기껏해야 허상(虛像)의 팔악팔선들을 내게 충돌시켜 오는 것밖에 없지 않겠는가.

하지만 한계점까지 치달은 그것들이 다 모여도 나를 도모할 수 없다.

둠 카소의 화신을 간신히 상대한 화력으로 나를 어떻게?

사실상 내가 자각을 마친 상태에서 둠 데지르는 할 수 있는 게 많지 않았다.

녀석이 할 수 있는 것이라곤 이 기억의 파편들 속에 나를 묶어 두는 것뿐이다.

그렇다고 바깥의 전장에는 아무런 영향도 없는 것을. 그러니 여기에서 날 어찌할 생각은 그만 접어 두고 바깥에서 진짜 싸움을 이어 가는 게 합당할 것이다.

나는 굴 바깥으로 나왔다.

[* 보관함]

[죽지 않는 자들도 경배하는 해골용이 제거 되었습니다.]

　　　　＊　　　＊　　　＊

무엇도 날 막지 못했다.

뉴욕까지 날아가는 동안, 내게 달려들었던 비행 몬스터들은 한 줌의 재로 사라졌고 사이코 놈들도 마찬가지다.

북아메리카 대륙을 통틀어 남은 생존 구역은 뉴욕과 워싱턴 단 두 곳뿐. 나머지 땅들은 언데드들이 바글거렸다.

그것들과 대치 중인 장벽에서는 정화조 냄새부터 났다.

장벽 너머 깊은 곳.

팔악들의 본거지이자 일악의 기척이 느껴지는 그곳 위로 도달했을 때였다.

제일 먼저 하늘로 치솟아 오른 건 나와 똑같은 탈것을 탄 삼악(三惡)이었다. 삼악의 해골 용에서도, 그 텅 빈 골격의 내부에서 운행하는 어둠의 기운이 실제처럼 느껴졌다.

"……머니?"

삼악은 날 알아봤다. 그러고는 혼란 가득한 표정을 지어야 할 차례였다.

하지만 삼악의 얼굴은 전파 개입이 미친 오래된 영상처럼 짓이겨졌다. 삼악의 혼란스러운 표정에 대한 기억이 없던 괴리가, 정신세계에서는 그렇게 반영되고 있는 것이었다.

그건 둠 데지르가 내 정신세계를 완벽하게 장악하지 못해 발생한 현상이기도 했다.

어쨌든 삼악에게는 둠 데지르의 무엇도 느낄 수 없었다. 그래서 허상 따윈 무시하고 본거지를 향해 뛰어내렸다.

다시 말하지만 나는 팔악 세력의 최고 본거지 안을 침투해 본 적이 없었다.

본 시대 중기에 개별 본거지 하나에 침투해 본 적은 있어도, 말기에 팔악들이 전부 모여 있는 여기는 금역 그 자체였다.

그래서였다.

옥상부터 1층까지 뚫고 내려가는 동안 봤던 광경들은 많은 기억들의 조합이었다. 중기에 침투했었던 본거지를 토대로 만들어져 있되 그마저도 내가 일으킨 힘에 의해서 부서져 나갔다.

1층에 도달하기 전이었다.

[오딘의 벼락 폭풍을 시전 하였습니다.]

내 몸에서 일거에 쏟아져 나온 벼락 폭풍이 주변을 불태웠다.

날려 버렸다. 파괴하였다. 집기 하나 남김 없이 모든 걸 잿가루로!

팔악 세력의 본거지를 날려 버리는 기분은 끝내주었다.

모든 게 허상이고 가짜라는 것임을 왜 모르겠는가. 그래도 당시로써는 꿈에서도 있을 수가 없던 광경에 전율이 일었다.

먼지와 조그마한 불씨들만 나부끼는 거기로 놈들의 인영(人影)이 나타났다.

일악, 이악, 삼악, 사악, 오악, 육악, 칠악, 팔악.

기억에 근거해 만들어진 세계답게 놈들은 하나도 빠짐이 없이 다 있었다.

다만 나를 바라보는 얼굴들은 직전의 삼악처럼 이지러진 형태들이 많았다.

일악만큼은 달랐다. 놈은 흥미로운 시선으로 나를 관찰하는 것이 예전의 그 표정 그대로였다. 그리고 그 눈동자 속으로, 나를 유심히 바라보고 있는 또 다른 존재를 발견할 수 있었다.

파괴된 본거지와 나머지 것들을 훑어보며 뇌까렸다.

"이는 그토록 보고 싶던 광경이었지. 정말이다. 고맙군. 고마워."

고소가 머금어졌다.

"장소를 다시 바꾼다고 이 틀에서 바뀌지 않는다. 네 놈은 날 가두었다고 생각했었겠지만, 큭. 넌 스스로를 가두고 있는 것뿐이다. 남은 재주가 있다면 어디 한번 꺼내 보시지."

주위를 휘감아 돌던 벼락 폭풍 속에서 일제히였다. 놈뿐만 아니라 나머지 환영들까지도 꼬치처럼 꿰뚫을 벼락 줄기들이 번뜩였다.

빠지직!

*　　　*　　　*

놈은 도망쳤다.

[경고: 아도니스의 신성 투구가 파괴 되었습니다.]

부서진 파편들이 눈앞을 지나쳐 아래로 떨어지고 있었다. 그다음으로 보이는 광경은 정신세계로 빠져들기 직전의 현장이었다.

찢기고 불태워진 데클란들의 사체가 너저분했다. 그러나 둠 데지르의 화신은 온데간데없이 사라져 있었다. 이럴 경우를 대비해 오딘의 전장부터 펼쳐 두었던 것이다.

둠 데지르의 화신을 찾는 건 어렵지 않았다.

"도망치겠다고?"

놈은 전장의 결계 한끝에서 균열을 만들고 있었다.

둠 카소의 화신처럼 거대한 체구를 자랑하는 놈이 아니었다.

오히려 그 반대로 정령들처럼 작고 작아서, 할 수 있다면 손아귀 안으로 움켜쥘 수 있는 크기로 보였다. 정말로 루네아 일족을 본떠서 화신을 삼은 것인지도 몰랐다.

둠 카소의 화신이 데클란의 괴수를 본떠서 등장했던 것처럼.

놈을 향해 몸을 던지며 외쳤다.

"그렇게 뒈질 거냐? 본체를 꺼내!"

*　　　*　　　*

성일은 전투를 끝내고 돌아왔을 때에도 마음이 쓰였다.

최종장에서 합류한 마리 누님은 얼핏 보면 사람이 밝아진 것 같지만 이내 깨달을 수 있었다.

그 미소 속에는 여전히 무자비한 면모가 숨겨져 있었던 것이다.

그렇게 마리 누님은 바클란 군단의 총 군단장으로 나타난 이수아와 마주치면 그녀를 살려 두지 않을 사람이었다.

하지만 거기에 개입할 방법이라곤 아무것도 없었다.

자신은 오시리스의 군단으로 배속되었다. 또 군단과 군단 사이에는 혼자서는 결코 뚫지 못할 몬스터 떼들이 들끓고 있었다.

게다가 설사 그것이 가능할지라도 오딘께서 내린 밀명이 있었다.

오시리스 곁을 떠날 수 없었다.

바르바 군단의 총 군단장, 네크로맨서 샤이마르가 가지고 있는 [죽음의 서 1권]을 확보하라는 명령이었다.

아마도 오시리스에게 똑같은 명령을 내리셨겠지만, 정작 오딘께서는 오시리스를 완전히 믿지 못하는 듯했다.

그러니까 자신을 태한 동생이나 마리 누님의 진영이 아닌, 오시리스의 군단으로 배속시키고 오시리스를 유심히 지켜보라는 명령을 내린 것이다.

최종장까지 도달하면서 별의별 인간 잡종들을 다 만나봤었다.

하지만 만나 본 것 중 가장 기분 나쁜 분위기를 풍기는 것이 바로 오시리스였다.

본 이름은 조슈아 폰 카르얀. 반원의 다섯 주인 중 한 명이자 시작의 장 이전부터 오딘의 밑에서 큰일을 해 왔던 외국인.

듣자 하니 구(舊) 레볼루치온의 설립자였고 바깥 세계에서는 유명한 인사였다고 했다. 시작의 장을 최초로 예견하였던 기자 회견도 그의 작품이었다고 한다. 기억나지는 않지만.

쓰읍.

성일은 버릇처럼 코밑을 훔치며 오시리스를 쳐다보았다.

오시리스는 전투에 돌아오고 나서도 또 혼자였다.

정확히 말하자면 그는 타인의 접근을 용납하지 않는다. 고독하게 앉아서 땅만 쳐다보고 있는 그의 모습에서는 어쩐지 고통스러운 절규가 흘러나오는 듯했다. 그 모습은 전투를 치르고 있던 당시보다 더 위험해 보인다.

하물며 오시리스의 직속 공대원들까지도 그처럼 위험으로 똘똘 뭉쳐 있지 않은가.

그들끼리 눈빛을 주고받으며 작게 속삭이는 광경은 악령의 회합을 보는 듯했다. 실제로 오시리스와 함께 최종장까지 올라온 각성자들은 그와 그들을 악마처럼 두려워하는 것이었다.

'막을 수 있을까?'

만일 오시리스가 오딘의 명령을 어기고 [죽음의 서 1권]을 차지해 버리기로 한다면……

성일은 그걸 막을 자신이 들지 않았다. 시도는 해 보겠지만 오시리스는 마리 누님 다음으로 강한 서열 3번째의 강자이기도 했다.

최종장에 이르러 강자들이 대거 합류했다. 하지만 오시리스는 독보적이었다. 물론 오딘과 마리 누님을 제외한 다음에.

그때 진영 간부들 중에 하나가 성일에게 다가왔다.

"칼리버 님."

본시 오시리스의 밑에 있던 자였고, 한국인 각성자를 통역으로 달고 왔다.

둘에게도 오시리스의 시선이 미치는 자리를 신경 쓰는 기색이 역력했다.

성일은 즉각 파악하고 무거운 엉덩이를 뗐다. 그들은 오시리스가 시야에 걸리지 않는 자리로 슬그머니 이동했다.

"파악은 끝난 거여?"

"그렇다고 합니다."

통역이 간부의 말을 옮겼다.

"1층 결계는 어떻고?"

"현재까지 이상 없다고 합니다."

"그람 읊어 봐."

"2막 1장을 기억하냐고 묻습니다."

"하다마다."

"놈들과 우리의 처지가 바뀌었다고 보시면 이해하기 쉽다고 합니다."

"다 아는 야기 씨부리지 말고."

성일은 빛기둥을 돌아보며 대답했다. 오딘께서 일으켰던 벼락처럼 그것도 천공과 대지를 잇고 있었다. 빛이 무척 밝다.

때문에 한구석의 알림 창을 확인하기 어려울 정도로 눈이 부셨다.

[1차 약화까지 : 6일 14시간 32분 51초]

"내가 궁금한 건 뭘 파괴해야 놈들을 바로 약화시킬 수 있냐는 거여. 제한 시간까지 버티는 거 말고 하나 더 있잖어. 후딱 최대한으로 약화시켜서 쓸어버려야지. 안 그려?"

"소규모 제단들이 설치되어 있는데 그것들인 것 같다고 합니다."

"같다는 거여. 뭐라는 거여?"

"제단이 확실할 겁니다. 그 건으로 지도부의 결단이 필요하다고 합니다."

"쥐새끼 놈들이 허벌나게 많은디? 것보다 역병은 어떻게 커버칠 거여? 추정만 가지고 희생자 늘리믄 우리만 엿 되는 거여. 너그들도 직전 장에서 겪어 봤잖으. 아그들이 시부랄 구울 새끼들로 미쳐 돌아 블믄 어떻게 되는지. 몰러?"

간부의 대답이 늦어지고 있었다. 성일은 간부의 의중을 눈치채고 얼굴을 구겨트렸다.

"아니. 저짝, 원래 오시리스 밑에 있었다 하지 않았으? 내 알기론 그런디."

"예. 저도 그렇게 알고 있습니다. 칼리버 님께서 전해 주신다면 오시리스 님께서도 귀를 기울이실 거라고…… 말하고 있습니다."

"나는 만만하고 오시리스 님은 무섭다 그거지? 얍삽쟁이들 하고는. 내가 왜 칼리버라고 불리는지 모르는가 본디. 어디 한번 가르쳐 주? 그냥 칼리버가 아니여. 인간 칼리버여. 존만 한 게 어디서 누구한테 미뤄."

오시리스와 말을 섞는 건 성일로서도 꺼림칙한 일이었다.

크게는 한 무대로 진행되고 있다. 그러나 네 진영에서 빛 기둥이 사용된 이후부터는 각각 격리되어 독립 미션을 수행하고 있는 것과 다르지 않았다.

여기에서는 오시리스가 절대자다.

오시리스가 돌발 행동을 한다면 막을 방도가 없다는 것이다.

그럴 이유가 없지만, 갑자기 공격해 오기라도 한다면?

"말이 잘못 전해진 것 같다고 하는데, 아닙니다. 전 정확히 전해 드렸습니다."

통역도 간부와 함께 쩔쩔맸다.

"너 나 알지. 사람 만만하게 봤다가 뒤져 본 것들이 한둘이 아녀. 꼭 뚝배기 깨져 봐야 알아 처먹나. 쓰읍. 처음이라 봐주는디 앞으로는 알아서 하라고 전혀. 그리고 통역만 하지 말고, 내가 얼마나 무서운 사람인지도 전해 놔야 할 거 아녀."

"죄송합니다."

통역이 즉각 허리를 숙였다.

"중간이 원래 힘든 거 왜 모르겠어. 근디 니가 중간에서 잘못하믄 피바람 나는 거 한순간이여. 눈치껏 잘하자잉."

"예. 칼리버 님."

성일이 그런 통역의 어깨를 툭툭 치며 일어선 직후.

"확!"

간부를 때릴 듯이 주먹을 치켜들었다. 간부에게는 적어도 그렇게 보였다.

하지만 이미 한번 간부의 코앞까지 갔다가 돌아온 주먹이었다. 강한 풍압이 얼굴을 짓누르고 와서야 간부는 무슨 일이 있었는지 깨달았다.

그때 성일은 등을 돌리고 있었다. 그가 멍하니 서 있는 통역에게 말을 뱉었다.

"뭐 혀. 오시리스 님께 가니까 정신 똑바로 차려."

＊　　　＊　　　＊

통역은 독일어도 영어도 능한 인텔리였다. 하지만 오시
리스 앞에서는 떠듬떠듬 느릿한 굼벵이와 다를 바 없어졌
다.

오시리스의 후드 안.

칠흑 같은 어둠 속에서 짧은 대답이 흘러나왔다. 성일의
시선은 통역에게로 옮겨졌다.

"시도…… 해 볼 만한 가치가 있다고 말씀하십니다."

"그렇게 길게 말한 것 같지 않은디. 지금에라도 외국말
을 배우든지 해야지 답답해 미치겠네. 전해 드려. 나도 참
가하겠다고."

"역병 저항력이 얼마냐고 묻습니다."

"힐러 안 붙여 줘도 될 만큼이라고 혀. 내 알아서 한다
고. 야. 야. 고대로 전하지 말고. 좋게좋게 알아서 잘 전해
야 한다잉."

"예. 염려치 마십시오."

통역의 말이 전해졌을 때였다. 소리는 나오지 않았지만
오시리스의 눈만큼은 웃고 있었다. 영혼까지 비웃는 듯한
섬뜩한 눈빛이었다. 시큼하고 역겨운 냄새는 또 어떻고?

이래서 바로 마주하는 게 꺼려졌던 것이다.

오시리스의 폭넓은 소맷자락 속에서 나온 긴 손톱이 그의 직속 공대원들을 불러들이고 있을 때였다. 성일은 오시리스가 오딘의 통제하에 있는 걸 다행이라 생각했다.

최종장이 끝나면 이런 자들까지도 전부 바깥으로 나가는 거다.

하나뿐인 아들 기철이가 있는 거기로, 몬스터보다 더한 괴물들이 쏟아져 버리는 거다.

'오딘께서 안 계셨다면 다 난장판이 되어 부러. 여기보다 더 지랄맞아질지도.'

성일은 그런 생각들을 하며 가만히 있었다. 이윽고 오시리스와 그의 공대원들이 속삭이던 소리가 멎었다. 오시리스가 성일을 바라보면서 했던 말은 통역을 거쳐 전달되었다.

"참가해도 좋다 하십니다."

별동대가 조직된 건 그 이후였다.

빛기둥이 설치된 7층 결계에서 전열을 다듬고 있던 이들이 중심이었고, 오시리스와 그의 공격대가 선봉을 맡았다.

2층 결계까지 내려오는 동안.

성일은 마법 함정을 설치하는 작업들을 많이 목격했다. 추가로 식량과 물을 확보하는 작업도 그만큼 진행되고 있었다.

1층 결계까지 내려왔을 때였다. 이상 없다는 보고는 1층 결계를 지켜 내고 있다는 뜻일 뿐 희생이 없다는 뜻이 아니었다.

밟히는 것마다 시체고, 미끄러지는 것마다 핏물과 내장물이었다.

최초 전투 때 성일이 죽여 놓은 것도 상당했다. 하지만 성일이 빠져 있는 동안에 벌어졌던 전투의 결과물들이 더 많이 늘어나 있었다.

그나마 다행인 건 결계의 보호 아래에서는 고위 역병술사도 그렇지만, 네크로맨서도 진정한 힘을 쓰지 못한다는 점이었다.

죽음을 다스리는 힘.

희생자들을 구울로 만들어 버리는 그 힘이 결계 안에서 사용된다면 전황은 걷잡을 수 없이 빠르게 진행될 터였다.

성일은 오시리스에게 접근하는 사내에게로 시선을 옮겼다.

케이론. 윌리엄 스펜서라는 이름보다 그 별칭으로 알려진 사내였다.

'원거리 딜러이면서 힐러이기도 했댔지? 재주는 좋아.'

최종장 준비 기간에 레볼루치온(30)의 리더로 합류한 자였다. 자신과 똑같이 병렬의 다섯 주인 중 하나이기도 하면서.

성일은 하나 같이 마음에 들지 않았다. 케이론은 부하들을 윽박지를 때에도, 선해 보이게 처진 눈꼬리가 변함없던 자였다.

차라리 오시리스는 대놓고 위험한 분위기를 풍기기라도 하지.

저런 자에게 뒤통수를 맞으면 정말로 화병이 도질 것이다.

'조심해야지. 똥이 무서워서 피하나. 쓰벌 것.'

마리 누님이나 태한 동생의 진영에 배속되었다면 이렇게까지 날 서 있을 이유가 없었다. 성일은 적진에 홀로 들어온 것 같은 느낌을 뿌리칠 수 없었다.

*　　*　　*

아무래도 각성자와 몬스터의 시체가 즐비한 곳은 결계의 끝자락일 수밖에 없었다.

거기를 넘기 위해선 겹겹이 포개져 있는 시체들을 치워야 했다.

이미 죽어 버린 것들은 음식 쓰레기만도 못한 것들이다. 성일뿐만 아니라 근력이 높은 자들은 방해물들을 걷어차 댔다.

그렇게 별동대 전체가 결계를 뚫고 나왔을 때.

'B급 게이트가 이 정도믄 A급 게이트는 뭐 어떻게 된다는 거여. S급은?'

그의 눈앞에 끝없는 바르바 군단의 군세가 펼쳐졌다.

대지 전체는 거무튀튀한 빛깔로 물들어 있었다. 오염의 정도는 C급 던전에서나 겪어 볼 수 있을 정도로 높았다.

'힐러 더 추가하고…… 아니 안 되겠어. 저걸 어떻게 뚫는디야. 네크로맨서까지 가담해 버리믄.'

막상 바르바 군단의 군세를 확인하고 나자 생각이 바뀌었다.

자신은 오딘이 아니다. 위험한 오시리스도 오딘께는 비교될 수가 없다. 어차피 제한 시간을 버티면 놈들은 단계적으로 약화되게 되어 있지 않은가. 그게 오딘께서 준비해 주신 승리의 열쇠였다.

성일은 오시리스의 목소리가 끝난 지점을 쳐다보며 물었다.

"뭐라시냐?"

통역이 머뭇거리며 대답했다.

"시간을 끌면 놈들의 공세가 더욱 심해질 거라 하십니다. 그러기 전에 피해를 감수하고라도, 1차 약화까지는 단기간 안에 진행시켜 두어야 한다는 것이…… 오시리스 님의 결단입니다."

"그려? 그럼 어쩔 수 없지. 준비해 보드라고."

"칼, 칼리버 님?"

"왜."

"안 됩니다. 다 죽습니다. 두, 두…… 고 보실 겁니까? 막을 수 있는 분은 칼리버 님밖에 없으십니다. 이렇게까지 하지 않아도 버티다 보면. 설사 버티지 못해도 오딘께서 저희들을……."

빠직.

성일의 관자놀이 힘줄이 곧 뛰쳐나올 것처럼 부풀어 올랐다.

흡!

성일은 찰나를 포착했지만 반응하기엔 늦었다. 그보다도 성일부터가 주제를 넘어 버린 통역을 살리고 싶은 생각이 없었다.

통역의 그림자에서 튀어나온 검은 소환물들은 오시리스의 능력이었다.

그것들은 통역에게 달려들어 양팔을 잘라 놓았다. 남은 대가리는 순간에 날아든 오시리스의 손짓에 의해서 잘려 나갔다.

통역의 대가리가 주인을 잃고 바닥으로 떨어졌다. 성일은 거기서 부릅떠진 눈을 보고도 별 감흥이 들지 않았다.

멍청하긴.

 "문. 제. 있. 는. 가?"

 다시 들어도 기괴한 목소리였다. 오시리스가 성일의 얼굴에 대고 묻고 있었다.

 그러나 성일이 놀란 바는 오시리스가 사용한 언어가 한국어라는 사실에 있었다.

 "없수다. 근디 우리말 할 줄 아셨수? 그런 것도 모르고 번잡하게 굴었구만. 진즉 알려 주셨으믄 이런 꼴 안 보여 드렸을텐디."

 성일은 오시리스의 살의가 자신에게 쏠리는 걸 느꼈다.

 "쫄짜 하나 제대로 관리 못 한 거 정말로 죄송허요."

 성일의 시선은 모든 그림자로 향했다. 자신의 그림자일지라도 거기에서 오시리스가 부리는 망령들이 얼마든지 튀어나올 수 있었다.

 그런데 성일이 노려보던 오시리스의 그림자는 본래 있던 자리로 돌아갔다.

 성일은 멋쩍게 콧등을 긁었다. 그러고는 잘려진 통역의 대가리며 몸뚱이를 한쪽으로 밀어 찼다. 그 과정에서 피가 상당히 뿌려졌다.

비록 몬스터 피는 아니지만, 끌어올려진 감각 층으로 신선한 피 냄새가 밀려오기 시작했다. 전의를 돋우기에는 나쁘지 않은 냄새.

성일을 포함해 별동대 전원이 돌격 준비를 끝마친 그때였다.

바닥에서 퍼져 온 울림이 먼저였다. 그다음에 세상 전체를 진동시키는 괴성이 시작됐다. 괴수의 울음소리라기엔 소름 끼치는 느낌이 차원을 달리하는 것이었다.

성일은 이 느낌을 알고 있었다. 바클란 군단의 본토에서 둠 아루쿠다의 시선과 맞닥트렸을 때 이와 비슷했지 않았던가!

[경고: 둠 데지르가 진입 하였습니다.]

한 번으로 그치지 않았다.

[경고: 둠 데지르가 진입 하였습니다.]
[경고: 둠 데지르가 진입 하였습니다.]
[경고: 둠 데지르가…….]

사라지고 띄워지며 끊임없이 번뜩거려 댔다. 모두의 고개는 그쪽으로 향했다.

소리가 나는 쪽.

구원자 오딘이 홀로 빛기둥 결계의 보호 없이 데클란 군단을 상대하고 있는 쪽.

거기에 칠마제 중 하나가 모습을 드러낸 것이다.

어디서 그런 용기가 치밀었는지 모르겠다.

아마도 오딘 홀로 데클란 군단뿐만 아니라 둠 데지르까지 상대하고 있는데, 고작 쥐새끼들과 파충류 인간 따위에 겁을 먹었던 것이 부끄러워졌기 때문일지도 모르겠다.

성일은 오시리스의 등을 향해 열기를 토해 냈다. 우아아악, 하고.

"오시리스 님! 우리도 우리 할 일 합시다! 저짝은 오딘께서 계시니께. 우리는! 우리는!"

다만 오시리스의 명령은 조용하게 일어났다. 그의 직속 공대원들을 불러들였을 때처럼 소맷자락이 느릿하게 움직였다.

거기에서 다시금 빠져나온 집게손가락은 전방을 가리키고 있었다. 역병 번진 땅 위, 쥐새끼 바르바 군단들이 바글거리는 저기로.

즉시 성일이 달려 나갔다.

그가 본래 서 있던 자리에는 거친 잔영이 흩뜨려지고 있었다.

"한 번 죽지 두 번 죽냐아아아! 비켜어엇! 칼리버 님 나가신다아악—"

그 뒤로 따라붙는 별동대는 인종과 성별이 다 달랐지만 내뱉는 외침은 동일했다.

"칼리버! 칼리버!"

"칼리버! 칼리버!"

빠른 템포의 외침이었다. 또한 전투의 시작을 알리는 북소리였다.

그때도 둠 데지르가 일으킨 파멸의 울음소리는 소름 끼치게 흘러들어 오고 있었다. 성일은 그것이 둠 데지르의 비명 소리이길 바라며 속도를 끌어올렸다.

칠마제?

우주를 떠도는 신이라는 둥 별소리가 많은데, 그딴 건 알 바가 아니었다. 진짜 정체 같은 건 잘난 체하기 좋아하는 떠벌이들이나 떠들라고 내버려 두자. 복잡스러운 그것, 알고 싶지도 않았다.

오딘께선 더 강해지셨다. 그러니까 그냥! 지금껏 오딘 앞에서 갈가리 찢겨져 온 것들처럼 칠마제든 뭐든 다 뒈져 버려라!

성일은 빠르게 거리가 좁혀지는 바르바 군단을 향해 곱씹었다.

'기철아. 쫌만 기다려. 아빠, 거의 다 왔으!'

*　　　*　　　*

[바르바 역병이 2 제거 되었습니다. (역병 저항력)]

[바르바 역병: 55]

성일은 정신이 들자마자 팔을 휘저었다. 이제는 본능이
되고 만 행동이었다.

그러나 잡히는 것은 하나도 없었다. 온몸만 미치도록 간
지러울 뿐이다. 허공을 휘젓던 성일의 손은 이내 몸 곳곳으
로 향했다.

성일도 긁어서는 안 된다는 것을 모르지 않지만 견딜 수
가 없었다.

손톱을 세워서 긁어 댈 때마다 살점이 끌려 나왔다. 더
심하게 살을 후벼 팠으나 해소되는 건 아무것도 없었다. 도
리어 더 심해지고 있었다.

"칼…… 칼리…… 버…… 님……."

꽤 먼 거리에서 나오는 소리였고, 겨우 알아들을 수 있는
작은 목소리였다.

"자성이냐?"

"예."

성일은 몸을 일으키려 했다. 그렇게 땅을 짚던 손에 힘하나 들어가지 않고 나서야 성일은 온몸이 만신창이인 걸 깨달았다.

간지러움이 극성을 부리고 있었다. 때문에 어지간한 통증 따위는 느껴지지도 않았던 것이다.

"어떻게…… 된 거여?"

완전히 설 수 없고 큰대자로 뻗을 수도 없는 비좁은 굴이다. 공기는 몇백 년 동안 갇혀 있었던 것처럼 퀴퀴하고 시큼했다.

성일은 주위를 확인하며 물었다. 물론 자성에게는 전음이 미치지 않기에 소리를 최대한으로 죽여서였다.

"기억…… 안…… 나십니까?"

그 반문이 시작이었다.

기억들이 시간상의 순차적인 배열 없이 뒤죽박죽으로 떠올랐다.

이명처럼 비명 소리들이 들리는 것 같았다. 환각처럼 별동대원들이 죽어 가던 광경이 보이는 것 같았다.

모두와 함께 격렬하게 싸우던 광경도 고립돼서 혼자 발버둥 치던 당시의 광경도 모두.

무엇이 앞이고 뒤인지 순간적인 판단이 어려웠다.

어쨌거나 방어력을 소진하고 역병 저항력마저 바닥까지 떨어진 상태에서 살아남을 수 있었던 까닭은 분명했다.

성일은 알림 창을 노려보았다. 자신도 모르는 사이 또 몸을 긁으면서였다.

아니, 살갗을 찢어 대면서였다.

　[당신에게 풍사(風師)의 가호가 적용 되어 있습니다.]
　[남은 시간 (풍사의 가호) : 2시간 12분 29초]

아차 싶었다.

찰나에 가려움이 인식되지 않을 만큼 뇌리를 때려 오는 사실이 있었다.

성일은 바닥을 기어갔다. 그의 예상대로 자성이 역병에 삼켜져 있었다.

평소에 아들 기철이를 대입시켜 온 녀석이었다. 1막 1장부터 여기까지 함께 올라온 유일한 녀석. 그래서 애정도 각별했다.

죽고 사는 문제는 다 제 팔자고 제 능력에 달렸다지만, 녀석이 죽어 가는 모습은 성일에게 큰 충격일 수밖에 없었다.

성일은 쓰러지다시피 자성의 가슴에 머리를 박았다.

"이런 미련한 놈아. 너부터 살아야지. 너부터. 너부터……."

풍사의 가호는 자성의 주력 중 하나다. 아이템 재사용 시간에 14일이라는 매우 긴 시간이 걸려 있지만 그 효과만큼은 수차례에 걸쳐 증명된 바였다.

그런데 그것이 자성이 아니라 성일에게 적용되어 있었다.

"아…… 아재."

"이제 와서 아재냐? 진즉 그렇게 부르라니까, 왜 이제 와서."

"얼마…… 쳐 줄 겁니까? 제 목숨값…… 제 목숨값은……."

"쓰벌아. 죽으면 그게 대체 뭔 소용이여."

눈물도 있었다. 후벼 판 상처에서 떨어지는 핏물도 있었다.

"아재…… 믿습니다."

"거의 다 왔잖어. 여기서 죽으면 분해서 눈도 못 감으. 잘 아는 놈이 이게 뭔 짓이여."

"공오일공……."

"뭐?"

"공오일공이삼…… 삼사팔이사일일…… 강…… 자성. 아버지 강…… 일구…… 어머니…… 조수…… 연……."

당장으로선 여기가 어디인지도 알 수 없는 일이었다. 땅이 역병으로 물들어 있는 걸 보면 전장의 한구석일 가능성이 높았다.

그래서 성일은 소리도 울음도 최대한으로 삼킬 수밖에 없었다.

"아재…… 알죠? 나 비쌉니다…… 공오일공이삼…… 삼사팔이사일일."

자성은 죽어 가면서도 그 숫자만 힘겹게 내뱉고 있었다.

성일은 인정하고 싶지 않았다. 하지만 그는 힐러도 아니고 남은 인장이 있던 것도 아니었다.

그가 할 수 있는 것이라곤 자성을 향해 똑바로 들려주는 것밖에 없었다.

한 글자씩 똑바로.

자성이 죽어서도 눈을 감을 수 있게.

"공오일공이삼 삼사팔이사일일. 아버지 강일구. 어머니 조수연."

"백억……."

"니 목숨값이 그것밖에 안 될 것 같으? 되지도 않는 소리 말어."

"무서워요…… 살려 주세요. 아재……."

"내 앞에서 죽도록 내버려 둘 것 같으? 내가 누군디. 나 칼리버여. 권성일이여."

그게 희망 사항에 그친다는 걸, 성일도 자성도 모르지 않았다.

[남은 시간 (풍사의 가호) : 1시간 30분 1초]

성일은 몸이 회복되고 역병 수치가 일정 수치로 줄어들 때까지 꼼짝할 수 없었다.

자성의 최후 모습은 끔찍했다.

어지간한 부위는 피부와 근육이 다 녹아서 골격을 드러냈다. 쭈글쭈글해진 머리통은 주먹만큼 쪼그라들었다. 검붉은 점액질의 액체들이 흘러 대고 있었다. 손톱과 이빨이야 진즉에 다 떨어져 나갔다.

전반적으로 몸이 축소되었던 까닭에 방어구와 몸을 밀착하고 있던 공간은 크게 벌어져 있었다.

성일이 침음을 흘리며 자성을 내려놓았을 때.

자성의 남아 있는 손가락 하나에서 반지가 떨어져 나왔다.

[풍사(風師)의 보호 반지 (아이템)

아이템 등급 : A

아이템 레벨 : 480

효과: 사용 시, 대상에게 풍사의 가호가 적용 됩니다.

물리 방어력 : 0 / 5000

마법 방어력 : 0 / 10000

재사용 시간: 14일]

[풍사(風師)의 가호 (축복)

효과: 부상과 부정 효과가 중폭 회복 됩니다. 적용된 부정 효과에 대해서 저항력이 대폭 상승 합니다. 적용자의 체력 수치에 비례하여 재생 속도가 대폭 상승합니다.

지속 시간: 4시간]

*　　　*　　　*

자성의 시체는 생명이 꺼졌어도 수축 현상이 지속되고 있었다.

하지만 역병으로 죽은 각성자가 구울로 다시 나타나는

걸 수도 없이 봐 왔었다. 성일은 끝내 자성의 대가리를 짓밟을 수밖에 없었다.

마스터 구간의 구울이 나타나는 건 골치 아픈 일이니까.

성일의 얼굴은 그 어느 때보다 참혹해졌다.

[바르바 역병: 38]

성일이 굴 밖으로 나온 때는 역병 수치가 40선 아래로 떨어진 후였다.

여전히 온몸이 가려웠어도 이를 악물고 손에 피가 나도록 주먹을 움켜쥐는 것으로 어떻게든 참을 수 있었다.

성일의 첫 계획은 오시리스 군단으로 복귀하는 것이었다.

그러나 머지않아 깨달았다. 그 방향으로 들끓고 있는 군세를 혼자서 헤치고 나갈 수 있는 방법이 없다는 것을 말이다.

또한 얼핏 계산할 때에도 풍사의 가호가 남은 시간 동안 성공할 수 없는 일이었다. 그래서 성일의 관심은 북쪽 방향으로 돌아섰다.

그쪽에는 오딘의 중앙 무대가 있었다.

[길드 : 길드장 오딘이 퀘스트 '불굴의 전사들'을 완료 하였습니다.]

   ……

[길드 : 길드장 오딘이 최고위 제사장, 차우버러(데클란 군단)를 처치 하였습니다.]

일찍이 떴던 메시지들을 생각했을 때, 데클란 군단은 오딘의 선에서 어느 정도 정리되었을 터!

하지만 뇌리를 스쳐 가는 또 다른 메시지가 있었다.

[경고: 둠 데지르가 진입 하였습니다.]

거기는 오딘께서 칠마제 중 하나와 사투를 벌이고 있는 곳이기도 하다.

성일은 고통스러운 계산을 마쳤다. 자신의 냄새를 맡고 몰려드는 쥐새끼들이 늘어나고 있는 마당에 처음부터 선택지는 없는 것이었다.

오딘의 지시에서 어긋나게 되었지만 어쩔 수가 없었다.

살 수 있는 길은 그뿐이다.

혹시 모르지 않는가. 오딘께 자신이 도움이 될지도?

바르바 군단이 장악하고 있는 땅을 벗어나는 건 물론 쉬운 일이 아니었다.

그것들이 빛기둥 1층 결계를 중심으로 밀집되어 있는 건 맞지만, 살 냄새를 쫓아오는 것도 상당하고 곳곳에 포진되어 있는 것들을 피해 가는 것도 쉬운 일이 아니다.

찰나의 판단에 생사가 결정되었다. 성일은 그게 불길했다.

가까스로 연명하고 있다만 언제나 바른 선택을 할 수 있는 게 아니지 않은가.

수많은 갈림길을 계속 맞이하다 보면 한 번은 잘못된 길에 들어설 테고 결국에는 자성의 희생을 욕보이는 결과와 맞닥트릴 수 있었다.

어쨌거나 총 군단장 샤이마르 및 다른 네크로맨서들을 마주치는 일만큼은 피해야 했다.

간혹 추격대들을 끊어 두는 과정에서 부상이 늘어난 시점이다. 20선까지 떨어졌던 역병 수치는 어느덧 지금의 역병 저항력을 초과할 수 있는 선인, 50선까지 올라갔다.

풍사의 가호도 일찍이 떨어져 나갔다.

[바르바 역병: 51]

이럴 때 네크로맨서와 마주치면 해야 할 일은 다른 게 아니었다.

구울이 되지 않도록 자신의 뇌를 파괴해 버릴 것!

많은 각성자들이 그 짓을 못 해서 구울로 도래하는 일이 많았으나, 성일은 제 주먹을 미간 속으로 틀어박을 마음의 준비가 되어 있었다. 정말이지 하고 싶지 않은 일이지만.

"쓰벌. 쓰벌. 쓰버어어얼……."

역병이 번져 있는 땅에서 탈출했다고 해서 끝난 게 아니었다.

끊어 두지 못한 추격대 중 일부가 계속 따라붙고 있었다.

언제인지 모를 일이었다.

분명한 건 수많은 선택 중 결국 잘못된 선택이 있었던 모양이다. 중천에 떠 있던 해가 어느덧 능선에 걸려 있을 때에도 성일은 눈에 띄게 느려진 속도로 온몸을 긁으며 걸음을 재촉하고 있었다.

[바르바 역병: 61]

아슬아슬하게 눈앞에서 손을 멈췄다. 조금만 정신의 끈을 놓았다면 눈알을 후벼 파 버렸을 것이다. 성일은 신경질적으로 눈가를 비볐다.

그렇게 시야는 침침해졌다가 본래의 빛을 천천히 받아들였다.

문득 보이는 게 있었다.

역병 도진 땅에서 겨우 벗어났나 싶더니, 이번에는 늪지 대였다.

마루카 일족의 서식지란 말이다.

흐느적거리며 움직이는 것들은 바람에 흔들거리는 갈대가 아니라 마루카 일족의 촉수고, 툭툭 터져 대는 기포에서 기지개를 펴고 있는 건 마루카 귀족의 사생아들이란 말이다.

앞으로는 마루카의 서식지. 뒤로는 바르바 군단의 추격 대. 그리고 중앙이라고 할 수 있는 자신은 역병과 부상에 시달리는 신세.

성일은 그 완벽함에 미소를 지어 버렸다. 보호막이 슬슬 충전되고 있기는 하지만 그것만으로는 완벽하게 조합된 죽음의 손아귀에서 자신을 구제할 방법이 없어 보였다.

성일은 마루카의 서식지에서 걸어 나오는 인영(人影)을 보고 걸음을 멈췄다.

마루카에서 두 다리로 걷는 것들은 높은 확률로 귀족이다.

"이럼 뒈지는 건디⋯⋯."

자성이에게 참말로 미안허고.

오딘께도 면목 없고.

무엇보다 전 여편네를 홀린 노친네가 기철이를 제 아들 처럼 아껴 줄 일이 없기에 미련이 많이 남았다.

그래도 노친네 그 나이에 방망이가 제대로 서는 일은 없을 테니, 노친네와 여편네 사이에 자식이 태어날 일은 없을 것이다.

돈은 그럭저럭 잘 쓴다니까 대학까지는 보내 주지 않겠는가.

그 전에 노환으로 뒈져 블믄 그 돈이 여편네에게 갈 테고 기철이 팔자도 피게 되는 건가? 여편네 기빨이 보통 수준이 아니니까 가능한 이야기겠다.

"나보다 낫구만. 흐흐."

곧 웃음을 지운 성일의 두 눈에서 사생결단의 빛이 일렁였다.

그것도 잠시, 빠르게 흔들리다 꺼져 버렸다.

다가오는 마루카 귀족은 성일도 아는 몬스터였기 때문이었다.

인간, 아니 오딘께 붙어 버린 놈.

오르까.

*　　*　　*

바르바 추격대가 오르까의 서식지에서 발이 묶여 있는 동안.

성일은 오르까의 촉수에 묶여 어딘가로 옮겨지고 있었다. 오르까의 로브 속에서 자라 나온 그것은 처음부터 공격적이지도 않았다.

촉수가 옭아매는 힘은 느슨했고 하고자 한다면 풀고 나올 수 있을 것 같았다. 그러나 바르바 쥐새끼들처럼 성일의 살 냄새를 맡고 몰려든 오르까의 사생아들이 꽤 많았다.

성일은 오르까가 자신을 보호하고 있다는 것을 모르지 않았다.

역병 수치가 올라가던 것도 멈춰 있었다. 대신 상처 부위에서 기형 촉수들이 돋아나 흉측스럽게 꿈틀거려 대지만 미친 듯이 간지러운 것보단 나은 상황이었다. 그래서 성일은 저항 없이 숨을 고르고 있던 것이다.

성일이 보아하니, 오르까는 어떤 결계로 향하고 있었다.

빛기둥이 생성하는 결계는 아니었다.

안과 밖이 훤히 비치지 않고 은은한 황금빛으로 차단되어 있는 게 그러했다.

그 순간 머릿속으로 두 이름이 스쳐 지나갔다.

'오딘! 둠 데지르!'

둠 데지르의 소름 끼치는 울음소리는 이제 멎어 있었다.

그러나 거기로 가까워질 때마다 엄습해 오는 기운이 있었다. 성일은 이가 악물렸다. 오르까도 한 걸음 한 걸음 내

딛기가 힘들어하는 게 역력해졌다.

성일을 쫓아 따라붙던 오르까의 사생아들은 사라져 있었다.

오르까가 성일을 내려놓았다. 결계에 틈이 벌어져 있는 곳에서였다.

결계의 힘이 분명한 빛무리가 벌어진 공간을 채우고 있었다. 그럼에도 거기를 틈이라 부를 수 있는 까닭은 분명히 있었다.

거기에서만큼은 결계 안의 광경이 보였던 것이다.

성일은 그 안부터 들여다보았다.

"……!"

결계에 막혀 여기서는 느껴지지 않지만, 저 안에서는 실로 강력한 소용돌이가 휩쓸고 있는 게 분명했다.

벼락 줄기들이 난잡하게 튀어 대고 굉장한 양의 핏물들이 원형으로 크게 둘러져 회전하고 있었다. 살점 같이 유들유들한 것이나 일반 해골들이라면 진즉에 갈려져 나갔을 판이었다.

그럼에도 다 갈려지지 않고 마디마디 쪼개져서 돌고 있는 큰 뼈다귀들은 해골 용의 파편이다. 실제로 반으로 쪼개진 해골 용의 대가리가 거기에서 포착되었다.

그 외 아이템이었을 것으로 판단되는 다른 파편들도 팽

이처럼 회전하고 있었다.

아주 격렬하게.

그때.

성일의 두 눈이 부릅떠졌다. 순간을 놓칠 수 없기 때문에 당장 끌어올릴 수 있는 감각을 최고조까지 폭발시킨 직후였다.

순간에 나타났다가 터져 버린 것은 틀림없었다. 오딘의 잘려진 한쪽 팔이었다.

또 분리되어 나온 몸통이었다.

"오디이이인―!"

*　　　*　　　*

마지막 순간에 성일의 목소리를 들은 것 같았다. 하지만 이내 빨려 들어가다시피 한 곳은 어느 칠흑의 공간이었다.

거기에 존재하는 것은 나와 어디선가 나오는 메시지들뿐이었다.

[둠 데지르를 처치 하였습니다.]

[레벨 업 하였습니다.]

[레벨 업 하였습니다.]

......

[레벨 업 하였습니다.]

[경고: 퀘스트 '권능 추출'이 제거 되었습니다.]

[경고: 퀘스트 '이심전심, 인도관'이 제거 되었습니다.]

[퀘스트 '둠 맨의 탄생(1)'을 완료 하였습니다.]

[퀘스트 '둠 맨의 탄생(2)'이 발생 하였습니다.]

[추종자: 10000/10000]

[퀘스트 완료 조건을 충족 하였습니다.]

[퀘스트 '둠 맨의 탄생(2)'를 완료 하였습니다.]

[퀘스트 '둠 맨의 탄생(3)'이 발생 하였습니다.]

[둠 카소, 둠 데지르, 둠 마운 중 택일 처치 : 둠 데지르 처치 성공]

[퀘스트 완료 조건을 충족 하였습니다.]

[퀘스트 '둠 맨의 탄생(3)'을 완료 하였습니다.]

들려오는 심장 박동 소리가 컸다. 그래서 처음에는 어머니의 자궁 안으로밖에 생각되지 않았다. 그러다 그 소리들이 연희의 심장 소리라는 것을 깨달았을 때에도 메시지는 계속 솟구치고 있었다.

[축하합니다! 연계 퀘스트, '둠 맨의 탄생'을 최종 완료 하였습니다.]

Chapter 3.

첫 번째 퀘스트를 완료하자마자 나머지 연계 퀘스트들이 자동 완료되었다. 예정되어 있던 조건들이 이미 충족되어져 있기 때문이었다.

그렇게 최종 완료된 '둠 맨의 탄생'은 애초부터 강제로 진행되고 있던 퀘스트였다. 내게 채워진 족쇄이자 최후의 카드였다.

그것이 메시지로 확정된 순간이었다.

팟―!

온갖 감정과 생각들을 뚫고 나왔다. 바로 앞에서 뻘건 빛이 번졌다.

이제는 몸이란 게 없었다. 그러니 내 영혼마저 불태울 것 같은 겁화(劫火)의 열기가 거기서부터 뻗치고 있었다.

뻘건 원형의 형상이 정면을 가득 채우고 있는 것이었다.

실로 거대했다. 무서웠다. 나를 둘러싼 온 세상이 그것의 뻘건 빛에 잠식되어 있었다.

그러다 다시 어두컴컴해졌다. 또다시 뻘건 빛이 번졌을 때 눈동자를 봤다.

둠 카오스!

그것이 둠 카오스의 시선이라는 것을 깨닫고야 말았다.

예전에 봉인되기 직전 마주쳤을 때와는 차원이 달랐다. 실제로 여긴 라이프 베슬 안이다. 하지만 놈에게 가둬진 것 같은 느낌을 뿌리칠 수 없었다.

중압이 아니었다. 그 순간에 느낀 진짜 감정은 극에 이른 공포였다. 빌어먹을. 정신이 조작되고 있는 것이라 믿고 싶을 지경이다. 적당한 공포는 언제고 필요한 것이지만 마주하는 것만으로도 얼어붙고 마는 건, 죽음을 초래하는 짓이다.

도망칠 수 있었다면 뒤도 돌아보지 않고 바로 그렇게 했을 것이다. 그 이전에 놈에게 무릎 꿇려져 있을지도 모를 일이지만……

그런데 놈의 시선으로부터 뭔가가 전해져 오고 있었다.

인류의 단어로 형언하기는 어려운 것.

하고자 한다면 의념(意念) 혹은 의식의 집약체로 설명될 수 있는 현상이었다.

그것은 한 가지 진실로 점철되어 있었다.

시스템.

진짜 이름으론 올드 원이라 불리는 존재에 대해서 말이다.

올드 원은 우리 차원의 오래된 존재가 아니었다.

올드 원은 일찍이 차원을 옮겨 다니며 둠 카오스와 맞서 온 존재였다. 둠 카오스가 어떤 차원을 노리면 거기에는 어김없이 올드 원도 있었다.

하지만 무엇이 악이고 무엇이 선인지 판단하지 않겠다.

인류의 사고를 뛰어넘는 초월적인 두 존재가 벌이는 우주적 전쟁에서, 내 생각 따윈 한낱 먼지에 지나지 않겠지.

이분법적인 논리에 따라 둠 카오스가 악이고 올드 원이 선이라 할지라도 달라지는 건 아무것도 없다.

언제나 중요한 건 우리 가족의 삶. 더 나아가 인류의 안전이기 때문이다. 시간을 역행해 온 이후 그것만 보고 달려왔었다. 그것만 이룰 수 있다면 올드 원이든 둠 카오스든 알 바 아니다.

그래서였다.

나는 소리쳤다.

한 가지만 보장해라. 인류의 안전. 우리 차원에 대한 공
격을 멈추겠다고. 그럼 진심으로 네놈의 부하가 되어 올드
원과 싸워 주겠다.
생명력도, 영혼도, 대지도. 원하는 대로 다 공격해 바치
겠다는 것이다.
찍어! 어딜 공격하면 되지?

칠마제 군단의 본토들은 땅과 제 문명이 원활히 돌아가
고 있었다.
그렇듯 우리 인류의 본토도 안전을 보장받을 수만 있다
면 나는 영혼이라도 바칠 각오가 항시 되어 있었다.
의식으로만 돌아가는 세계인 것이 안타깝게 느껴졌다.
팔다리가 있다면 언젠가 조슈아가 내게 그랬던 것처럼
나도 그랬을 것이다. 놈을 향해 한쪽 무릎을 꿇고 이렇게
말하고 있을 것이다.
마스터(Master).

[둠 데지르의 지위를 계승 하였습니다.]

메시지가 떴다.

그걸 놈과의 계약이라 받아들였다.

[둠 카소는 당신을 두려워 할 것입니다.]

*　　*　　*

놈이 사라졌다.

세상을 가득 채웠던 뻘건 빛이 꺼졌다. 다시 어둠뿐이다.

의외로 달라진 것은 없었다. 아직은 부활되지 않은 상태
였기 때문일 것이다.

부활까지 얼마나 걸릴까? 어떤 식으로 진행되는 것일
까? 또 내게 깃들어 있던 올드원의 힘은 어떻게 되는 것일
까?

그걸 생각하던 찰나에 스며들 듯이 나타났다.

[남은 시간 (부활) : 29일 23시 59분 49초]

진하게 표시되는 메시지들은 둠 카오스가 보내오는 것
같았다. 또한 내가 놈의 진영으로 편입되었어도 놈은 이 체
계를 고수할 생각인 것 같았다.

하긴 나부터가 무슨 일이 있을 때마다 놈의 시선과 맞닥
트리는 일은 피하고 싶었다.

한편 연희의 심장 박동이 빨라지고 있었다. 갑자기 시야
가 트여 버린 순간은 그 소리에 한참을 집중하고 있던 어느
때였다.

화악—!

세상이 밝아졌다.

당연하겠지만 연희의 시야가 틀림없었다. 가느다랗고 작
은 여자의 팔로 그렇게나 바클란 전사들을 도륙하고 다닐
수 있는 사람은 연희밖에 없었다.

멀리서는 연희의 애완물인 크시포스 군드락 왕의 괴성도
들려오고 있었다.

연희에게 지배된 바클란 고위 전사 하나는 제 동족에게
목이 잘려 나갔다. 그리고 그것을 죽인 바클란은 다시 연희
의 지배하에 놓여 있다가, 비슷한 죽음을 맞이하였다.

연희야. 우연희! 들려?

연희에게선 어떤 반응도 없었다. 내가 죽어 라이프 베슬
자체인, 본인에게 깃들어 있다는 사실을 지각하지 못했다.

어쨌거나 나는 둠 카오스의 진영에 편입되었다. 그랬어

도 칠마제 군단의 공격이 중단되지 않은 상황이었다.

난전 중이기 때문일까.

아니면 인간 각성자나 제 군단병 따윈 둠 카오스에게 별 가치가 없는 것일까.

무엇이든 속단하기엔 일렀다.

[길드: 마리 군단이 1층 결계 방어에 성공 하였습니다.]
[1차 약화까지 : 6일 4시간 1분 3초]

연희가 애완물을 불러들였다.

그것을 품에 안고 지나치는 곳마다 바클란의 시체로 그득해졌다.

바클란 시체들 사이로 각성자들의 시체가 늘기 시작했다. 연희의 시선은 시체들을 꼼꼼히 훑었다. 좋은 장비를 착용한 것들에게는 시선이 머무는 시간이 조금 길었다.

아이템을 수거할 때마다 나도 똑같이 그녀가 보고 있는 아이템 정보 창을 볼 수 있었다.

부피가 있는 장비들은 한쪽으로 치워졌다. B 등급 이상의 장신구들이 주를 이뤘다.

그때 멀리서 포착되는 소리가 있었다.

녀석들은 연희를 감히, 마녀라고 지칭했다. 수군거리고 있는 그 대화들은 매우 조심스럽게 진행되고 있었다.

스스슷―

연희가 즉각 움직였다. 시간이 빠르게 흘러가는 듯한 속도감 다음에 도망치고 있는 자들의 뒷모습이 펼쳐졌다.

거기서 의아한 점은 녀석들이 연희의 추격을 어떻게 파악해서, 도망치고 있었냐는 거다.

연희가 기척을 내는 것으로 녀석들은 멈출 수밖에 없었다.

솔직히 감탄했다.

나는 연희가 녀석들을 도륙할 거라 확신하고 있었다. 하지만 연희는 밝은 목소리를 내며 묻고 있었다. 본인을 마녀라고 지칭하며 작당하는 말을 듣고도 태연했던 것이다.

"날 봤으면 나오는 게 있어야지 않겠어?"

연희의 노력에도 불구하고 들려오는 대답이 없었다. 연희는 한 사내를 특정했다.

그는 귀신과 마주하고 만 듯 얼어붙었다. 직전, 둠 카오스의 시선과 마주했을 때 내가 바로 저랬다.

"누구?"

"디, 디에고 공격대원 라파엘입니다. 3중대, 디에고 로드리게스 휘하에 있습니다."

"마리 군단 3중대의."

"예. 마, 마리 님 군단 3중대의 디에고 로드리게스 휘하에 있습니다."

"말해 보렴. 라파엘. 무슨 일이니?"

주변으로 넷이 더 있었다.

그들의 중심은 여전히 틀어져 있었다. 언제고 다시 도망칠 수 있게 준비되어 있는 것이다. 그런데 연희 앞에서 그런 게 가능할 리는 없다.

이미 연희의 시선부터가 녀석들을 의식하고 있었다. 도망치는 순간 녀석들의 목은 날아가거나, 동료라고 생각했던 자에게 죽임을 당할 것이다.

그때도 나오는 대답이 없었다.

[* 보관함]

[광대의 단검이 제거 되었습니다.]

연희의 주먹이 단검을 말아 감았다. 그대로 녀석의 얼굴에 꽂힐 것만 같았다.

그러나 뻗쳐지는 중에 칼끝의 진행 방향이 녀석의 턱 밑으로 바뀌었다.

연희가 조금만 힘을 가해도 방어력이 하나 없는 녀석으

로션 당장 턱 밑에서부터 뇌까지 수직으로 꿰뚫릴 참이었다.

"오딘께서 그러셨지. 이거 좋은 거라고. 최종 강화까지는 멀었지만 지금대로도 뭐, 나도 그렇게 생각해. 강화 인장 가진 사람 없지?"

"마…… 마리 님……."

"있으면 봐주려고 했는데, 없나 보네."

"제발."

"마녀는 정신만 빼앗지 않는단다. 저주도 얼마든지 가능해요."

장난 같지만 짙은 살의가 묻어 나오는 음성이었다.

"선택해. 정신이야, 저주야?"

"저, 저희는 조금도 마음이 없습니다. 저희들은 그저……."

"이제 제대로 말할 생각이 드니?"

"의논한 것뿐입니다. 오딘께서 시스템의 악의적인 부분을 다 감당하셨다 했는데, 왜 이런 퀘스트가 뜬 것인지…… 정말로 그것뿐입니다. 믿어 주십시오. 시스템이 마리 님을 죽이라 하고 있습니다. 조심하셔야 합니다. 마, 마리 님."

연희의 시선으로 대상의 기억을 끄집어내는 광경을 보는 건 이번이 처음이었다.

둠 데지르에는 비견되지 않을지라도, 대상의 최근 기억을 중심으로 훑어 내려가는 속도는 찰나와 같았다.

그러다 꽂혀 들어왔다.

[암살 (퀘스트)

모두의 위험으로만 그치는 게 아닙니다. 그녀의 존재는 최악 중에 최악 입니다.

임무 : 마리를 죽여라

제한 시간: 30일 (남은 시간: 29일 21시 30분 2초)

등급: S

보상: 첼린저 박스 * 50, 퀘스트 '수호자' 시작 아이템, 퀘스트 '정체 불명의 검은 파편' 시작 아이템, 퀘스트 '해골 용의 주인' 시작 아이템, 특전 '급속 성장' . 특전 '회수' .

 * 퀘스트 아이템(위치 탐색기)가 지급 됩니다.

 * 안심하십시오. 마리에게는 암살 퀘스트가 발생 하지 않습니다.

 * 막대한 경험치가 예정 되어 있는 퀘스트 입니다.]

＊　　　＊　　　＊

올드 원은 원래부터 날 그렇게 써먹기로 계획했던 것인가.

둠 하나 죽이고 토사구팽시키기로?

어쨌거나 빌어먹을 올드 원은 이 녀석들에게만 퀘스트를 주지 않았을 것이다.

모두에게 연희를 던져서 종국에는 나를 완전한 죽음에 이르게 하겠다는 거다.

퀘스트 시작 아이템과 특전의 이름들에 휘황찬란한 미사여구가 붙어 있지 않아도 누구라도 알 수 있는 일이었다.

그 이름들 속에 굉장한 공능이 깃들어 있음을.

첼린저 박스의 개수부터 나를 향한 올드 원의 살의가 묻어 나왔다.

연희는 거기서 시선을 뗐다. 자신의 퀘스트 창을 뒤지기 시작했다. 본시 쌍방향으로 동시 진행되는 암살 퀘스트였으나 이번은 달랐다.

녀석이 받은 퀘스트에 고지되어 있던 대로였다. 연희에게 추가로 들어와 있는 암살 퀘스트는 따로 없었다.

"……오랜만이네. 더 심해졌지만."

"예?"

"별거 아냐. 어쨌든 나도 날 죽이고 싶은데 너희들은 오죽하겠니."

"살, 살려 주십시오. 저희들은 정말 무슨 일인가, 의논만 했을 뿐입니다. 무슨 말이라도 해 봐."

녀석은 여전히 자신의 턱 끝에 닿아 있는 칼끝을 쳐다보다가 동료들에게로 눈알을 돌렸다.

그때도 연희의 시야는 녀석의 얼굴에만 향해 있었다. 그래서 그 아래인 크시포스를 쓰다듬는 광경은 보이지 않았다.

그래도 그걸 확신할 수 있는 이유는 연희가 쓰다듬을 때 내는 크시포스의 작은 울음소리가 들리고 있기 때문이었다.

고르르르, 하는 작은 울음소리.

곧 연희의 칼끝이 빠르게 거둬졌다.

광대의 단검은 살아 있는 생물처럼 연희의 손아귀 안에서 재주 부려졌다. 그러더니 보관함 속으로 사라졌다.

예상과는 달리 연희는 겁에 질려 있는 녀석들을 내버려두고 떠났다. 그때부터 연희의 시선은 제 애완물에게 향하는 경우가 많아졌다.

연희가 제 애완물을 열심히 쓰다듬는 광경에서, 그녀가 자신을 진정시키는 데 상당히 노력하고 있음을 알 수 있었다.

7층 결계.

전투를 끝내고 온 간부급 인사들이 속속 도착하고 있었다.

그들이 연희를 바라보는 시선들은 대개 같았다.

갈증 같은 것이 달라붙어 있었다.

애써 그것을 티 내지 않으려는 느낌, 역으로 연희를 두려워하는 느낌, 위험한 계산이 바쁜 다양한 느낌들이 혼재되어 있었다.

"자자. 여기 집중해 줄래?"

연희는 시선을 더 집중시켰다. 중학 교사 때처럼이었다.

"퀘스트 뜬 것들은 손 들어 보자."

연희의 태연스럽고 장난스러운 어투를 진심으로 받아들이는 자는 거기에 아무도 없었다. 전부였다. 손을 드는 자들 모두 눈빛을 교환했다. 언제고 촉발할 수 있는 사태를 준비하는 듯 보였다.

연희가 고개를 끄덕임에 따라 보이는 시야도 위아래로 흔들렸다.

[감응이 개방 되었습니다.]

"다 짜증스럽긴 한데. 너희 둘은 진짜 안 되겠다."

그렇게 일은 일어났다.

[이지스의 시선을 시전 하였습니다.]
[대상: 진짜 안 되는 놈 !]

갑자기 간부 중 하나가 일어났다. 다른 간부를 향해 몸을 던졌다.

그가 쥐고 있던 둔기에 한기가 머금어졌다. 상대의 정수리를 향해 내려쳐질 때에도 빙결의 꼬리가 궤적을 그렸다.

다들 전투를 마치고 방어력이 소진되어 있던 때였다. 또한 애초부터 연희가 골랐던 간부는 다른 간부들에 비해 강력한 자였다.

그의 얼음 둔기는 피격자의 머리를 강타했다. 파괴력도 파괴력이다. 하지만 상대를 옭아맬 수 있는 빙결 효과가 피격 부위부터 아래로 빠르게 번져 내려갔다.

그는 피격자를 발로 밀어 차서 넘어트렸다.

양발 사이로 피격자의 상체를 두고, 양손으로 치켜 올려진 둔기는 피격자의 안면을 향해 정확히 내리꽂아졌다.

그러고는 광분한 눈길로 나를, 아니 연희를 쳐다보았다.

연희의 명령을 기다리고 있는 걸로 보였다.

"한마디만 할게."

연희가 자신을 향한 다양한 시선들을 향해 뇌까렸다.

"죽기 싫으면 구경만 해. 나라고 다 망치고 싶진 않으니까."

연희의 시야가 지배된 간부를 향해 위아래로 짧게 한번 흔들거렸다.

그러자 멈춰 있던 둔기질이 시작됐다.

퍼억! 퍼억! 퍼억!

피가 튀고 살점이 날아들었다. 연희의 눈앞까지도.

*　　　*　　　*

"누구 특전에 대해 아는 사람 없어?"

"……오시리스와 그의 공대원들을 본 적 있나?"

"죽었으면 죽었지. 난 그런 꼴로는 못 살아. 못 돌아가. 높으신 양반들에게 듣자니 오시리스도 그렇게 일그러져 있다던데."

"들리지 않는 곳이라고 맘대로 지껄이긴. 그들 앞에서도 그렇게 말할 수 있다면 인정해 주마."

"흐흣. 계속해 봐. 오시리스는 왜 튀어나온 거지?"

"2막 1장의 레볼루치온(12)와 세계 각성자 협회(1) 출신들은 우리가 겪지 못한 걸 겪었었다. 이런. 아무도 모르는 건가? 이거 실망스럽군."

"존나게 옛날 얘기잖아. 우리가 겪지 못한 걸 그쪽은 어떻게 알고 있는 거지? 당신을 못 믿어서 하는 말이 아니야. 신중해야지. 헛소문에 깔려 죽은 놈들이 어디 한둘이야?"

"들었다."

"그들 중 하나에게?"

"그렇다."

"오시리스 쪽?"

"다른 쪽."

"구원자의 도시민?"

"그래."

"잠깐만. 정확히 짚고 넘어가야지. 당신도 광신도……?"

"모르겠군. 그들이 했던 말들은 하나 틀린 게 없었다. 이젠 우리 모두가 그걸 알고 있지. 지금 그게 중요한가?"

"당신도 광신도냐고."

"아니다."

"확실히 하는 게 좋을 거야. 광신도면 꺼지고 아니면 다시 앉아. 단 꺼질 거면 하나는 알고 꺼져. 이미 여기에 한번 발을 담갔다는 걸."

"이 짓거리 계속해야 되나? 날 믿지 못하면 나도 너희들을 믿어야 할 이유가 없다."

"쏘리."

"너희들은 구원자들의 도시민들을 경멸하는 것 같지만······."

"소름 끼쳐 하는 걸로 해 두지."

"어쨌든 구원자의 도시민들은 그분과 가장 밀접하게 닿았던 자들이다. 많은 비밀들이 그들로부터 풀려져 왔었다. 시스템의 악의가 증발된 까닭부터 칠마제의 존재까지."

"그러니까 왜."

"끝까지 들어. 너희들도 2막 1장이 중요한 분기점이었단 걸 알고 있겠지. 거기에 대해선 따로 언급하지 않겠다. 하지만 의외긴 하군. 너희 같은 강자들이 그 시절의 참혹함을 모르고 있다니."

"······."

"2막 1장에서 속칭 '상위 무대'라고 찍힌 무대들이 갈려져 나간 일이 일어났었다. 계산이 능한 자들에 따르면 그때 전체 무대의 20%가 증발되었을 거라더군. 단 하나의 퀘스트에 의해서."

"퀘스트?"

"세 명이 한 그룹이 되어 그중에 한 명만 살아 나오는 퀘스트였다."

"다른 때도 아니고 2막 1장에서? 결계에 나이트 습격에,

아주 좆같았던 땐데? 이젠 그 좆같음을 몬스터들이 겪게 될 테지만. 히힛."

"그랬으니 그 뒤야 뻔하지 않은가? 살아남은 자들끼리 뭉쳤어도 도시들을 지킬 수가 없었을 것이다. 빛기둥은 고사하고 결계 하나 뚫을 수 없었겠지. 그렇게 당시의 앞서 있던 그룹들은 전부 몰살당했다."

"흐흐흐. '상위 무대'로 찍힌 강자들이 그때 다 죽었다고? 대박이네."

"너희들이나 나나 여기까지 올 수 있었던 것 역시, 그것들이 치워졌기 때문이었을 지도 모르겠군. 어쨌든 1/3로 줄어든 병력으로 2막 1장을 완료할 수 있을 것 같은가? 2막 1장의 레볼루치온(12)와 세계 각성자 협회(1)은 그때 낙오됐어야 할 무대였다."

"살아 나왔다며?"

"7만 명으로 시작했던 그분의 레볼루치온(12)는 9천 명만. 오시리스의 세계 각성자 협회(1)은 90명만 살아 나왔다."

"이야. 애초부터 반원의 주인들은 우리와는 종(種)이 달라. 종(種)이. 오시리스, 마리……."

"일단 그분에 대해선 논외로 치겠다. 그분에 대해선 어떤 말이든 하고 싶지 않군. 하지만 오시리스, 그자가 2막 1

장에서 어떻게 살아남을 수 있었을까? 반드시 죽었어야만 하는 상황에서?"

"그 얘기였어? 특전?"

"운명을 거부할 수 있는 힘. 기적을 창조해 낼 수 있는 능력. 난 특전을 그렇게 정의하고 싶다. 첼린저 박스 50개? 퀘스트 시작 아이템들? 막대한 경험치…… 특전만 할까."

"특전 급속성장, 이름부터가 죽여주잖아. 경험치 빨고 급속 성장 보태면 첼린저 구간까지 한순간일 것 같지 않아? 그나저나 그분의 행방이 관건인데……."

속닥속닥.

*　　*　　*

「공대장님께서도 보셨지 않습니까.」

「그때 나도 보상만 생각하고 있었다. 마리의 모가지를 노려보고 있었다. 하지만 마리는 로드리게스만 죽여 놓았지.」

「다행입니다. 그렇지 않아도 제가 끼어들 수 없는 자리라. 하지만 공대장님 안심하셔서는 안 됩니다. 마리는 일벌백계로 다스리려는 겁니다. 그리고 생각해 보십시오. 마리의 정신 지배 스킬은 쿨 타임이 거의 없는 것 같습니다. 마리에게는 물량이 통하지 않습니다. 바클란들에게 그랬듯이, 우리끼리 죽이며 마리를 위해 싸우게 될 겁니다. 사실 이런 의논을 하는 것 자체가 몹시 위험한 일입니다.」

「메이가 어떻게 죽었지? 하물며 마리의 감응 능력은 더욱 뛰어날 것이다. 잠이나 제대로 잘 수 있을까 모르겠군. 그것이 결국에는 마리에게 치명적으로 작용될 수밖에 없다. 정신계들이 미쳐 버리면?」

「살육을 일으킵니다.」

「마리가 일으킬 살육은 더욱 참혹할 테고. 그때 기회가 보일 것이다. 성공하면 첼린저 박스 50개 중 반을 너희들에게 배분해 줄 생각이다. 아이템으로. 나 혼자 독차지하지 않아.」

「믿고 있습니다. 하지만 제가 언제 공대장님의 뜻을 짚고 넘어간 적이 있습니까?」

「나도 마리가 두렵다. 미칠 듯이 두렵지. 그만큼 원하고.」

「해도 멈추셨으면 합니다. 이런 때일수록 마리에게 충성을 보여야 공대장님의 앞길이 트일 것입니다. 공대장님. 마리는 그분의 여자라 알려져 있습니다. 또한 반원의 주인들이 이 일을 묵과하겠습니까?」

「때문에 그들이 도착하기 전에 상황이 끝나야 한다는 것이다. 그들이 보상을 차지하기 전에. 1차 약화가 지난 다음이 되겠군.」

「제 생각은 다릅니다. 그분의 눈치를 보고 행동으로 옮기지 않을 겁니다. 그분과 둠 데지르의 전투 결과가 확실해질 때까지는 어떤 낌새도 보이셔서는 안 됩니다. 물론 감정을 숨길 방법은 없지만, 어차피 그건 마리에게는 줄곧 있어왔을 일이라…….」

「나도 마리가 살육을 일으키기 전까지는 섣불리 움직일 생각이 없다.」

「아닙니다. 공대장님. 그런 일이 발생하더라도 생존에만 목적을 두고 퀘스트는 생각하지 마셔야 합니다. 공대장님께서 생각하는 것 이상으로 반원의 주인들은 유대 관계가 강력합니다.」

「간혹 착각하는 놈들이 있었지. 자신이 더 잘났다고 말이다. 한데 나보다 더 잘났으면 왜 내 손에 죽었을까. 왜 내 자리를 차지하지 못했을까.」

「죄송합니다. 제가 주제넘었습니다.」

「그분께서 둠 카오스의 악의를 한 몸에 받고 있었다는 걸 믿나?」

「예.」

「시스템이 이 시점에 암살 퀘스트를 띄우는 이유가 뭐겠는가. 그분께서 둠 데지르와 맞서고 계신 때에? '구원자의 도시민'들의 논리에 따르면 그분께선 죽었다.」

「오딘께서 둠 데지르에게 패하셨다면 왜 이렇게 조용할까요? 제가 또…… 죄송합니다. 주변 상황을 좀 더 알아 오겠습니다.」

「이게 조용한가? 조만간 알게 될 것이다. 오딘이시든 둠 데지르든 무엇 하나 나타나지 않는다면, 오딘께선 죽은 것이다.」

「예. 맞습니다.」

「하면 누가 그분의 권좌를 이을까? 마리? 오시리스? 염마왕? 이태한? 단언할 수 있겠군. 마리를 죽이고 보상을 차지하는 자가 잇는다. 이는 그들 반원의 주인들에게만 국한되는 이야기가 아니다. 병렬의 다섯 주인, 우리 30인들에게도 해당되는 이야기다. 그만한 양의 첼린저 박스라면 가능하지. 설사 너희들에게 반을 떼어 주어도.」

「그렇습니다.」

「모든 군단의 강자들이 마리를 죽이러 올 것이다. 1차 약화 시간을 앞당기는 순서대로. 혹은 1차 약화가 끝난 후 몬스터들을 뚫고.」

「예.」

「마리가 끝까지 살아 그분의 권좌를 차지하는 일은 없

냐, 반문하고 싶겠지.」

「아닙니다. 공공의 적이 된 마리에게 그럴 가능성은 보이지 않습니다.」

「해서 우리에게 남은 시간은 5일이다. 정확히 5일 18시간 22분 40초. 1차 약화에 성공하는 그 시간까지가 우리에게 주어진 시간인 것이지.」

「예.」

「하지만 그 시간 안에 마리가 살육을 일으키지 않을 경우도 가정해 놔야겠군. 오딘께서 진정 패하셨는지도 의문을 남겨서는 안 될 것이다.」

「분부만 내려 주십시오.」

「1차 약화까지 별일이 없다면 너는 누구보다 빨리 중앙 구역까지 뚫고 가서 그분의 생사를 확인하라.」

「둠 데지르와 전투가 지속 중이거나, 무슨 이유에서든 거기에 계시다면 조속히 돌아와 보고드리겠습니다.」

「그래. A급 순간 이동의 인장 및 필요한 자원을 모두 가져다 써도 좋다. 아무리 마리라고 해도 거기까지 신경 쓸 겨를은 없을 것이다.」

「마지막으로 한 말씀 올리겠습니다. 오딘께서 죽임을 당하셨다면, 또 어떤 이유로든 둠 데지르가 우리에게 간섭할 수 있는 상황이라면 상황이 급격하게 돌아갈 것입니다.」

「이제부터 나는 그걸 준비할 것이다. 하나 인정할 것은 그땐 다른 그룹들에 비해 열세 중의 열세다. 하지만 여기에서 준비할 수 있는 이점들을 백분 살리면, 우리에게도 기회가 온다.」

「예.」

「믿어라. 내가 마리를 먹고 반원의 중심에 앉을 것이다.」

화르륵!

＊　　　＊　　　＊

연희가 본보기로 간부 하나를 작살내 놓은 밤.

그래도 온갖 모략들이 많다 못해 흘러넘쳤다.

빌어먹을 새끼들.

첼린저 구간의 감각이 어디까지 미치는지 귀동냥으로만 들은 녀석들이라도, 최절정의 감각에 대해선 몰랐다. 그것들 같은 경우엔 할 수 있는 최대로 소리를 죽여서 대화를 나누고 있었다.

하지만 서필로 진행되는 경우도 적지 않았다. 슥슥거리는 소리들이 여기저기서 난잡했다.

그러다 모든 소리가 꺼져 버리는 순간이 있었다. 연희가 감각을 끝까지 짓누르면서 발생한 일인데, 이는 무척 위험한 일이었다.

[감응를 차단 하였습니다.]

특성도 죽여 버렸다. 하지만 다행히도 그 시간이 길지 않았다. 연희라고, 감각을 민간인 수준으로 떨어트려 버리는 일이 어떤 결과를 초래할지 모르지 않기 때문이었다.

그간 연희는 새롭지만 어떻게든 밝은 성향을 되찾아 오고 있었다.

나는 그것이 다시 꺼져 버릴까 우려되었다.

"안 되겠어. 확인해 볼 수밖에. 뭐? 중앙 지역으로 가면 안 된다고?"

물론 크시포스의 말이 진짜 들려서 하는 소리는 아닐 것이다.

"그럼 나보고 어떻게 하라고. 여기 있다간 정신 줄 놔 버리는 순간이 오고야 말 거야. 다시 또…… 안 돼. 죽어도 될 놈들이라고 해도 그런 식으론 정말 싫어. 싫다고."

연희는 그날 밤 잠을 이루지 못했다. 이튿날부터 연희의 지시에 의해 수거되어져 오는 위치 탐색기가 쌓이기 시작했다.

하지만 연희도 그 많은 수를 모조리 회수할 수는 없다는 걸 인정하고 있었다.

죽은 자들의 것은 알아서 파괴된다. 퀘스트 기간이 지나도 파괴된다. 그러나 보고 올리기론 전사로 처리해 놓고 중간에서 빼돌리는 위치 탐색기가 나올 수밖에 없는 것이었다.

연희의 군단에서만 자그마치 10만 개다. 그중에서 회수되지 못한 탐색기가 돌아다니며 연희의 등을 노려보고 있었다.

표면적으론 아무런 일 없이 조용히 흘러가는 듯했다. 순간순간 1층 결계로 부딪쳐 오는 바클란들의 절박함이나, 그것들로부터 결계를 지켜 내려는 각성자들의 투혼까지도 말이다.

그러나 내부에서는 언제고 그녀를 향한 수만 개의 시선이 쫓아다니며, 그 아래의 주둥아리에서 나오는 소리들로 시끄러웠다.

연희는 메말라 가고 있었다.

감각과 감응을 조율하면서 버티고는 있지만, 입맛을 잃기 시작한 시점부터 조짐이 있었던 것이다.

1차 약화를 하루 남겨 두고 일이 일어났다.

소리 때문만이 아니었다. 차마 닫을 수 없었던 감응에 의해, 연희가 느낄 수 있는 것들이 부딪쳐 오고 있을 것이다.

온갖 살의(殺意)들 말이다. 연희는 그러한 감옥에 갇혀 있었다.

그날도 술렁거림이 심했다.

"오딘 덕분에 시스템의 악의가 사라졌다고 가정해 보자. 그러면 지금의 퀘스트는 어디에서 나온 것일까? 시스템 그 자체에서지. '모두의 위험으로 그치는 게 아닙니다. 그녀의 존재는 최악 중의 최악입니다.', 이건 진실이란 말이다."

"오딘이 죽어서 시스템의 악의가 부활했다는 소리도 많아. 그렇다면 이건, 몬스터들에게 힘을 보태내려는 칠마제의 계략이 된다. 우리 사이에 내분을 일으키려는 장난질. 기억나지?"

"하지만 장난질 치고는 보상이……."

"끝내주지. 그런데 우리가 넘볼 수 없는 거잖아. 전투는 또 어떻게 하고?"

"윗선에서는 결계 한두 개쯤 내주더라도 상관없다고 판단할 거다. 그러니까 그 난리들이지. 우리도 들어가자."

"나도 같은 생각인데, 어디가 좋을까."

"어디긴. 첼린저 박스를 보장해 주는 곳으로. 늦지 않았으면 좋겠군."

전투에서 죽어 나간 전사자들에 대한 이야기들보다 그러한 소리들이 더 많아졌다.

그렇지 않아도 연희는 신경이 예민해진 상태였다. 지난 오 일간 한숨도 자지 않고 먹은 것도 그리 많지 않은 때였다.

그녀는 도륙을 끝낸 바클란들의 시체를 발밑에 두고 가만히 있었다. 사방에서 들려오는 대화 소리에 귀를 기울이다가 세차게 머리를 흔들기 시작했다. 사정없이 아무렇게나.

그렇게 감긴 시야에는 어둠뿐이었다. 당장 보이는 건 답답한 메시지 하나.

[남은 시간 (부활) : 24일 20시 58분 48초]

문득 연희의 심장이 빠르게 뛰기 시작했다.

좀처럼 가라앉지 않았다.

민간인이었다면 그대로 혈압이 터져 버렸을 울림이었다.

연희가 눈을 떴을 때 시야는 살짝 흐릿해져 있었다.

위기 신호였다.

아니나 다를까, 그때부터 시작된 연희의 질주는 평소와 달랐다. 그녀가 잠깐 멈춰 선 곳에는 몬스터 피지(皮紙)들이 바닥에 버려진 채로 불길에 휩싸여 있었다.

밀담을 나누고 있던 흔적.

또한 불길 속을 나뒹구는 그것에는 한눈에 보기에도, 군단 병력과 자원을 움직일 수 있는 자들만이 다룰 수 있는 정보들이 굴러다녔다.

연희의 발이 불길 속을 걷어차 올렸다. 피지들이 불씨들과 함께 허공으로 솟구쳤다.

「품목: ??? * 8

창고: ??? 황금 독수리 공격대, 찌오네 ??? 」

「품목: 인장 (???) * 1, ??? (보호 B) * 6 , 방벽의

인장 C *2

창고: 5 중대 ??? ???? ???? 」

「품목: ??? (신성한 샘 B) * 1, 인장 (신속 B) *1 ,

인장 ??? * 6

창고: ??? 아만다 공격대, 스다 켄타로 」

하지만 연희의 심장을 더 거세게 몰아치게 만든 건 그딴 것들이 아니었다. 피지들 속에 파묻혀 있는 것 중, 아직 불길이 옮겨붙지 않은 어느 것들에서였다.

「1막 1장 : 확인되지 않음.

— 같이 시작하였던 각성자를 찾을 수 없었음. 또한 당시의 활동을 알고 있는 자도 전무하였음. 이하부터 마리의 바깥 신상을 유추할 수 있는 자료 또한 전무함.

1막 2장 : 중앙 구역의 리더로 활동. 7층 첨탑의 마지막 층을 혼자서 공략한 것으로 확인됨. 호의적이고 평판이 좋았던 걸로 알려짐.

1막 최종장: 준비 기간 내 무대를 통일하는 동안, 폭주 현상을 보인 것으로 확인됨. 1막 2장에서부터 마리의 최측근으로 활동했던 여성 둘과 구(舊)협회인 하나도 그때 낙오됨.

폭주 이후 행적이 묘연하다가 최종장 종반에서 다시 활동을 시작. 그러나 그룹 일에 관여하지 않음.

— 마리라는 코드명이 알려진 것이 이 시점부터

임.

　2막 1장: 빛기둥 공략이 막바지에 이른 시점에서 크게 관여함. 인장 빛기둥은 이 시점에 확보한 것으로 추정됨. 그 이후로 다시 그룹 일에 관여하지 않음.

　2막 2장: 2막 중반부터 활동을 재개함. 이후로 1막의 최종장과 2막 1장에서 보였던 은둔 행위를 보이지 않고, 그룹의 최고 리더로 군림하기 시작함.
　— 최고 리더 : 길드장의 직위를 확보하지 않은 채로 휘하에 길드장과 군단장들을 거느리는 막후의 실력자를 뜻함.

　2막 3장: 그라프 일족의 침공 당시, 군단 퀘스트가 아닌 수집 퀘스트를 최우선으로 함. 때문에 길드 내 많은 피해가 발생하고 불만이 팽배했던 것으로 예상할 수 있으나, 지배력에는 이상이 없던 것으로 보임.
　— 당시부터 최소한의 잠과 식사만으로 생활했다고 확인되었음.

　2막 4장: 마리 본인으로선 전 장을 통틀어 제일 많

은 성장을 이룬 것으로 추정됨. 4장의 B급 던전과 퀘스트 '도시 증발'들을 최종 완료한 것은 언제나 마리와 마리의 공격대였음.

— 마리의 공격대는 즉석에서 차출되는 막공으로 운영됨. 길드장도 차출되는 경우가 많았던 탓에 길드장이 수시로 바뀌었음.

— 2막 5장의 레볼루치온(30) 출신들이 마리를 악녀(惡女)라고 부르게 된 시점임.

— 폭주로 추정되는 출혈 사태가 2번 일어남. 모두 마리의 막공을 거부하다가 일어난 일로 확인됨. 이후로 동일한 사례가 없음.

2막 5장: 오딘이 합류한 시점임. 네크로맨서를 해치운 것도 둘에 의해서로 확인됨.

— 별개로 오딘은 무대를 뛰어넘을 수 있는 이능(異能)이 있는 것으로 추정됨.

— 마리가 오딘의 여자라는 정황이 많이 발견됨

기본 사항:

! 주 화력이 되는 공대장들은 정신 보호의 인장이나 비슷한 성능을 가진 최고급 아이템들로 무장되어

야 함.

! 마리의 펫, 크시포스 군드락의 왕을 따로 공략할 수 있는 보조 화력을 갖춰 놓아야 함. 펫에 대해선 따로 첨부함.

! 마리의 정신 지배 스킬은 근접 스킬로 원거리에선 미치지 않음. 모든 공격은 원거리에서 행해져야 함.

! 공략하기 좋은 시점은 폭주로 인해 사고가 비정상이 된 시점임.

공략 시나리오 1 (속박):

마리의 추격에서 벗어날 수 있는 방법은 전무함. 공격대 대형은 항상 방사형을 유지. 마리가 하나의 공격대를 특정할 것으로 예상되는 바, 모든 공격대에는 A급 이상의 속박 인장이 하나 이상 지참되어 있어야 함.

속박에 성공할 시, 특정된 공격대의 희생을 감수하고 폭발성 데미지를 최대한으로 활용하는 공격이 시작되어야 함.

성공확률 — 매우 낮음.

공략 시나리오 2 (정신계):

정신계들의 공격이 연합을 이룰수록 공격력이 증대되는 특성을 활용, 군단 내 정신계들의 별동대를 조직하여 마리의……. 」

연희는 그것들을 움켜쥔 채로 달렸다.

*　　*　　*

피지의 주인은 간부 중의 하나였다. 약 1만 명의 각성자들을 지휘하고 있는 자였다.

사실 놈은 대비가 되어 있었다. 그러나 놈의 인장들은 약간의 시간만 벌어 줬을 뿐이었다.

결계 내의 넓은 땅 어디로 도망친들, 연희에게서 벗어날 수는 없었다.

연희가 놈을 거의 다 따라잡았을 때 녀석은 소리치고 있었다. 연희가 폭주했다고. 미쳐 버렸다고.

하지만 그것도 연희가 놈의 목 뒤에 올라타면서 끊겼다.

한번 시작된 칼침은 놈을 무력하게 만들었다. 그놈의 목 옆을 쑤셔 박을 때마다 놈의 보호막은 빠르게 상실되었다. 충격이 강한 탓에 파괴되는 것도 나왔다.

놈은 연희를 떨쳐 내기 위해 갖은 수단을 다 동원했지만, 그럴수록 놈의 목을 조르고 있는 연희의 두 발에는 더욱 힘이 실렸다.

마침내 남은 것은 보호막 없는 맨살이었다. 주위에는 놈을 도와줄 놈이 없었다.

놈이 같잖은 스킬을 남발하면서 주위를 엉망으로 만든 탓도 있었다.

"살⋯⋯."

아마도 살려 달라는 말을 하고 싶었을 것이다. 거기에 대한 대답은 끝이 없는 칼침이었다. 분노였다. 미친 증세였다.

푸슉. 푸슉. 푹푹푹—

놈의 숨이 끊겼을 때에도 연희의 칼침은 멈추지 않았다.

더 찌를 수 없게 되었을 때, 그러니까 놈의 대가리가 떨어져 나가 버렸을 때 연희는 광기를 마저 터트릴 대상을 찾아 주위를 두리번거렸다.

그때도 크시포스의 괴성 소리가 멀리서 울리고 있었다.

나는 연희를 말릴 생각도, 그럴 수 있는 방법도 없었다. 그녀의 거친 호흡 소리가 내게는 울음소리로 들려왔다.

연희가 7층 결계를 향해 방향을 틀었다.

빛기둥을 포함하고 있는 거기. 전투를 마친 후면 간부들이 모여야 하는 거기였다.

연희의 질주는 위태로웠다. 결계 곳곳에 설치된 마법 함정들을 건드릴 뻔한 게 한두 번이 아니었다.

7층 결계로 진입하길 코앞에 둔 시점에서였다. 대규모의 움직임이 포착됐다. 1층 결계에 주둔해 있어야 하는 병력들부터 7층 결계에 먼저 들어와 있던 간부들까지. 극도로 확장된 연희의 청각으로 그것들의 소리가 자글거렸다.

그간 연희가 내버려 두고 있었던 소리들이 기지개를 켜고 있는 것이다.

연희를 도모하려는 방법은 제각기 다르지만 목표만큼은 다 같았다.

나는 연희가 어떤 선택을 내리든지 간에 무조건 그녀의 편이다. 설사 비정상적인 사고에 의해 내려진 선택일지라도.

그런데 갑자기였다. 연희가 갑자기 질주를 멈췄다.

가빴던 숨소리는 점점 고통스러운 신음 소리로 변했다. 그녀가 양손으로 제 얼굴을 감싸면서부터는 또다시 내가 보는 광경도 어둠에 잠겼다.

심장이 차차 가라앉기 시작한 건 그때부터였다.

그래도 평소보다는 빠르게 뛰었다. 하지만 직전의 미친 말처럼 폭주했던 것에 비하면 정상으로 돌아왔다고 봐도 무방했다.

이악(二惡)도 폭주했던 적이 있었다. 이악이 한번 폭주하면 그 시간이 꽤 길었다. 몬스터 가죽에 쓰인 글귀들에서는 연희가 폭주했을 때를 공격 최적기로 다루고 있었지만, 그건 절정에 이른 정신계를 몰라서 하는 소리다. 같잖아서 웃기지도 않는 소리.

어쨌든 연희의 폭주 시간은 불과 몇십 분으로 그쳤다. 과연 나의 연희.

연희가 자신의 피 묻은 손을 바라보며 중얼거렸다

"안 돼. 안 돼. 안 돼. 여기선 안 돼……."

1층 결계를 내려가는 동안, 많은 자들과 부딪쳤다.

하지만 전투는 없었다.

각성자들은 간부들의 소집에 의해 7층 결계를 향하는 도중이라 구체적인 명령이 따로 없었다.

온갖 계획에 상당히 접근해 있던 공대장급 놈들이 있긴 했다. 도전적인 눈빛을 띠고 있는 것들도, 더 윗선의 명령이 도착하길 기다리고 있던 것들도.

연희를 일단 묶어 두기 위해 다가오는 것들이 적지 않았다. 전황을 보고하는 척하면서 말이다. 하지만 그것들은 눈알이 검게 물든 순서대로 연희에게 길을 비켜 주기 일쑤였다.

이윽고 크시포스가 학살을 벌인 현장에 도착했다. 1층

결계. 거기의 전 각성자들은 바클란과의 치열했던 전투가 끝난 직후였기에, 크시포스의 광기를 피할 길이 없었던 걸로 보였다.

대신 비상 전력으로 전투에 참전하지 않은 자들. 즉, 연희를 도모하기 위해 따로 차출된 자들 중 일부가 크시포스에 대항하는 중이었다.

그들이 연희를 발견하고 소리쳤다.

"보고만 있으실 겁니까!"

연희 곁으로 돌아온 크시포스는 상처가 많았다.

연희가 상처 입은 크시포스를 안아 들고 향한 방향은 계속 같았다.

결계 바깥을 향해서다. 연희를 불러 세우는 목소리 따윈 있을 수 없었다.

바깥으로 나온 연희는 먼 정경을 바라보다 잠깐 발걸음을 멈췄다. 흙먼지가 사막의 모래바람을 연상케 할 만큼 멀리서 자욱했다. 퇴주한 바클란들이 전열을 가다듬고 있는 광경이었다.

바클란들로선 남은 시간이 얼마 없다.

[1차 약화까지 : 23시 35분 42초]

그 시간만 지나면 본연의 공격력부터 약화에 돌입한다. 군세가 확 기울 것이라는 건 바클란도 모르는 바 아니었다.

그 때문이었을 것이다. 총공격을 감행할 것으로 보였다.

흙먼지 사이 놈들에게선 볼 수 없는 인영(人影)이 포착됐다. 놈들에 비하면 체구가 작다 할 수 있겠고, 우리 쪽에 비하면 여성치고 키가 큰 편에 속한다.

연희가 시선을 집중시킴에 따라 먼지 속으로 보이는 그 모습이 시야에 뚜렷이 잡혔다.

이수아.

생김새는 그대로였다. 그러나 그녀가 착용하고 있는 장비에서도, 사용하고 있는 언어에서도 예전의 것은 하나도 남아 있지 않았다.

연희는 이수아와 끝없이 펼쳐진 바클란 군단을 쳐다보다가 뒤로 고개를 돌렸다. 1층 결계 경계면에서도 연희를 향해 있는 각성자들의 시선은 적지 않았다.

이 시점에서 연희가 빠지면 '마리 군단'이 결계 방어에 성공할 수 있을지는 확신할 수 없다. 연희의 빈 자리가 실로 클 것만은 분명한 사실.

그때 연희는 생각을 마쳤는지 발걸음을 마저 옮기기 시작했다.

계속 그대로 바클란 군단을 향해서. 정확히는 결계에서

최대한 멀리.

하지만 내가 생각하기에도 연희와 바클란들이 충돌할 일은 없어 보였다.

연희가 하고자 한다면 그녀는 제 존재를 지울 수 있으니까. 또한 그것이 그녀를 라이프 베슬로 지정한 이유다.

Chapter 4.

　하지만 처음부터 연희는 이수아 및 바클란의 최고 전력
이 집약되어 있는 쪽을 뚫고 갈 생각이 없는 것 같았다.

　물론 연희라도 그 전부를 상대로 싸우기에는 역부족일
테지만 뚫고 지나가는 것에만 한정한다면 가능한 이야기였
다.

　그럼에도 이수아 쪽을 피해 외곽으로 크게 돌아가는 까
닭은 라이프 베슬 때문이라 보였다. 몸을 사리고 있는 것이
다.

　"이수아. 좋은 말로 할 때 그냥 거기 있으렴."

　연희는 점점 멀어지는 이수아를 돌아보며 혼자 중얼거렸

다.

이수아에게 그 목소리가 실제로 들리지는 않았을 것이다.

그런데 바클란의 주력 군단이 쫓아오는 일 없이, 결계를 따라 넓게 포진된 대형에도 변함이 없었다. 이수아도 연희를 보내 주고 있었다.

연희는 외곽 한쪽을 유유히 뚫고 지나갔다.

그렇게 바클란 군단을 등 뒤로 하게 되었을 때.

이수아가 있는 방향에서 불그스름한 빛이 터져 나왔다.

[군단 : 경고, 바클란 총지휘관 이수아가 불가사의
한 주술을 시전 하였습니다.]

우어어어! 우우! 하는 바클란의 함성 소리도 그때 폭발했다. 결계를 향한 바클란의 총공격이 다시 시작되고 있었다.

결계를 향해 돌진하는 전사들. 비스듬히 쳐 내려가는 것이 꼭 소나기 같은 비행 기수들.

연희는 그것들 너머로 보이는 결계 속 각성자들을 향해 작은 목소리를 내뱉었다.

"다 죽어 버리라지."

　　　　※　　　　※　　　　※

　[길드 : 마리 군단이 1층 결계 방어(바클란 군단)에
실패 하였습니다.]
　[마리 군단 : 85,320]
　[남은 시간(1차 약화)이 리셋 되었습니다.]

　여기는 공백 지점이다. 몬스터 진영이 겹쳐지지 않은 지
점.
　그러니까 바클란이 더는 보이지 않는 곳이고, 좀 더 나아
가게 된다면 바르바 군단의 역병 지대가 펼쳐지게 되는 어
디쯤이다.
　시간이 좀 더 지난 뒤였다. 그때 우습게 연희에게도 퀘스
트가 떴다.
　양심이라고는 눈곱만큼도 없는 염병할 올드 원.

　[퀘스트 '바클란의 진정한 무기'가 발생 하였습니다.]
　[바클란의 진정한 무기 (퀘스트)
　바클란 군단의 총지휘관 이수아는 강력한 주술사이
자 치료술사입니다. 하지만 이수아의 진짜 강력함은 뛰
어난 사고 능력에 있을 것입니다. 이종족이었던 이수아

가 바클란 고위 주술사들에게 인정을 받고, 그들의 우
두머리가 된 것은 그 때문일지 모릅니다.

　임무 : 이수아를 막아라. 처치 혹은 저지
　등급 : A
　처치 보상: 첼린저 박스 * 3 , 퀘스트 '바클란 여왕의
무기고' 시작 아이템, 퀘스트 '바클란 고위 주술사들의
비전' 시작 아이템.
　저지 보상: 첼린저 박스 *1]

　[군단: 경고, 바클란 군단의 총지휘관 이수아를 막
을 수 없습니다.]
　[길드: 마리 군단이 2층 결계 방어(바클란 군단)에
실패 하였습니다.]
　[마리 군단 : 79,590]
　[남은 시간(1차 약화)이 리셋 되었습니다.]
　[1차 약화까지 : 6일 23시 59분 59초]

　[길드: 바클란 군단이 마리 군단의 3층 결계에 도전
하고 있습니다.]

그때 즈음 다른 군단의 소식도 들려왔다.

　[길드: 오시리스 군단이 1층 결계 방어(바르바 군단)
에 성공 하였습니다.]
　[길드: 오시리스 군단이 제단(바르바 군단)을 파괴
하였습니다.]
　[길드: 바르바 군단이 1차 약화에 돌입 하였습니다.
바르바 군단의 공격력이 대폭 저하 됩니다.]

“하필이면…….”

시야를 스쳐 대는 머리카락이나 머리 쪽으로 뻗어 있는
팔의 움직임이 분주해졌다. 연희가 신경질적으로 머리를
헝클기 시작한 것 같았다.

연희의 애완물이 얼굴을 들이밀며 나타났다.

얼굴을 뒤덮고 있는 털에서는 아직도 핏방울이 떨어지고
있었다. 연희가 쿨타임이 될 때마다 치료 스킬을 써 주고
있지만, 완전히 회복되지 않은 탓이다.

이제 연희의 시야는 애완물에게만 집중되었다. 정확히는
애완물의 눈 쪽에 덮여 있던 부분. 애완물의 얼굴 털이 한
쪽으로 밀려졌다.

그러자 그간 털에 가려져 있던 포식자의 눈알이 흥분에

찬 채로 드러났다.

연희가 그 눈알을 똑바로 응시하며 말했다.

"……이런 부탁 해서 미안해. 기회가 나면 오시리스의 공격대를 맡아 줘. 정말 미안해. 아가."

*　　*　　*

연희는 많이 노력했다.

그러나 자신도 모르는 사이에 곯아떨어질 수밖에 없었다. 며칠간 신경이 극도로 곤두서 있던 탓이고 한번 폭주해 버린 뒤이기까지 했다.

문득 캄캄해졌던 시야가 번쩍 떠졌을 때.

연희는 애완물부터 안아 들며 고개를 돌리고 있었다.

중앙 지역이 있는 방향에서 빠르게 접근해 오는 자가 보였다.

수마(睡魔)에 사로잡혀 있다가 겨우 떨치고 있던 때였다.

연희의 시야는 꽤 잠겨 있었다. 거기로 흐릿하게나마 황금의 갑옷이 보였다. 그다음에 뇌신 창과 빠른 속도에 의해 펄럭이는 붉은 망토가 보였다.

연희가 눈을 깜박이고 나자, 성일의 얼굴이 큼지막하게 박혀 들어왔다.

성일의 상태는 그리 좋아 보이지 않았다. 내 흉갑을 입고 있으면서도 그 사이로 삐져나온 촉수들이 상당했으니까.

여기서는 보이지 않는다. 하지만 갑옷 안쪽에는 마루카 일족에 의해 입은 부상이 큼지막하게 자리 잡고 있을 것이다.

연희는 성일보다 더 빠르고 은밀하게 움직였다.

그러고는 화악─!

성일은 연희가 달려든 속도에 제대로 반응하지 못했다.

그렇게 연희가 지척에서 성일과 눈을 마주친 순간이었다. 그때부터 성일에게 있었던 일들이 눈앞에 펼쳐지기 시작했다.

성일은 내 신체의 일부분을 끌어안고 울부짖었다.

하지만 그는 오래 슬픔에 잠겨 있을 수 없었다.

내가 둠 데지르와 싸우는 동안 큰 피해를 입고 지반 깊숙이 도망쳐 있던 것들이 지상으로 나오고 있기 때문이었다.

대공 아몬과 녀석의 일파들 말이다.

그때부터 성일은 오르까와 함께 대공 아몬을 상대로 힘든 싸움을 시작했다.

전세가 뒤집히기 시작한 건 성일이 내 아이템들을 되찾은 다음부터였다.

보관함에 들어 있던 것들도 모두 파괴되었는데 오딘의 황금 갑옷, 라의 태양 망토, 제우스의 뇌신 창만큼은 온전했다.

그 세 개가 직접 성일에게 발견되거나 오르까의 손을 거쳐 인계되었을 때마다 상황은 점점 빠르게 전개되었다.

대공 아몬은 목숨이 끊기기 직전에 도망쳤다.

오르까가 대공을 쫓고, 성일은 그 즉시 위치 탐색기를 사용하여 연희에게 향했던 것까지가 지난날의 기억이었다.

연희가 시선을 거두었다. 성일은 잠깐 비틀거리다 겨우 중심을 잡았다.

"누님."

성일이 순간 충혈된 눈으로 연희를 바라보았다. 할 말이 많아 보이지만 차마 내뱉어지지 않는 말들은 결국 그의 입을 뚫고 나오지 못했다.

그래서 성일의 눈동자만 갈피를 잡지 못하고 흔들려 댔다.

"아니야. 오딘은 죽지 않아."

연희의 시야가 아래로 향했다. 그녀의 손은 제 심장이 위치한 부분에 올려져 있었다.

"제가, 제가 봤으요. 누님…… 제가 봤으요."

금방이라도 으허허헝 하는 울음이 터져 나올 것 같은 목소리였다.

"남은 건 그거뿐이야? 해골 용은?"

"그게 중하요?"

"귀환석은?"

"제 말 못 들었소? 오딘께서 장렬히…… 하지만 걱정 마소. 누님은 내가 지킬 텡게. 이 퀘스트, 나한테만 뜬 거 아닐 거 아니요?"

"성일아. 오딘이 죽은 걸 봤다고? 네 눈으로 똑똑히 말이지?"

성일은 뜨거운 눈물만 글썽거리는 것으로 대답을 대신했다.

"그럼 네가 있을 곳은 여기가 아니지."

"예?"

"조슈아한테 붙어먹으면 날 어떻게 해볼 수 있을 것 같지 않아? 조슈아뿐이겠어? 모두가 날 노리고 올 텐데, 한자리 해 먹어야지. 운 좋으면 네가 직접 내 목을 칠 수 있을지도 모르잖아."

"대체 무슨 말을 하는 거요? 정신 나갔수? 나 권성일이유."

"니가 안타까워서 하는 말이야."

"것보다 오딘께서 전사하셨다는데 왜 그리 무심한 거요. 내가 사람을 잘못 본 거요?"

"진심이니? 내 곁에 있겠다고? 최악 중의 최악의 옆에?"

"누님이 더 잘 알 거 아니요. 됐수다!"

성일이 손을 확 저었다.

"이러고 있을 때가 아니요. 나랑 같이 중앙 지역으로 갑시다. 오르까도 우릴 도울 거요. 고놈이야 누님에게 못된 마음 먹을 이유가 쪼금도 없으니."

"중앙 지역이라 했니?"

"거기가 쪼금이라도 도움 되지 않겠수? 지금 즈음이면 오르까의 진흙밭이 더 확장됐을 거요."

"그래그래. 나는 내 한 몸 건사할 수 있는데, 넌 아냐. 나랑 있으면 죽어."

"내가 짐이란 거요?"

"그건 아니지. 하지만 너까지 지켜 줄 수는 없다는 소리야. 도움은 돼."

"말인지 막걸린지 모르겠수다. 내가 누님을 지킬 껀디."

"니가 나를? 거기다 그 꼴로?"

"누님은 참말로 확신허요? 아무리 누님이라도 쪼까 개 같은 일이 일어날 수 있는 거 아니요. 세상사 모르는 건디, 그러면 내가 시간이라도 벌어 줄 수 있지 않겠수? 그리고 이거."

성일은 황금 갑옷부터 벗었다. 그것을 시작으로 라의 태양 망토와 제우스의 뇌신 창을 연희에게 건넸고, 연희는 거부하지 않았다.

"다 충전됐수."

성일이 흉갑을 벗은 자리에는 예상대로 끔찍한 부상이 남겨져 있었다.

연희가 성일의 전신을 훑어보고 있을 때, 성일은 반지까지 마저 떼서 연희에게 건넸다.

[* 보관함]
[풍사의 보호 반지가 추가 되었습니다.]

"이름 강자성. 공오일공이삼, 삼사팔이사일일. 아버지 강일구. 어머니 조수연. 만약 내가 뒈져 붙믄 꼭 챙겨 주시오. 누님 동상이 두 번이나 목숨 빚진 녀석이요. 그것만 챙겨 주시믄 내 더 바랄 게 없수."

"기철이라고 있다 하지 않았어? 니 아들."

"기철이까지 챙겨 달란 순 없지만…… 챙겨 주면 흐흐. 감사하게 받겠수다. 크윽."

성일이 신음을 뱉자, 그의 온몸에 돋아 있던 촉수들이 꿈틀거렸다.

"마루카 전염에 바르바 역병까지. 아주 가지가지구나?"

"오딘께 빚진 거 누님께 갚을 거요. 그러니께 날 맘껏 가져다 쓰슈."

"……더 바보가 됐네. 그렇게 물러 터져서는 여기까지 어떻게 왔나 몰라. 너도 참 별종이다."

"흐흐으으윽."

웃던 성일의 얼굴이 와락 구겨졌다. 그의 얼굴에 고통이 번졌다.

"수단과 방법을 가리지 말고 날 지켜."

"예. 누님."

[마리의 손길을 시전 하였습니다.]

[마리의 손길 (스킬)

스킬 등급: A

효과: 대상의 전투 불능 상태의 원인들을 치유 합니다. 대상의 부상을 최대폭으로 회복 시킵니다. 질병과 저주 등의 모든 부정 효과를 일시에 제거합니다.

숙련도: LV.7 (100%)

재사용 시간: 5일]

성일은 순간에 사라진 촉수며 역병 딱지들을 믿지 못하겠다는 눈으로 쳐다보았다.

연희가 뇌까렸다.

"잊었어? 나 힐러이기도 해."

그때였다.

연희도 성일도 말을 멈췄다. 둘의 고개가 동시에 돌아갔다.

고지대로 올라왔을 때 남서쪽 방향에서 몰려오고 있는 군세가 여실히 드러났다.

최선두에는 조슈아와 그의 직속 공격대가 있었고, 상당히 떨어져 있는 후미 쪽으로는 몬스터 군단의 습격을 방불케 하는 대군을 이끌고 있었다.

보아하니 바르바 군단의 제단 하나를 파괴한 그대로 쏟아져 오는 것 같았다. 결계를 지키고 있어야 할 병력들까지 모조리!

성일이 내가 하고 싶은 말을 뱉었다.

"쓰벌. 개잡놈의 호로 새끼들. 이래서 옛말에 검은 머리 짐승은 거두지 말라 했수. 누님. 일단 중앙 지역으로 피합시다."

[길드: 바클란 군단이 마리 군단의 4층 결계에 도전하고 있습니다.]

[길드: 오시리스 군단이 1층 결계 방어(바르바 군단)
에 실패 하였습니다.]

[길드: 바르바 군단이 오시리스 군단의 2층 결계에
도전 하고 있습니다.]

"오시리스 쪽은 더하네. 아예 결계를 비워 버린 것 같지
않아?"

"……쓰벌 것들이 다 눈깔 뒤집혔구만. 고놈의 보상은
둘째치고 이러다 다 뒈져 버리는 것인디. 몬스터가 우선이
지 보상이 우선이여? 어쨌든 누님. 이러고 있을 때가 아니
요!"

연희는 중앙 지역이 있는 방향을 가리켰다. 거기서도 중
앙 지역을 관통해서 몰려오는 병력이 있었다.

"중앙 지역으로 가 봤자인 것 같은데? 오시리스부터 끊
어 놓자. 기회는 지금뿐이야. 살려 놨다간 계속 골치 아플
거야. 마침 후미 쪽 병력하고 상당히 떨어져 있기도 하고."

연희는 보관함에서 새로운 장비들을 꺼내 성일에게 건넸
다.

내 주력 장비들은 본인이 착용하면서였다.

"근디 나까지 뒈져 블믄 누님은 누가 지켜 주는 거요?
이따가는 다른 쪽에서도 1차 약화를 끝내고 더 몰려올 텐

디. 누님만 혼자 남아 블른…… 누님. 이태한도 염마왕도 믿지 마슈. 그것들도 검은 머리 짐승 아니요? 아니 검은 머리든 노랑머리든. 염마왕이 어떤 인간인지는 잘 몰라서 할 말이 별로 없는디, 이태한은 참말 영악한 놈이요. 잇속 밝은 놈이니까 보상에도 환장할 거란 말이요."

"성일아. 내 걱정 말고 지금은 오시리스만 생각해. 그자부터 끊어 놓는 거야."

"걱정 마슈. 저승길 가도 오시리스는 꼭 끌고 갈 텡게. 뚝배기 쪼개 불고 나도. 그거면 되지요? 그거면 정말 되는 거지요?"

"……."

"……."

"받아. 성일아."

연희가 제우스의 뇌신 창을 내밀었다.

"나는 인간 칼리버잖수. 주먹이 내 무기고, 놈들이 내무기요."

"그럼…… 시작할까?"

성일의 두 눈에 연희의 얼굴이 비쳤다. 연희의 라이프베슬로 깃든 이후 처음 보는 진짜 연희의 얼굴이되, 은연한 긴장감이 서려 있었다.

*　　　*　　　*

연희와 성일은 속도를 높였다.

둘은 먼 후미에서 달려오고 있는 조슈아의 군대가 합류하기 전에, 최소한 조슈아만큼은 제거해 놓을 생각이었다.

조슈아는 내게 충성을 맹세한 것이지 연희에게 한 것이 아니었다.

과연 조슈아가 하는 행동을 배신이라고 할 수 있을까. 내 죽음 다음에 권좌를 계승하기 위한 것으로 녀석으로선 합당한 선택일지도 모른다.

하지만 연희를 노리는 것은 우리 가족을 노리는 것과 다르지 않다.

끝내 부활한 선황(先皇)의 분노를 피할 수 없을 것이다. 여기서 연희와 성일의 손에 죽지 않는다면, 내 손에 직접!

그런데 이상한 바는 조슈아와 그의 공격대가 속도를 줄이지 않는 데 있었다.

필시 위치 탐색기로 연희가 접근해 오는 걸 파악했을 텐데?

연희도 그것이 의문이었던지 달리면서 말을 뱉었다.

"뭔가 이상하지 않아?"

"읽히는 게 없수?"

"멀어. 조금만 지켜보자. 뭘 판단하기엔 아직 이른 것 같아."

두 그룹 간의 거리가 좀 더 좁혀졌을 때 전음이 들려왔다.

음산한 목소리.

『마리.』

연희는 밝게 대꾸했다.

『안녕?』

『가능하겠지?』

『뭘. 아아…… 막상 이 몸을 보니까 의심이 드나 봐? 한데 가능할 리가 없잖아. 네깟 게 나를 어떻게.』

『무례하긴. 중앙 지역 쪽에서 몰려오고 있는 것들. 헤치고 나갈 수 있냐고 묻는 것이다.』

『너희 것들을 향해서도 얼마든지.』

『옆에는 권성일인가?』

『네 뚝배기를 깬다고 준비 중이야.』

『살아 있었군. 시간을 벌어 주마. 내 군단은 통제에서 벗어났다.』

『내 눈엔 네가 끌고 온 것으로 보이는데? 그걸로 될까?』

『……최대한 멀리 꺼져라. 마리. 오딘께서 전사하신 이상 피차 다시 볼 일은 없을 테니. 너는 너대로. 나는 나대로. 이것이 그분의 여자를 향한 내 마지막 도리가 될 것이다.』

『그래서? 보상을 포기하겠다는 거야?』

『가지진 않겠지만 다른 곳에 가서도 안 되겠지.』

『조슈아. 조슈아. 뭔가 단단히 착각하고 있구나? 네가 아니라 이 몸께서 네것들의 목숨을 쥐고 있단다. 네가 제일 잘 알잖아. 내가 어디까지 할 수 있을지. 뭐 좋아. 그래서 계획이 뭐야? 내가 네 앞에 안 나타나면? 숨어서 날 지켜 주기라도 하겠다는거야?』

『그분의 여자니 마지막 날까지 보호해 주마. 진심으로 사랑하신 것 같으니.』

『어울리지 않게 달콤한 말도 할 줄 아네.』

『중요한 건 그다음이다. 마리. 네가 선택할 시간인 것이 지.』

『뭘?』

『누군가는 그분의 위대한 유산을 거둬들여야 한다. 조나 단은 아니다. 놈은 여기서 죽어야 하니까.』

『이걸 어쩐담. 네가 생각하는 일은 일어나지 않아. 오딘 께선 부활하실 거거든. 믿지 않을 테지만 알고는 있으라 고.』

『큭큭.』

짧은 웃음소리는 가당치도 않다는 뜻이었다.

연희가 대답했다.

『그렇게 반응할 것 같았어.』

『어떻게 할 테냐.』

『오딘의 유산이 그렇게나 많은가 봐?』

『네게 걸린 보상 따윈 하찮고 하찮다.』

감각을 일으키지 않아도 육안으로 서로의 얼굴을 확인할 수 있는 거리로 좁혀졌다.

성일은 준비를 마친 상태였다. 연희의 애완물도 명령 한 번이면 진짜 모습으로 폭발하여 놈의 공격대에게 달려들 모습이었다.

그때 연희에게 조슈아의 감정이 전해져 왔던 모양이다.

『오딘께서 꽤 흡족해하시겠어. 하지만 난 알아. 인간의 마음이 바뀌는 건 정말 한순간이란 걸. 그러니 제대로 보여 줘야 할 거야. 행동으로. 그러니 어디 한번 날 지켜 봐.』

『아직 대답을 듣지 못했다.』

『생각할 가치도 없는 제안이라니까. 말했지. 네가 생각하는 일은 일어나지 않아.』

『그분께선 죽으셨다.』

『아니. 내 안에 계셔. 그러니까 네 군단 놈들한테도 진실을 들려줘 봐. 사교성이라곤 눈곱만큼도 없는 것 같지만 뭐, 외쳐 볼 수는 있잖아. 안 그러니?』

『…….』

『대충 정리되는 대로 중앙 지역으로 합류해. 맞아. 오딘의 남겨진 여자가 하는 부탁이야.』

* * *

조슈아와 그의 직속 공격대가 방향을 틀었다. 연희가 말했던 일은 없었다.

내가 부활할 것이라는 말 없이, 조슈아와 그의 직속 공격대는 수만 명의 각성자들 속으로 뛰어들었다. 그쪽으로 시작됐다.

조슈아의 주력 스킬 '오시리스의 영역'에서 뻗쳐 나온 대량의 소환수도 함께였다.

"운이 좋았어. 가장 껄끄러웠던 것이 우리 편이야."

연희가 달려가면서 말했다.

"이러믄 나만 나쁜 놈 되어 버리는 건디. 오시리스가 제일 먼저 배신할 거라고 생각했수다. 근디 그거 참말이오?"

"들렸어?"

"좀 엿들었수."

"그간 광렙 했긴 했나 보네."

"잘 들리진 않았는디. 그거만큼은 확실히 들었수. 부활 말이오."

·

"맞아. 너도 못 믿겠지?"

"증…… 증거 있수?"

"있으면 상황이 많이 달라졌겠지. 쫓겨 다닐 일도 없을 테고."

"그냥 믿는 거요? 아니면 스킬이나 인장 그런 거요? 특전 뭐시기라든지."

희망을 품기 시작한 성일의 얼굴은 벌써 뻘겋게 달아오르고 있었다.

"특전으로 해 두자. 오딘께선 불사(不死)의 존재가 되셨어."

"……쓰벌. 나 놀리는 거 아니오? 우동 사리 쫌 안 돌아간다고?"

"그래. 씨발 같지만 진짜야. 성일아. 오딘께선 돌아오셔."

"아! 아……."

성일은 몸을 떨다가 전방을 다시 턱짓했다.

"좋은 소식이 있수. 누님. 저쪽 말이요."

최대한으로 끌어올린 감각으로 보이는 둘의 시야 안에는 여전히 중앙 지역 방향에서 쏟아지고 있는 자들이 적지 않았다.

그 수는 대략 일천여 명을 조금 넘고 있었다.

성일이 마저 말했다.

"구원자의 도시민들이요. 다른 것들은 몰라도 저것들은 믿을 만합니다. 보쇼. 허벌나게 다친 몸으로도 열심이지 않수?"

"저들이야? 광신도?"

"예. 누님."

"오시리스에게 역병 공격대가 있다믄 오딘께는 구원자의 도시민들이 있수다. 틀림없으요. 누님 치려는 게 아니라 도와주려고 오는 거라니께."

때로는 각기 다른 공격대로 흩어지는 일이 있어도.

스스로를 '구원자의 도시민'이라 칭하는 그들의 결집력은 실로 끈끈했다고 한다.

2막 1장에서 나와 함께 무대를 치렀던 자들로 이루어져 있으며, 최종장에 와서는 다양한 그룹들에게 배척을 받는 이들이었다.

나를 향한 신념이 너무 지나쳤기에 광신(狂信)의 딱지가 붙어진 자들.

그들은 본인들이 담당하고 있던 크시포스 군단의 군세를 뚫고 여기까지 온 것이었다.

성일이 앞서 튀어 나갔다. 아니나 다를까, 전투는 없었다.

성일을 보자마자 즉각 행동을 멈추고 고개를 숙여 댄다.

"여기까지 오느라 고생들 했다. 참말 힘들었을 텐디."

크시포스 군단을 뚫고 오는 동안 처음 인원의 사 할을 잃었다는 보고가 이어졌다.

✻   ✻   ✻

중앙 지역.

내 숭배자들의 보고대로 오르까의 사생아들은 다 죽어 있었다.

하지만 오르까는 전력을 다해 제 영토를 확장시켜 왔던 것 같다. 상당히 넓은 지역이 온통 습지대였다.

오르까는 원종 중의 하나이자 본인을 탄생시킨 모체(母體)이기도 한 대공 아몬을 죽이고 더욱 강력해져 있었다.

때문에 녀석이 만들어 놓은 촉수들은 그 넓은 지역 어디에서나 일렁거렸다. 거기에 미쳐 있는 위력은 대공의 힘에 필적했다.

연희는 거목 같은 크기의 그것을 올려다보면서 손으로는 어루만지고 있었다.

"나쁘지 않다. 그렇지? 쓸 만해."

연희가 그렇게 물으며 고개를 돌렸다. 성일은 오르까를 쳐다보고 있었다.

연희의 시선은 다시 오르까로 옮겨졌다. 이제 성일 혼자
서는 겨룰 수 없는 존재가 된 오르까는 마치 왕좌에 앉은
듯한 눈길로 모두의 행동들을 주시하고 있었다.

"저거 위험해져 버렸는디, 누님한테는 별것 아니겠지
요?"

"글쎄. 하지만 저 아이도 알고 있어. 오딘께서 부활하실
거란 걸."

"저거가 어딜 봐서 아이요? 비위도 좋수다. 그나저나 누
님 좀 주무셔야 하지 않겠수? 오시리스라고 그 떼거리를
다 해칠 순 없을 거요. 말마따나 시간 쪼까 벌어 주는 게 다
겠지. 시간 날 때 몸 챙겨 두셔야……."

[길드: 크시포스 군단이 1차 약화에 돌입 하였습니
다. 크시포스 군단의 공격력이 대폭 저하 됩니다.]
[길드: 그라프 일족이 1차 약화에 돌입 하였습니다.
그라프 일족의 공격력이 대폭 저하 됩니다.]

"거 보슈. 누님. 시간이 얼마 없다니께. 내 우동 사리가
삐깔나게 돌아가지는 않아도 빤히 보이는 거 아니요? 행여
나 이태한과 염마왕이 배신 안 해도, 그 아랫것들까지 맘대
로 할 순 없을 거요. 인간들이 몇인디. 합쳐진 지 얼마 되지

도 않았고."

"그러니까 하는 말이야. 우리 전부가 오딘께 얼마나 기대고 있었는지, 깨닫는 바 없어?"

"예?"

"지금까지 우리는 그 이름 하나에 조용할 수 있었던 거야."

"하여튼 빨리 부활하셨으면 좋겠수다. 진정…… 사실이시믄."

한참 뒤 동녘이 텄을 때.

조슈아가 합류했다.

그가 이끌고 있던 직속 공격대 세 개 중 한 개 이상의 인원은 보이지 않았다.

조슈아의 후드 안에서 흘러나온 목소리들을 조합해 보면 다른 놈들이 조슈아와 그의 공대원들이 펼쳐 놓은 역병을 뚫기 위해선 꽤 시간이 걸릴 것 같았다.

조슈아는 처음 연희가 여기에 진입해서 그랬듯이, 오르까의 영역 안에서 할 수 있는 일들을 계산하고 있는 것처럼 보였다.

거기에 대고 연희가 말했다.

"우리야 그렇다 치고, 결국엔 저 아이의 역량에 달렸어."

조수아의 고개가 오르까를 향해 돌아갔다.

"그래 봤자 몬스터다."

"이 영역의 주인이기도 하고. 어쩔래? 그 마음 변함없어?"

"……너도 어지간히 비틀렸군."

"확실히 말해 둘게. 난 여기서 너희들하고 같이 죽을 생각이 없어. 하다가 정 안 되면 빠져나갈 거야. 그런 건 내게 일도 아니거든. 알지? 대신 성심껏 싸워 준다면 잊지 않을게. 빚 하나 지는 걸로."

"아따. 누님."

성일이 연희의 등 뒤에서 걸어나왔다.

"오시리스께서도 마음 단단히 잡으신 것 같은디 그만 건들었으면 좋겠수. 이제 진짜 같은 편 아니요."

"레벨 업만 한 게 아니라 영어 실력도 늘었나 보네?"

"느낌 아닌 느낌이란 게 있잖으요. 것보다 바깥이 심상치 않수."

"슬슬 올 때가 됐지. 어디야?"

"염마왕 쪽이오."

"얼마나?"

"겁나게 많은디 그 대가리들을 어떻게 일일이 세겠수. 대충 3만?"

"조나단이 직접 와?"

"염마왕은 올 생각이 없는 것 같수. 지금 오는 것들 하는 얘기 엿들어 보니께."

"느낌 아닌 느낌으로?"

"예. 누님. 염마왕은 몬스터 군단하고만 박 터지게 싸우고 있는 중인 것 같았수다. 하여튼 그쪽에서 겁나게 오고 있수. 도와주러 오는 것이 아닌 게 확실허요. 킬킬 거린당께. 낄낄 웃는 거 말고 킬(Kill) 킬(Kill)."

연희가 조슈아에게 말했다.

"네 군단에서 오게 될 것들까지 합치면 십만 명은 넘겠다. 그지?"

"네 군단에 있던 것들은?"

조슈아가 물었다.

"그것들은 이수아한테 발리고 있는 것만으로도 바빠. 둘 중에 하나겠지. 빛기둥이 파괴되든 말든 나한테로 방향을 틀든지, 의외로 거기서 끝까지 항전하다가 골로 가든지."

연희는 계속 말했다.

"어쨌든 이태한은 우리처럼 막 나갔던 것들과는 달라. 너나 내 아랫것들은, 우리가 선사해 왔던 공포보다 더 큰 보상이 떨어지니까 난리 났잖니. 맘먹으면 본인이 다 규합해서 올 거야. 공포로 통제해 왔던 게 아니니까. 반대로 이태한이 배신하지 않는다면 최대한 제 군단을 묶어 두겠지."

연희가 마저 말했다.

"한데 그 전에 이 무대가 다 박살 나지 않을까 모르겠어."

*　　*　　*

사방을 포위한 다양한 그룹들이 떼를 지어 오르까의 영토로 진입했다. 마치 고위 던전을 공략하는 듯 만반의 준비가 되어 있는 놈들이었다.

연희와 일행들은 매일 같이 전투의 연속이었다. 그때마다 바닥까지 떨어진 인내가, 라이플 베슬이란 그릇까지 깨트릴까 두려움마저 들었다.

어쨌거나.

[길드: 바클란 군단이 마리 군단의 빛기둥을 파괴하였습니다.]
[길드: 바클란 군단의 부정효과(1차 약화)가 사라졌습니다.]

마리 군단에서 방치한 바클란 군단을 떠맡고 있는 건 조나단이었다.

메시지들을 조합한 결과가 그랬다. 그는 내 기대를 저버리지 않았다. 연희에게 달려오는 대신, 이탈하지 않은 병력만 가지고 몬스터 군단과 계속 싸우고 있는 것이었다.

한편 이태한 군단에서 빠져나온 것들은 연희의 추정대로 가장 늦게 진입해 오기 시작했는데, 그것들로부터 비보가 날아든 날도 있었다.

이태한이 휘하 간부들의 공격을 받아 행방불명되었다는 것이다.

때는 부활 막바지.

마침내 길고 길었던 인내가 결실을 맺었다. 아무것도 하지 못하고 그저 지켜볼 수밖에 없었던 것도 이제 끝이다.

끝.

[남은 시간 (부활) : 0일 0시 0분 1초]

째각.

[부활에 성공 하였습니다.]

[당신의 주인, 둠 카오스로부터 지령이 도착했습니다.]

　　　　*　　　*　　　*

[인간 군단을 확보하라 (지령)

　　당신 앞에는 숙련된 군대가 양성 되어져 있습니다.
그들에게 진짜 주인이 누구인지 깨닫게 해 주십시오.
올드 원의 추종자가 남겨져서는 안 될 것입니다.
　　명심하십시오. 인간 군단의 운명은 둠 맨의 손에 달
려 있습니다.

　　성공: 둠 카소 관할 아래 진행되고 있던, 당신의 본
토에 대한 공격 명령은 중지 될 것입니다.
　　실패: 예정대로 당신의 본토와 인간 군단 등은 전지
전능한 둠 카오스 및 휘하 둠 아루쿠다와 둠 엔테과스
토에게 제물로 바쳐질 것입니다. 이에 당신은 다른 차
원에서 당신의 군단을 찾아 양성해야만 할 것입니다.]

　　왜 랜덤 시스템을 할 수 있는 끝까지 수정해 뒀겠는가.
왜 시스템을 인격으로 다루지 말라고 누차 강조해 왔었겠
는가.
　　시스템은 시스템이어야 했다.

신이나 올드 원 같은 이름으로 다뤄져서는 안 되는 존재였기 때문이다. 그것이 본 시대에 파멸을 불러 왔었으니까.

그렇게 시스템의 추종자는 이제 찾아보기 힘들다. 해서 지령을 완수하는 것은 쉽다.

오랫동안 염원해 왔던 일을 명문화하여 보장까지 받았다.

됐어!

바로 이어서 두 번째 지령이 도착했다.

[인도관 루마─르를 제거하라 (지령)

올드 원으로부터 당신에게 부여되었던 힘을 거두기 위한 움직임이 포착 되었습니다. 이를 완벽히 차단하기 위해서라도 인도관 루마─르는 필멸(必滅) 되어져야 할 것입니다.

또한 이는 둠 맨의 고유 권능을 확보하는 여정의 첫 걸음이 될 것입니다.

성공: 올드 원이 당신의 본토를 포기하고 도주할 것입니다. 공통 권능 '게이트 생성'을 확보 하게 될 것입니다.

실패: 올드 원의 의지에 따라, 인간 군단의 처지가
좌우될 것입니다.]

[수행 중인 지령
1. 인간 군단을 확보하라.
2. 인도관 루마—르를 제거하라.]

지령은 거기서 끝이었다.

[부활 지점을 선택해 주십시오.
1. 사망 지점 2. 라이프 베슬 인근 3. 추천 지점]

라이프 베슬 인근!

*   *   *

오랜만에 맡아 보는 코를 찔러 오는 냄새였다.
그것이 보통 사람들에게는 짠 내와 피비린내가 섞인 악
취겠지만, 내게는 비로소 살아 있음을 실감하게 하는 위대
한 향기였다.
"상태 창"

[이름: **화신** 나선후 레벨: 600 (엔더) * **2회차** *]

화신?

일단 구간 명이 첼린저에서 '끝에 이른 자'를 뜻하는 엔더로 바뀐 것 빼고는 달라진 것이 없었다.

스탯을 배분하라는 메시지까지도 이어지고 있었다. 보관함도 마찬가지다. 텅 비어 있을지언정 사용이 가능한 상태였다.

그런 것인가.

아무리 올드 원이라도 이미 부여해 버린 힘을 마음대로 회수할 수는 없으며 한번 정립시켜 놓은 체계를 없던 일로 할 수는 없는 모양이다.

무엇이든 다 가능할 것만 같았던 그것들에게도 나름대로 지켜져야 하는 질서가 존재하는 것이다.

어쨌거나 내 이름 앞에 달린 문구에 시선이 쏠려 있을 때였다.

화신이라는 문구 말이다.

화신? 화신! 화신…….

"……!"

얼음송곳이 두개골을 찔러 왔다. 그렇게 느꼈다. 뇌를 찔러 버린 것 같은 통증으로 번졌다.

그 통증만큼은 조금도 반갑지 않았다. 순간에 빠르게 번지며 머리 전체가 욱신거린 것도 있지만 그깟 육체적 고통 때문이 아니다.

둠 데지르와의 전투 도중에 받았던 충격과 흡사했기 때문이다.

정신 자체를 압박해 오는 데에서 둠 데지르의 권능 '정신 분리', 그것에 당하며 역경자가 터지고 말았을 때가 퍼뜩 생각났다.

통증이 고통으로 확산되고, 고통이 공포로 번져 버리는 건 삽시간이었다.

둠 카오스의 시선이 내게 미쳐 있는 게 틀림없었다.

"으아아아……."

[공통 권능 '본체 강림'을 시전 하시겠습니까?]

그 순간에 드는 생각은 하나였다.

"아…… 안 돼. 안 돼에에!"

누구 맘대로!

본체만은 안 돼!

　　　　※　　　　※　　　　※

　나도 모르게 습지대 속에서 발버둥 쳤던 것 같았다. 얼굴을 쓸어내렸다. 한 움큼의 진흙이 떨어져 나왔다. 팽 풀어 버린 콧구멍에서도 긁어낸 귓구멍에서도 진흙들이 얽혀 나왔다.

　둠 데지르가 본체를 끄집어냈을 때, 왜 그렇게 고통스레 울부짖었는지 납득이 됐다.

　둠 카오스의 힘이 잠깐 밀려 들어오는 것만으로도 정신이 분열되는 느낌을 받았다. 그런데 놈을 온몸으로 받아들인다면 어떤 고통이겠는가.

　고통뿐이랴.

　그 과정에서 나는 존재하지 않을 것이다.

　나선후든 오딘이든 에단이든.

　다 사라지고 둠 카오스의 충실한 노예, 둠 맨만 존재하게 될 뿐이다.

　단언컨대 분명히 그리된다.

　그때였다.

　내 비명을 듣고 몰려든 것들이 있었다.

　[상대가 당신을 간파하지 못했습니다.]

　……

[상대가 당신을 간파하지 못했습니다.]

　다짜고짜 날 꿰뚫어 보려고 시도하는 것들은 총 열다섯
이었다.

　부상을 입은 부위에서는 마루카 전염 즉, 작은 촉수들이
꿈틀거리고 얼굴로는 패색이 짙었다. 패잔병들은 나를 에
워싸려다가 방어 태세로 전환했다.

　그러고는 벌거벗은 나를 쳐다보는 동시에 눈빛을 교환하
기 바빠졌다.

　한 녀석이 빠르게 나섰다.

　"죄송합니다. 적인 줄 알고…… 저희들이 바깥까지 보필
하겠습니다."

　녀석의 눈알 굴러가는 소리가 다 들리는 듯했다. 그것들
은 내 도움을 필요로 하는 상황이다.

　방어막이야 진즉 소진된 듯 보였다. 찢겨지거나 파괴된
흉갑 속으로는 남은 인장이 하나도 없었다. 리더로 나선 녀
석은 내 대답을 차마 기다리지 못했다. 녀석이 바로 붙여서
말을 이었다.

　안간힘을 짜내며 자신들은 아직 건장하다고 외치는 소리
였다.

　"후방으로 인장 창고들이 대기 중일 겁니다. 거기까지만

가시면 본진으로 합류하는 데 큰 어려움이 없을 것입니다."

결국엔 자신들을 거기까지 데려가 달라는 뜻이다.

"후후."

"저희들은 현천상제(玄天上第) 님의 위성 공대원들입니다. 이러고 계실 때가 아니십니다. 부축이 필요하십니까?"

현천상제.

병렬의 다섯 주인 중 하나인 장위룡을 부르는 말. 놈이 연희에게 죽은 지 며칠이 지났는데, 이것들은 아직도 모르고 있는 것이었다.

그간 오르까의 영역 속에서 무던히도 헤매고 다녔을 것이다.

처음 수천으로 이뤄졌을 그룹이 죽고 흩어져서 이제는 열다섯뿐.

팔다리가 온전한 녀석들로만 구성되어 있는 걸 봐서는 심각한 부상자가 생기면 버려 온 것으로도 보였다. 조금만 감각을 세워도 이런 것들이 내는 신음 소리가 사방에서 들려온다.

몸을 일으켰다. 녀석들의 시선은 자연스레 내 가슴으로 향했다.

그래 봤자 내 가슴에도 남은 인장이 있을 리가 없었다. 나는 죽었다가 다시 태어난 몸이니까.

그만 녀석들을 제압하고 연희에게 합류하려 할 때였다.

녀석들의 후방부터였다.

쏴아아악!

두꺼운 촉수들이 마치 퇴로를 막듯이 수직으로 치솟아 올랐다.

고개를 높게 치켜들어야만 그 끝을 확인할 수 있는 높이까지. 그래서 촉수들이 꿈틀거릴 때마다 진흙과 흙탕물들이 비처럼 쏟아졌다.

녀석들은 나름 빠르게 반응했다. 하지만 촉수는 어디에나 치솟고 있었다. 녀석들이 사방으로 몸을 던진 속도 보다 더 빠르게 자라났다. 그리고 더 많이.

양단된 시체 몇 개가 내 바로 앞으로 떨어져 내렸다. 촉수 끝에 큼지막하게 관통된 놈은 높은 허공에 걸쳐 있었다.

순간에 열다섯에서 아홉으로 줄어 버린 놈들은 내게로 모여들었다.

그러고는 일말의 희망을 품어, 나를 간절하게 쳐다보는 것이었다.

그때 녀석들의 입에서 터져 나온 건 내 이름이 아니었다.

"오⋯⋯."

"오, 오르까!"

오르까야 말로 악(惡)의 화신처럼 등장했다. 오르까는 걸어 나오지 않았다.

수면 밖으로 서서히 모습을 드러내듯 습지대 표면 위로 느릿하게 올라왔다. 진흙이 덕지덕지 묻은 흉물의 얼굴 속에서는 두 눈알이 번질거렸다.

턱주가리 촉수에도 과거와는 다른 위엄과 공포가 실려 있었다.

그때 녀석들은 살아서 나갈 수 없다는 걸 직감했을 것이다. 녀석들의 절망이 느껴졌다. 그 끈적하고도 암울한 기운들이 벌써부터 장송곡(葬送曲)을 부르고 있었다.

리더 녀석이 뒷걸음질 치다가 내게 부딪쳤다.

"어…… 어떻게 하실 겁니까? 지시를! 씨발, 지시하라고!"

그 또한 멍청히 보고만 있지 말고 싸워 달라는 소리였다.

오르까가 나를 향해 거리를 좁힌 시점.

녀석들의 떨림은 걷잡을 수 없을 정도까지 이르렀다.

오르까가 내 앞에 섰다.

녀석들이 허겁지겁 다른 쪽으로 기어간 뒤였다. 녀석들은 나와 나를 내려다보고 있는 오르까를 한꺼번에 눈에 담았다. 혼란스러워하기 시작했다.

아무 일도 일어나고 있지 않은 것이 더욱 견디기 힘들었을까.

녀석들의 입에서 진짜 고통을 받고 있는 듯한 신음 소리
가 아으으으, 하고 흘러나왔다.

나는 오르까에게 그쪽을 턱짓해 보였다.

"제압해라. 목숨은 남겨 두고."

마음 같아선 연희를 죽이러 모여든 모든 놈들의 대가리
를 치고 싶다.

하지만 참아야 한다.

최소한으로 그쳐야 한다.

인류의 안전을 대가로 맺은 계약이 있다.

지령, '인간 군단을 확보하라' 뿐만이 아니다. 이후로도
둠 카오스는 휘하 둠들에게 시켜 왔던 일들을 내게도 지시
할 것이다.

아주 자명한 사실 아닌가? 다른 차원을 침공하러 갈 군
대가 필요하다.

그러니까 이런 녀석들이 죽을 곳은 바로 거기다.

녀석들로선 차마 모르겠지만, 의미 있는 죽음이 될 것이다.

확실하니까. 인류의 안전이⋯⋯.

*   *   *

다시 봐도 본 시대의 최종장을 떠올리게 만드는 풍경이

었다. 당시에도 습지대 표면 위로 튀어나온 팔다리들이 잡초처럼 무성했다.

또한 당시처럼 여기에서도 전투가 한시도 그친 적이 없었다.

특히 연희를 노렸던 퀘스트의 제한 시간이 얼마 남지 않은 시점부터는 놈들도 물불을 가리지 않았다.

그래. 지금은 제한 시간이 지난 상태다. 퀘스트는 실패로다 제거되었을 것이다.

그래도 이미 영역 안에 들어와 있는 자들과의 전투는 계속되고 있었다.

주변에 버려진 방어구들을 대충 집어 들었다.

연희가 맡고 있는 부근은 그 열기가 제일 뜨거운 곳이었다.

부활에 돌입하기 직전에 봤던 마지막 광경은, 연희에게 정신계들로만 이뤄진 최후의 공격대가 부딪쳐 오는 광경이었다.

그랬던 것들이 이제는 살육의 신을 섬기는 광신도라도 된 듯 변해 있었다.

미쳐 버린 눈깔, 피가 흥건한 입, 깔깔거리는 웃음소리.

광기로 출렁거린다.

연희는 촉수 끝에 서 있었다. 그것들이 서로를 죽이는 광경을 내려다보고 있었다. 그러고는 곤두선 신경을 짓누르려 한 손으로 이마를 짚고 있었다.

똑같이 촉수를 딛고 그녀 앞에 섰다.

연희는 얼굴을 그대로 둔 채로 눈만 움직여서 나를 올려다봤다.

그 뻘건 눈은 개안으로 그렇게 된 것이 아니었다. 결막 혈관이 수없이 도드라져 마치 기생충 떼에 잠식된 것처럼 눈알 전체가 충혈된 상태였다.

하지만 연희는 손 안쪽의 부분으로 그런 눈 대신 제 이마를 문지르기 시작했다.

거기에서 뭔가가 뛰쳐나오려는 것을 막겠다는 듯 힘을 줘서.

"……둠 맨의 화신이 진입했대. 알고 있어?"

"이제 바깥은 안전해. 네 가족도. 내 가족도 모두. 인류 전체가."

"대가는…… 아니지?"

"맞아."

연희의 두 눈이 질끈 감겼다. 나는 연희의 얼굴을 가슴으로 끌어안았다.

"내가 둠 맨이야. 나머지는 내가 정리하마. 눈 좀 붙여 둬."

Chapter 5.

　비가 줄기차게 퍼부었다. 습지대의 질퍽거림은 더욱 심해졌다.

　그간 종횡무진해 왔던 성일에게는 수식어가 하나 더 붙어 있었는데, 바로 광전사였다.

　광전사 칼리버.

　놈들은 네임드 몬스터를 부르듯이 성일을 그렇게 불렀다.

　진흙을 뒤집어쓴 채 뛰어다니는 성일의 모습은 가히 그러했다.

　한 손에 한 명씩, 무기로 부려졌던 것이 죽으면 다른 녀석으로 교체.

두 눈은 다음 먹잇감을 향해 기계처럼 움직이고 있었다. 성일은 도망치는 한 무리를 발견하고는 잔혹하게 웃었다.

"여그가 지네들 안방인 줄 아나 본디 어디 보드라고. 나가는 건 맘대로 안 될 것이여! 하나도 살려 두지 말으! 죽여엇!"

구원자의 도시민들이 흩어져서 추격을 시작했다.

다들 부상을 달고 있었다. 하지만 결정적인 승기가 넘어온 시점이다. 패잔병들을 쫓는 두 발에 마지막 힘이 실리고 있었다.

성일의 뒤로 다가갔다. 성일의 고개가 확 돌려졌다.

그 눈빛부터였다. 그것도 파괴적인 느낌이 다분했다. 이어서 휘둘러진 칼리버의 무기에서도 풍압이 실려 왔다.

칼리버의 무기. 나는 그 인간 대가리를 한 손으로 움켜쥐었다.

칼리버의 무기 하나가 그렇게 쓸모없게 되었을 때, 우리의 광전사 칼리버는 나를 향해 어버버 입술을 떨기 시작했다.

"오…… 오딘……."

"마리를 도와줘서 고맙다."

"당, 당연한 말씀을…… 증말 부활하신 거요? 팔 두 개 다리 두 개 다 그대로인 거 맞지요?"

성일은 선 채로 고개를 떨궜다. 그때 아직 더 쓸 수 있는 성일의 무기 하나가 반쯤 감겨 있는 눈으로 나를 응시하는 게 보였다.

내 얼굴을 가까이에서 봤던 적이 있던 놈이었는지 그 얼굴이 경악으로 물들어 있었다. 놈의 입술이 소리 없이 움직였다. 말도 안 된다고.

"흐흐흐. 이제 어뜩하냐. 느그들은 이제 정말로 다 뒈진 거여."

성일이 놈을 바닥에 내팽개치고는 그 대가리를 있는 힘껏 짓밟았다.

쓸모없게 된 나머지 무기 하나도 진작 버려진 뒤였다. 성일은 두 손을 탁탁 털면서 조심스레 내 전신을 훑어보았다.

황금 갑옷에 머물러 있던 시선은 뇌신 창을 거쳐 태양 망토까지 넘어갔다.

"다른 건 못 찾았으요."

"중요한 건 건졌으니 됐다. 네 공을 잊지 않으마."

"나는 진짜 한 게 없으요. 마리 누님께 가슈. 많이 힘들 거요. 여긴 제게 맡기시고."

"이걸 어디서 가져온 거 같아?"

웃음이 살짝 터졌다. 성일도 내 황금 갑옷을 다시금 보더니 설핏 웃었다.

하지만 날 만나면서 긴장이 풀어졌기 때문이었을 것이다. 성일이 순간에 중심을 잃고 휘청거렸다.

"뭣들 혀? 후딱 인사드리지 않고."

성일은 습지대에 발을 박아 넣고는 내 등 뒤를 향해 말했다.

성일의 지시를 받아 패잔병들을 쫓고 있는 이들은 멀찌감치 사라져 버렸지만, 후방에서 뒤늦게 합류해 온 자들은 내 등 뒤쪽으로 경직되어 있었다. 고개를 돌리자 그들, 내 숭배자들의 모습이 자세히 보였다. 이번에는 진짜였다.

연희의 시선을 통해 봐 왔던 그들의 가쁜 호흡에서 오는 열기며, 신음 소리와 동반되어져 있는 피비린내가 실제로 나를 에워쌌다.

약 일천의 인원 중 삼백여 명밖에 남지 않은 그들이었다.

"많은 도움이 됐다. 고맙다. 나의 도시민들이여."

흐느끼는 소리가 났다.

똑바로 들려진 얼굴에선 눈 하나 감기는 것 없이 눈물이 흘렀다.

천공이 뚫려 버린 것처럼 비가 퍼붓고 있어도, 그것이 눈물인지 아닌지 어찌 모를까.

성일을 따로 데리고 갔다.

이후의 대화는 내 숭배자들이라도 들어서는 안 되기 때

문에 전음으로.

『둠 맨이 진입했다는 메시지를 봤겠지?』

『……다시 그것과 싸우러 가시는 거요? 이번에는 날 데려가 주셔야 허요. 내 목숨이 얼마나 질긴지, 아직꺼정 살아 있는 거 보면 모르겠수? 뒈져도 내가 뒈질 텡게 오딘께선…….』

『그런 일은 없다. 내가 둠 맨이니.』

『쓰…….』

『날 미워해도 좋다. 하지만 그것이 바깥의 안전을 확보하는 확실한 방법이었다. 그래. 둠 카오스와 계약을 맺었다.』

『달라진 게 없어 보이는디. 뿔이라도 나야 하는 거 아니요?』

『날지도.』

『예에? 아니 그게 무슨……

— 근디 바깥은 증말 안전해진 거요? 쪼까 헷갈리는디, 둠 카오스는 몬스터 놈들 대빵 아니었소? 그러니까 오딘이 둠 맨이믄, 이제 우리가 몬스터 놈들과 한솥밥 먹는다는 거요?』

『그렇게 되는 것이지.』

『어…… 어…… 음…… 차라리 그게 낫수다. 검은 머리 잡것들 따위보다.』

『내가 밉지 않으냐?』

『잊으신 것 같은디 나도 거기에 있었수. 소 대가리 놈들 본토에 말이오. 거기서 나도 함께 봤었지 않수. 함께 느꼈으요.』

성일이 당시를 떠올리고 말았는지, 그의 얼굴에서 발산되고 있던 환희의 빛이 바로 꺼져 버렸다.

『그 쓰벌 눈깔이 대빵 아니고 둘째라 하지 않았수.』

『둠 아루쿠다.』

『그놈 말이오. 그놈만 와도 지구는 개판 나는 거요⋯⋯ 오딘이라고 하고 싶어서 대빵 놈과 거래를 하셨겠소. 진실을 알믄 오딘을 미워할 쓰벌 것이 있어도 인정하지 않을 수는 없는 거요. 감사허요. 오딘께서 또 우리를 구해 주었소. 것도 모르고 설치는 놈들이 나오믄 내가 다 뚝배기 깨 버리겠수.』

『⋯⋯.』

『것보다 오딘께서 계시지 않는 사이에, 여기 다 개판 났수.』

*　　　*　　　*

연희가 악녀 마리라 불리고 성일이 광전사 칼리버로 불리고 있듯이, 그는 역병괴(疫病怪) 오시리스였다.

조슈아와 그의 공대원들은 오르까의 영역 바깥으로 살짝 벗어나 있었다.

처음에는 다 같이 오르까의 영역 안에서 투합하는가 했지만, 20일 후쯤부터는 살림을 따로 차리고 나간 것이었다. 명분은 적들의 증원과 보급을 끊어 놓고, 이미 들어온 것들의 퇴로 또한 막아 두겠다는 것이었다.

그래서 그들의 군진 상황이 어떤지 확인하게 된 것도 지금이 처음이었다.

거기는 발을 디뎌서는 안 되는 금단의 영역으로 완성되어 있었다. 어지간한 역병 저항력으로는 진입을 꿈도 꿀 수 없다.

역병에 찌든 그 땅을 밟는 순간부터 차차 몸속을 갉아 먹히다가 결국에는 흉측한 몰골로 죽음을 맞이할 터이니. 피부와 근육뿐 아니라 심지어 골격까지도 흐물흐물 녹아 버릴 것이다.

그렇다. 난공불락의 요새나 다름없는 것이다.

조슈아와 그의 공대원들은 거기를 기점으로 별동대처럼 움직여 왔었다.

내가 도착한 때에도 부상자 소수만 남겨져 있고 조슈아는 없었다.

"……."

눈알들이 나를 소리 없이 주시했다. 그러고는 느릿하게 일어나 별말들이 없었다.

그들에게서는 내 귀환을 기뻐하는 기색이 없는 건 물론이고, 도리어 방해를 일삼는 높은 상관이 온 듯한 꺼림칙한 분위기만 풍겼다.

"전쟁은 끝났다. 역병을 거둬 놓아라."

마찬가지로 들려오는 대답이 없기에, 원귀(冤鬼)들에 대고 말하는 기분이었다.

역병이 찌든 땅을 가로질러 나갔다. 그렇게 온갖 놈들의 진영이 한눈에 펼쳐졌다.

작정하고 침공해 왔었던 몬스터 군단과 하등 다를 바가 없었다. 좌로 우로, 고개를 돌림에 따라 어디에서나 끝까지 놈들의 진영이 있었다.

알고 있었다. 들어 왔었다.

오르까의 영역 안에 들어왔던 수는 일부에 불과했다.

오시리스 군단이었던 놈들과 마리 군단이었던 놈들은 통째로였고, 염마왕 군단과 이태한 군단에서 이탈한 놈들도 그 수가 상당했다.

그것들은 본인들이 맡고 있던 몬스터 군단 따윈 내팽개치고 다 여기에 있었다.

그랬던 것이 전방의 결과를 낳은 것이다. 놈들의 진영이 시야를 가로막고 있어 보이지는 않지만, 저 멀리로 구울들의 울음소리가 존재했다.

"우우우—"

그때 이쪽으로 달려오는 한 무리가 보였다. 조슈아와 그의 공대원들이다.

뒤로 따라붙고 있는 자들이 상당했지만, 그것들은 속도가 느렸다.

『마…… 스터?』

『들어와라.』

그가 도착했다. 그의 후드 속 암흑에 가려진 얼굴을 확인하게 되었을 때 이런 생각이 들었다.

어쩌면 가장 힘든 싸움을 도맡아 오고 있었던 것은 아니었을까.

얼굴의 단단한 역병 딱지들에 금이 가 있는 꼴이, 툭 건드리면 금방이라도 얼굴 전체가 유리처럼 깨질 것 같이 보였다.

다른 공대원들에겐 달고 온 부상을 다스리게끔 한 후.

조슈아와 독대를 가졌다.

"지켜보고 있었다. 마리를 지키지 않았다 하더라도 그건 배신이라 할 수 없었을 것이다. 하지만 넌 끝까지 내 남겨진 여자의 편이 되어 주었지."

"하면 아시겠군요. 마스터의 위대한 유산 때문이었습니다."

이유야 무엇이든!

놈들 전체에 대한 분노보다 내 측근들만큼은 내가 죽은 뒤에도 '내 이름' 하에 움직였다는 것이 몹시 기뻤었다.

인내심이 바닥난 상황에서도 버틸 수 있었던 게 그 때문이었다.

"상관없다. 그렇다고 네가 한 일이 달라지는 게 아니니까. 고맙다. 너 또한 잊지 않으마."

조슈아는 차분하게 고개를 숙였다. 그때 전음으로 말을 이었다.

『둠 맨이 진입했다는 메시지를 봤겠지?』

순간 들려진 조슈아의 얼굴에는 눈의 움직임이 멎어 있었다.

『예. 마스터.』

『바깥에 우리가 쌓아 올린 금자탑(金字塔)은 불변할 것이다.』

『……마스터께서 둠 맨이십니까?』

『맞다.』

『절 치료해 주실 수 있으십니까?』

『아직은. 하지만 방법을 찾아볼 수 있을 것 같다. 여기

서가 안 되면 다른 차원에서. 내가 꼭 그 방법을 찾아보겠
다.』

『예. 그럼…….』

조슈아의 시선이 전방의 진영들로 향했다.

『앞으로 둠 카오스의 지령을 완수하기 위해선 군단이 필
요하다. 다 죽일 수는 없지. 죽을 놈은 죽고 살 놈은 살고.
단! 책임자들은 죽음을 피할 수 없을 것이다.』

『예. 마스터. 위대한 존재가 되신 걸 감축드립니다.』

*　　　*　　　*

조슈아와 그의 공격대가 펼쳤던 역병이 거둬지고 있었다.

그 자리로 하나둘 들어왔다. 오르까의 하늘거리는 촉수
를 침대 삼아 자고 있는 연희부터, 성일과 이제껏 생존한
내 숭배자들도 무리 지어서 도착했다.

우리는 놈들과 비교도 되지 않게 적지만, 비교도 되지 않
게 컸다.

이제부터 놈들은 그걸 절실히 깨닫게 될 것이다.

죽은 줄로만 알았던 선황(先皇)이 살아 돌아왔으니까. 그
것들의 주인이.

[오딘의 황금 갑옷(폭풍의 신)이 오딘의 황금 갑옷
(전쟁의 신)으로 변환 되었습니다.]

내 사람들을 뒤로 멀찍이 떨어트려 놓은 다음 이를 악물
었다.

[오딘의 절대 전장 (구역)
독립 된 시공을 개방 시킵니다.
* 사용자가 죽거나 지속 시간이 끝날 때까지 유지 되
는 구역입니다.
* 권역 내 지형지물이 동일하게 복사 됩니다.
* 권역 내 생명체들이 전부 이동 됩니다.]

화악—!

[오딘의 절대 전장이 개방 되었습니다.]

아마도 이것은 올드 원이 둠 자 놈들과 싸우라고 지급한
무기일 것이다.
하지만 이제 놈이 양성해 놓은 군단을 흡수하는 데 사용
되어질 것이다.

그런데 생각해 보자. 과연 놈이 양성해 놓은 군단일까? 누가 저것들을 여기까지 끌고 왔지? 누가 둠 카오스의 악의로부터 저것들을 보호해 주고 있었지?

올드 원은 머저리다. 우리를 무작정 전투로 내몬 것으로 둠 카오스에게 이길 수 있을 것이라 생각했던 것부터가, 그 분명한 증거다.

저것들도 이제 깨달아야 할 차례였다. 누가 그들의 주인인지.

머저리인지, 거시적으로 본인들에게 진짜 영향을 주고 있었던 나인지.

둠 카오스의 지령과는 상관없는 일이었다. 저것들과 나 그리고 올드 원 사이에서 진즉부터 정리되었어야 할 문제.

[오딘의 절대 전장에 진입하였습니다.]

알겠느냐. 찰나의 선택이 너희들의 운명을 좌우하게 되리라.

*   *   *

몇 시간 전.

중국 국적의 이위봉은 심각한 고민에 빠져 있었다.

악녀 마리에 대한 퀘스트가 제한 시간을 초과하자마자 날아가 버린 것도 그렇다. 하지만 후방의 상태도 나날이 악화되고 있었다.

[경고: 둠 맨의 화신이 진입 하였습니다]

하물며 소름 끼치는 메시지까지 떴었다.

사면초가라는 말은 이런 때 쓰는 거였다. 마루카 영역으로 들어갔던 주군 현천상제의 본대에선 소식이 끊긴 지 오래다.

그쪽 방향으론 이제 오시리스가 역병으로 틀어막고 있었다.

후방으로는 바르바 군단의 공세가 매서운 데다, 양옆으로는 도무지 말이 통하지 않는 탐욕스러운 그룹들이 자리를 잡고 있는 상황이다.

혹 모르는 일이었다. 양옆의 그룹들이 협조했다면 상황이 달라졌을지도.

역병이 미치지 않는 땅으로 크게 우회하여 일찍이 본대에 합류했을 것이다.

그랬으면 현천상제 님을 구출하고 전비를 가다듬을 수 있지 않았을까?

결국 퀘스트는 물거품이 되고 말았지만, 전투는 끝나지 않았다.

앞으로 나아갈 수 없고, 뒤로는 구울들이 희생자들을 제 무리로 가담시키며 빠르게 늘어나고 있으며, 양옆의 탐욕자들은 하등 도움이 되지 않는다.

"젠장."

어쩌다 이렇게 된 것일까.

옆 진영에서 그와 같은 위치인, 30인석의 주인 하나가 찾아왔다.

이름은 정하(丁霞). 코드명 하누만.

바깥의 국적만 같지 최종장까지 한 번도 겹쳤던 적이 없던 여자였다.

이위봉이 정하에게 기다렸다는 듯이 외쳤다.

"네년이 하누만이군. 그렇지 않아도 어떤 병신 같은 것인지 꼭 보고 싶었다. 보상에 눈이 멀어도 그렇지, 다 내팽개치고 와? 그것도 바르바 군단을!"

"크시포스나 맡고 있었던 주제에 입은 살았네. 가장 먼저 제단을 파괴한 게 우리였어. 네놈 말마따나 바르바 군단의 제단을. 됐고, 현천상제는 아직도 소식 없지? 죽었으니까 조용한 것이겠지."

"닥쳐라"

"닥치고 그냥 갈까? 원한다면 그렇게 해 줄게. 이번에 한해서."

"목적이 뭐냐. 본론만 말해."

"되지도 않는 시비부터 건 건 네 놈이야."

"그냥 꺼지시든지. 병신 같은 것하고 손을 합쳐 봤자 목숨만 위태롭지."

"상황이 어떻게 돌아가는지도 모르나 보네. 쯧."

"누가 이 지경까지 만들었지?"

"누구긴. 네놈의 현천상제지. 내 말을 안 들었던 것들은 꼭 그렇게 돼졌어. 그럼 너희들은 빠지는 걸로 알게. 잘 돼지렴."

이위봉은 이를 갈았다. 하지만 아쉬운 건 자신들 쪽이었다.

전체적인 군세에 있어서는 하누만 정하의 세력이 훨씬 강했다.

"연합을 만들고 있나? 이제 와서?"

이위봉이 물었다.

"내가 아니야."

"누구냐."

"헤파이스토스. 그분께서도 이대로 가다간 다 전멸이라 판단하셨겠지."

병렬의 다섯 주인 중 하나, 이안 존스가 거론되었다.

"무엇을 우선으로 잡고 계시냐? 바르바 군단이냐. 악녀의 군단이냐. 그걸 듣고 판단하겠다."

이위봉은 악녀의 군단이 우선이라는 대답이 나오면 연합 제안을 거절할 생각이었다.

악녀 마리와 크시포스 군드락의 왕, 역병괴 오시리스와 역병 괴인들, 촉수 마왕 오르까, 오딘의 광신도들. 그것들이 중앙 지역 한데로 틀어박히며 운집되어 버린 파괴력은 실로 강력했다.

게다가 그들이 거대한 촉수들을 방벽으로 해, 습지대를 해자(垓字)로 사용하여 농성에 돌입하자 거기는 불가침의 철옹성이 되었다.

아니, 지옥성이 되었다. 발을 디디면 결코 살아서 돌아올 수 없는.

그것이야말로 이 사달이 발생한 제일 큰 원인이었다.

"악녀의 군단."

"단단히 미쳤어. 하하. 헤파이스토스 님은 무슨. 헤파이스토스도 네년처럼 병신이었나. 무엇이 우선이지 하나도 모르는 병신들. 퀘스트는 진작 아작 났다."

"끝까지 들어 보는 게 좋을 텐데?"

"들어 보나 마나……."

"오딘의 신기(神器)."

"······!"

"퀘스트는 날아갔지만, 오딘의 신기가 거기에 남아 있지."

"흥. 뻔한 수작. 거기에 걸려든 게 우습군."

"호호호. 헤파이스토스 님께선 분명히 약조하셨다. 먼저 먹는 자가 임자인 것으로. 어때? 끌리지? 헤파이스토스 님이 말을 바꿔도 맘대로 하시게 두지 않을 거야. 네놈과 내가 그리고 우리의 옛 같은 친구들이."

"그······ 렇단 말이지?"

*   *   *

반원의 주인들이 얼마나 강력한지는 잘 알고 있었다. 하지만 수십 만의 각성자들이 한 목적으로 움직이고 있었다.

기회가 날 거라 생각했었다.

아니었다.

악녀와 역병괴 등은 지옥으로 초대하는 아가리를 쩍 벌린 채 들어오는 먹잇감들을 언제고 소화시켰다.

이안 존스.

헤파이스토스는 후회가 막심했다. 데보라 벨루치의 말을 들었어야 했었다. 염마왕의 밑에 가만히 있어야 했었다.

악녀 마리의 목을 따기는커녕 측근들만 다 죽어 나갔지

않은가.

신중에 신중을 기해 왔던 인내가 없었더라면 자신도 그들과 함께 습지대 속에 처박혔을 일이었다.

헤파이스토스는 시선을 고정시켰다. 퀘스트 창 하나가 띄워졌다.

마리의 모가지를 노렸던 퀘스트가 날아갔던 시점이자 둠맨의 화신이 진입하였다는 메시지가 떴던 순간에.

그 퀘스트가 발생하며 인도관도 자신 앞에 등장했었다.

무대의 지배자들에게만 모습을 드러내는 인도관이 말이다.

[이심전심, 인도관 (퀘스트)

루마─르는 45만의 치열할 경쟁을 뚫고 유일해진 인도관입니다. 루마─르에게 깃들어 있는 위대한 힘을 당신은 차마 상상 조차 하지 못할 것입니다.

임무: 둠 맨으로부터 루마─르를 지켜 내십시오.

등급: S

보상: 첼린저 박스 * 50, 퀘스트 '수호자' 시작 아이템, 퀘스트 '해골 용의 주인' 시작 아이템, 특전 '급속 성장'. 특전 '회수'.

* 막대한 경험치가 예정 되어 있는 퀘스트 입니다.]

　　마리의 모가지에 걸려 있던 보상과 흡사했다. 하지만 그
것이 결국엔 자신의 목숨을 거둬 가리라.

　　둠 맨이라니.

　　둠이라니.

　　그 위대했던 오딘도 둠을 상대했다가 죽었지 않은가.

　　'둠이 내게 온다…… 빌어먹을…… 빌어먹을…… 왜 나
한테.'

　　하지만 취소하지는 않았다. 그런 마음이 일다가도 보상
이 눈에 계속 밟혔다.

　　그때 커다랗던 퀘스트 창을 한쪽으로 밀어 버리는 메시
지가 떴다.

　　인도관은 헤파이스토스의 시야 밑에서 불쑥 나타났다.

　　[무엇이 걱정이세요. 대부분의 각성자가 헤파이스
　　토스 님의 편이에요.]

　　"다른 것도 아니고 둠입니다."

　　[가르쳐 드렸잖아요. 둠 맨이 본체를 드러낼 때가

기회라고요. 어떻게든 본체를 꺼내게 하세요.]

"화신은 어떤 존재입니까?"

[강해요.]

"그러니까 얼마나요?"

[헤파이스토스 님께서 전 각성자를 융합하는 데 성
공하신다면 시도해 볼 만해요. 가능성이 아주 없는 것
도 아니랍니다. 공포를 극복하세요.]

헤파이스토스는 얼굴을 일그러뜨렸다. 제각기 다른 규모
와 운영 방침으로 모인 수천 개의 그룹을 어떻게 융합한단
말인가.

미리 오딘이 남긴 신기로 미끼를 던져 놓긴 했지만, 단언
할 수 있는 건 하루 이틀 사이에 될 일이 아니라는 것이었
다. 솔직히 아무리 많은 시간이 허락된다 할지라도 불가능
한 일이다.

자신이 오딘이 아닌 이상은 말이다.

전 각성자가 둠 맨이 일으킬 살육 전쟁에 휩쓸려도 장담

하기 어려웠다.

"인도관께서도 살고 싶겠죠?"

[끄덕끄덕.]

"그러면 보상을 먼저 줘야 합니다. 그렇게 해 주신다면 최선을 다해 인도관님을 지켜 드리겠습니다."

[(๑'ᴗ'๑) 최종장까지 오신 분이 하는 말씀이라고
는 믿기지가 않네요. 아직도 배우지 못하셨어요? 더 큰
힘을 얻기 위해선 증명하셔야 해요. 시스템의 절대적인
룰이에요.]

"그 말씀은 나나 인도관님이나 다 같이 죽자는 겁니다.
퀘스트를 취소할 겁니다. 죽을 거면 혼자 죽으십시오. 혼자
둠 맨과 싸우시란 말입니다. 거기에 날 끼워 넣지 마시고."

[하세요. 취. 소.]

"……"

[헤헷. 그러실 줄 알았어요. 제 권한을 넘어서는 힌트까지 다 드렸잖아요. 둠 맨이 나타나면 각성자 분들은 맞서 싸우실 수밖에 없어요. 그들의 리더로 나서시고, 화신을 궁지까지 몰아붙여서 본체를 꺼내게 만드세요. 둠 맨이 고통에 절규하면 반드시 처치에 성공하세요. 그 짧은 찰나를 놓치시면 절대 안 돼요. 절. 대.]

인도관은 헤파이스토스의 미간 앞에 똑바로 떠서, 그의 눈을 응시했다.

[본체가 완성되어 버리면 여러분들로선 무엇으로도 둠 맨을 막을 수 없으니까요. 그럼 건투를 빌게요. 헤파이스토스 님. 파이팅. ٧ (｡>‿<｡)]

인도관은 사라지지 않았다. 다만 계속 말을 걸어도 들려오는 대답이 전무했다.
그때 누군가 막사로 들어왔다.
"뭐냐!"
"오시리스가 나타났었습니다."
"피해는?"
"……죄송합니다."

"수습부터 하도록."

헤파이스토스는 더 추궁하지 않았다.

그는 보고자를 막사 바깥으로 돌려보낸 뒤 양손에 얼굴을 파묻었다.

최종장까지 올라오는 동안 겪었던 역경들이 주마등처럼 머릿속을 스쳐 갔다. 라이벌들을 도모하고, 사전 각성자들을 제거하거나 아래로 둬 왔던 시간들.

처음으로 첼린저 박스를 얻었을 때 느꼈던 희열과 더욱 간절해진 온갖 욕구들이, 새삼스레 그때의 마음가짐으로 부딪쳐 왔다. 정확히 말하자면 그것들을 끄집어내는 데 주력했다.

언제는 위기가 없었더냐. 언제는 죽음이 바로 코앞까지 드리우지 않았더냐.

하지만 그런 역경을 딛고 올라섰을 때마다 강해져 왔었다. 따르는 사람은 많아지고 그룹은 확장되었다.

최종장에서 그 모든 걸 오딘에게 바쳐야 했지만, 왕좌(王座)가 안배된 일이었다.

데보라 벨루치와 그녀의 측근에게 들은 오딘에 대한 진실은······.

자신의 결정이 잘못되지 않았음이 증명되었다. 하지만 어쨌거나 오딘은 죽었다.

바깥 세계를 지배할 최고 절대자는 사라졌지만, 그 권좌까지 사라진 것은 아니다. 데보라 벨루치 같은 것들을 자신 휘하에 둘 수 있는 것이다.

퀘스트를 완수하기만 한다면, 또다시 역경을 극복할 수만 있다면.

"이건 기회다. 기회다…… 할 수 있다. 언제나 그래 왔듯이……."

헤파이스토스는 그렇게 끊임없이 중얼거리고 또 중얼거렸다.

그러고 나자 실제로 효과가 있었다.

헤파이스토스는 일생일대의 분기점에 왔음을 실감하며 몸을 일으켰다.

그는 각오를 마쳤다. 최종장의 지배자가 돼서 바깥으로 나간다. 전일 클럽을 박살 내고 거기에 깃들어 있는 위대한 유산들을 독점한다.

오딘이 미처 끝내지 못했던, 실질적인 세계 통일을 이룩한다.

그리고 그 끝에 자신이 앉는다.

'이 첫걸음이 그 시작점이 될 것이다.'

헤파이스토스는 첫발을 내디디며 주먹을 움켜쥐었다. 막사에서 나왔을 때 세상 풍경이 새삼 달라 보였다.

전방에 아직도 꼼짝 않고 존재하는 악녀의 지역이나, 후방에 죽은 자들이 걸어 다니고 있는 지역이나. 더는 거기를 보고 위축되지 않았다.

대신 자신이 거둬들여야 하는 각성자들 하나하나가 소중하게 느껴졌다.

반원의 주인 다섯. 병렬의 주인 다섯.

그렇게 열 명의 강자들 중 이 많은 수십만 각성자들을 한데 집합시킬 수 있는 사람은 자신밖에 없으니까.

오딘은 죽었다. 이태한의 행방은 묘연하다. 오시리스와 마리는 공적이다. 조나단은 몬스터 군단과의 전투로 격리되어 있는 거나 마찬가지.

똑같이 장위룡은 죽었다. 윌리엄 스펜서는 이태한처럼 행방이 묘연하다. 성일은 공적이다. 데보라 벨루치도 조나단과 함께 전투로 격리되어 있는 거나 마찬가지.

자신만 남았다.

'나만 남았다! 나 헤파이스토스가 수십만 각성자의 리더가 된다.'

헤파이스토스는 주위에서 맴도는 인도관을 쳐다보았다.

'인도관. 이 내가 위대한 힘을 거머쥘 자격이 있다는 것을 증명해 보이겠다. 죽은 오딘이 살아 돌아온다 할지라도. 둠 맨이 아니라 둠 카오스가 진입했다 할지라도.'

그때였다.

저 멀리 수직으로 치솟아 오르는 황금빛의 줄기가 있었다.

그러고는 화악!

광활한 지역 전체에 돔 같은 막을 치며 순식간에 퍼져 내려왔다.

자신도 그 안에 속해 버린, 그 찰나였다.

[오딘의 절대 전장에 진입하였습니다.]

절대 전장?

그것도 오딘의 이름을 달고?

"이게 뭔지 아십니까?"

[둠 맨의 화신이 왔어요. 덜덜덜.]

＊　　＊　　＊

[경고 : 권역 밖으로 이탈할 수 없습니다.]

[남은 시간 (오딘의 절대 전장): 23시간 59분 59초]

"하루만 버티면 되는 겁니까? 그거면 퀘스트를 완수하는 겁니까?"

헤파이스토스가 알림 창을 보며 물었다.

[그럴 리가요. 도주시키거나 처치하거나.]

인도관은 헤파이스토스의 어깨에 달라붙었다. 절대 떨어지지 않겠다는 듯 헤파이스토스의 새끼손가락보다도 작은 두 팔로 거기를 껴안는 시늉까지 하면서였다.

헤파이스토스의 심장 고동이 빨라졌다. 긴장한 몸에선 벌써부터 땀이 흘러나오는 것 같았다.

그가 제일 먼저 한 일은 망루 위에 올라가는 일이었다.

하지만 둠 맨은 당장 보이지 않았다. 혼란에 빠진 각성자들만 보였다.

절대 전장이라 명명된 영역은 광활했다. 자신의 진영에서도 그렇지만 사방에 빼곡한 다른 진영에서도 당황한 움직임들이 부산했다.

그나마 다행인 것은 절대 전장에 바르바 군단들까지 포함되지는 않았다는 사실이었다.

한 목소리가 찔러 들어왔다. 공포에 질린 목소리였다. 다른 곳도 아닌 자신의 진영에서.

"우린 다 죽을 거야! 오딘께서 오셨어!"

무시할 수 없는 이름이 계속 언급되고 있었다.

헤파이스토스는 멀리 몸을 던졌다. 정확히 그자의 앞에 착지했다.

"헤파이스토스 님? 오, 오딘께선 살아 계셨습니다. 우리를 응징하러 오셨습니다."

"그분이 아니다."

"모르는 말씀 마십시오! 2막 2장의 준비 기간에…… 전…… 전…… 인드라라고 하는 리더의 그룹에 있었습니다. 그때도 이랬습니다. 헤파이스토스 님. 저항하셨다간 우리 모두 다 죽습니다."

사내는 바닥에 무릎을 꿇었다. 하지만 헤파이스토스를 향한 게 아니었다.

죽은 오딘을 향한 것임을 눈치챈 헤파이스토스는 사내의 목을 내리치려 했다. 하지만 마음을 바꿨다. 헤파이스토스의 시선이 인도관에게로 돌려졌다.

"이 영역의 이름부터가 '오딘의 절대 전장'입니다. 제게 감추고 있는 게 있다면 지금이라도 말씀해 주셔야 합니다."

[(˙ㅁ˙) 감추긴 뭘 감췄다고 그래요. 물어보시지도
않았잖아요.]

헤파이스토스는 자신에게 쏠려 있는 많은 시선을 느꼈
다.

한시가 촉박했다. 그래도 이 문제가 우선이었다. 그는 부
하들의 시선을 피해 다시 망루로 올라왔다.

거기에서 그는 이렇게 물어 확인받을 참이었다. 둠 맨이
오딘이냐고.

한데 좌측의 먼 끝.

현천상제를 중심으로 하고 있던 진영들 속에서 포착되는
게 있었다.

그것은 벼락이었다.

비를 퍼붓고 있는 먹구름에서 수직으로 내리꽂히는 게
아니라, 지면의 한 지점을 중심으로 사방을 향해 퍼져 나가
는 것이었다.

집중했다. 그러자 그 많은 벼락들을 파생시키고 있는 진
짜 벼락을 볼 수 있었다. 마치 누군가에게 무기로 다뤄지고
있듯이 획의 궤적이 멀리서도 선명했다.

헤파이스토스는 순간 정신을 차렸다. 둠 맨은 오딘이 맞
았다.

"인도관······ 이 개자식."

[예?]

"넌 알고 있었지? 몰랐다고 하지 마라."

[저들의 희생을 발판으로 전비를 갖춰 놓는 것도 나쁘지 않겠네요. 서두르세요. 둠 맨이 곧 여기까지 올 테니까요.]

"둠 맨이 아니라 그분이시다. 전 각성자들을 지배하였던······ 분."

[오딘은 둠 맨의 옛 이름이에요.]

"다른 놈을 찾아봐라. 난 손을 떼지."

[어머? 죽은 오딘이 살아 돌아와도, 둠 맨이 아니라 둠 카오스가 진입해도. 증명해 보이겠다고 하셨던 분이 누구셨더라. 인간들의 마음은 갈대와 같다더니 정말 한 치 앞을 모르겠네요. 하기야 그러니까 둠 맨이 둠 카오

스에게 넘어가 버린 것이겠지만요.]

"너 이 개자식…… 내 머릿속에서 안 꺼져?"

[꺼지긴요. 전 줄곧 여기에 있는걸요. 그리고 퀘스
트를 포기 한다고 달라질 게 있을지 모르겠네요. 둠 맨
은 각성자 여러분들에게 화가 많이 났어요. 아. 주. 많.
이. 저길 본세요. 그의 분노가 느껴지시나요? 덜덜덜.
]

헤파이스토스는 시선을 멀리 가져갔다. 살아서 움직이는
벼락 쪽으로.
여기에서야 대자연의 공포스러운 움직임으로만 보이는
것이다. 하지만 당장 저 안에서는 얼마나 많은 자들이 한
줌의 재로 나뿌끼고 있을지, 너무도 뻔한 일이었다.
그날 봤지 않았던가. 최종장까지 올라왔던 리더 하나가
어떤 죽음을 맞이했는지.

[그러게 진작 ?????를 파괴 하셨으면 오죽 좋아요.
일을 이렇게까지 망쳐 버린 건 전부 여러분, 인간종들
이에요. 시스템의 의지가 고스란히 이행됐더라면 둠 데

지르의 죽음과 함께 둠 맨이 탄생하는 일도 없었겠지
요. 시스템이 그려 놓은 위대한 그림을 여러분들이 망
쳐 놓았어요. 여러분. 바. 보. 인. 간. 들. 이.]

헤파이스토스는 손을 뻗었다. 인도관을 제 어깨에서 떼
어 내려 했다.

하지만 인도관은 애초부터 손으로 잡을 수 있는 물리적
인 존재가 아니다. 더욱이나 인도관은 그가 손을 뻗은 속도
보다도 빠르게 움직였다.

인도관은 어느새 헤파이스토스의 얼굴 앞에 떠 있었다.
작은 혓바닥을 내밀고 있는 장난스러운 얼굴을 보며, 헤파
이스토스는 머리끝까지 치밀어 오르는 열기를 짓눌러야만
했다.

"그 물음표들은 뭐냐?"

[인간종들의 바보스러움은 정말 질리네요. 그 이기
심과 욕심들은 또 어떻고요. 하지만 그것이 여러분의
진짜 능력이기도 하겠죠. 참아 줄게요. 헤파이스토스
님. ?????에 대해서 알고 싶다면 증명하세요. ?????
에 대해 알아도 되는 분이신지.]

"개자식."

　　[(◔ᴗ◔) ⊃✄╰Uノ]

헤파이스토스의 두 주먹이 부들부들 떨렸다.

　　[다음번엔 말로만 끝나지 않아요. 정말로 잘라 버릴
　거예요. 헷.]

　　　　　*　　　*　　　*

　헤파이스토스는 둠 맨이라는 단어를 입에 담지 않기로
했다.

　둠들에 대해선 원체 알려진 게 없었고 현실성도 없었다.

　하지만 오딘이라는 이름은 달랐다.

　체감하기로 그 이름 하나에 실려 있는 공포야말로 진짜
중의 진짜였다.

　눈앞에 모인 자들이 그 증거다.

　이 사달이 일어나기 전, 악녀의 무리들이 농성 중인 영역
을 뚫기 위해선 각 그룹의 리더들에게서 협조가 필요한 상
황이었다.

하지만 대화를 거부하는 자들이 많았다. 대화가 진행되었어도 정도 이상의 보상을 약속받으려는 자들이 태반이었다.

온갖 그룹들은 악녀의 목을 치겠다는 공통적인 목적만 있을 뿐, 그것이 전 그룹의 합심을 뜻하는 바가 아니었던 것이다. 마리의 목에 걸렸던 보상은 대단했다. 하지만 모두가 나눠 가지기엔 부족했던 것이다.

그래서 연합이 구축됐던 적이 없었다. 다 따로 놀았다.

그랬던 것들이 좌측 일대가 무너지고 있는 동안 모이고 있었다.

병력의 주인.

헤파이스토스의 밑으로.

그때 헤파이스토스의 진영은 그 어느 때보다 바쁘게 돌아가는 중이었다.

그룹 간 경계만 구분 짓고 있는 목책 따윈 치워 버렸다. 빛기둥 결계 안에서 그랬던 것처럼 마법 함정을 설치하느라 분주했다.

또한 우측 일대에서 수백, 수천 단위로 합류해 온 이들을 한곳에 규합시키는 등.

공포에 찌들었기 때문에 그래서 더욱 큰 외침 소리들이 어디에서나 뻗치고 있었다. 서둘러! 움직여! 전비를 갖춰라! 하는.

헤파이스토스는 제 앞에 모인 자들을 바라보았다. 평상시였다면 자신과 말을 섞을 수 없는 자들도 거기에 있었다.

오딘이 본인들을 죽이러 온다는 걸 깨닫고 모인 자들.

각 그룹의 리더들.

[거봐요. 헤파이스토스 님이 이들의 진정한 지배자
라니까요.]

헤파이스토스는 인도관의 말을 무시하고 입술을 열었다.

"오딘에 대해서는 다들 잘 알 것이다. 강력하고 무자비하지. 그는 절대로 우리를 용서하지 않을 것이다. 기적적으로 오딘의 자비를 구하는 데 성공한다 해도, 악녀와 역병괴 등이 우리를 가만히 놔두지 않을⋯⋯."

그때 헤파이스토스의 입이 다물어졌다.

먼 좌측 일대.

거기에서 꾸준히 번쩍여 대던 오딘의 퍼런 빛들이 갑자기 꺼져 버렸기 때문이었다.

전열을 정비하고 마법 함정을 설치 중이던 자들도 문득 멈춰 있었다. 그들도 어두워진 그쪽으로 고개를 돌리고 있었다.

어느새 십만이 넘는 인원이 바글대고 있었기에, 그렇게

찾아온 정적은 거짓말 같았다.

폭우를 뚫고 오는 무리들이 나타나기 시작했다. 처음 헤파이스토스들은 그들이 오딘과 그의 사람들인 줄 알았다. 그래서 그들에게서 비명 같은 신음 소리가 흘러나왔던 것이다.

그런데 쾅 하는 폭음. 대지를 뚫고 나오는 암석의 덫 등.

진영에서 설치해 두었던 마법 함정들이 발동되었다.

그런데도 좌측 일대에서 달려오고 있는 자들은 멈추지 않았다.

죽은 동료의 시신을 짓밟고 고래고래 소리를 지르면서였다.

"오딘이 온다!"

그들의 진행 방향으로 더 많은 마법 함정이 설치되어 있을지라도, 그런 것 따위는 상관없다는 듯한 몸부림이었다.

누가 보더라도 그들은 앞에 놓인 함정들보다, 더 공포스러운 괴물에게 쫓기고 있는 자들이었다.

헤파이스토스는 몸을 던졌다. 한 사내를 붙잡고 물었다. 물론 그들이 달려온 방향을 주시하면서였지만 오딘은 보이지 않았다.

폭우 속은 여전히 깜깜하기만 했다.

"오딘은? 오딘은!"

그 이름이 사내의 뭔가를 자극했던 것 같다. 경직된 눈으로 뒤를 돌아보더니, 자신을 쫓아오는 게 없다는 걸 확인했다.

사내는 숨을 몰아쉰 뒤 겨우 말문을 뗐다.

떨리는 두 팔로 헤파이스토스의 몸을 움켜쥐면서였다.

"도망쳐야 합니다."

"진정해라. 나는 헤파이스토스다. 보고 온 대로 고해라."

"모릅니다. 저희들은 저희들은…… 바로 여기로 도망쳐 왔습니다."

헤파이스토스는 그를 스쳐 대는 도망자들을 확인하고는 얼굴을 구겼다. 수가 적지 않았다. 아무리 적게 잡아도 만을 훌쩍 넘어 보였다.

좌측 일대의 그룹들은 시간을 최대한 벌어 줘야 했다.

하지만 만이 넘게 아무것도 하지 않고 도망쳐 와 버렸다는 것은, 그만큼 자신들에게 남은 시간이 줄어들었다는 뜻이었다.

"이런 멍청한 것들."

헤파이스토스는 각 그룹의 리더들이 모인 자리로 돌아왔다.

그때까지도 폭우는 여전했다. 하지만 강풍이 불며 비바람으로 변해 있었는데, 진하디진한 피비린내가 동반되어져 있었다.

헤파이스토스와 그룹 리더들은 그 오싹함에 몸을 떨었다.

좌측 일대에서 수를 헤아릴 수 없을 만큼 죽었다는 뜻이니까. 본시 거기에도 바글거렸던 수만 따져 보면 오만 명은 훌쩍 넘었을 것이다.

비록 규합되지 않았을지언정 어떻게든 해볼 수 있는 숫자 아니더냐!

헤파이스토스는 황급히 외쳤다.

"이래도 저래도 죽음뿐이라면 무엇을 해야겠는가. 가만히 앉아서 목을 내밀고 있어야 하는 것인가?"

[바로 그렇게 하는 거예요. 헤파이스토스 님.]

"아니다. 오딘도 사람이다. 이리 조용해진 것을 보면 오딘 역시 공멸했을 가능성도 있다. 살아 있다 해도 부상을 피할 수 없었을 것이다. 보라. 마침 좌측 일대가 희생되는 동안 우리 전부가 모일 수 있었다. 우리는 결집하였고 좌측 일대와는 사정이 다르다."

"……오딘만 있는 게 확실합니까?"

사람인 악녀, 역병괴, 광전사를 비롯한 역병괴인들과 광신들에만 해당되는 게 아니다.

촉수 마왕 오르까와 크시포스 군드락의 왕도 포함되어 있는 물음. 오딘과 함께 그것들까지 전부 몰려온다면 실로 끔찍한 일이었다.

"오딘뿐이다."

헤파이스토스는 바로 답을 뱉었다. 오딘이 그들까지도 대동하고 있는지는 확인되지 않은 일이다. 하지만 어중간하게 대답해 놓았다간 자신 밑으로 몰려든 이들이 뿔뿔이 흩어질 수 있었다.

각자 제 살길을 찾아서, 멀리멀리.

"우리도 오딘 못지않게 여기까지 헤치고 살아남았다. 무수한 역경을 딛고 살아 나온 그런 우리가 수십만이다. 오딘 하나 대적하지 못하겠는가!"

하지만 고쳐되는 것 하나 없었다. 그룹 리더들의 시선은 오딘이 나타났다던 방향에서 도망쳐온 것들에게로 쏠려 있었다.

헤파이스토스는 죽고자 하면 살 것이고 살고자 하면 죽을 것이다, 따위의 명언이 퍼뜩 떠올랐다. 하지만 소용없는 일이다.

도망자들의 등장이 겨우 고조시켜 놓았던 분위기를 망쳐 버린 후였다.

그때였다.

노성(怒聲) 하나가 헤파이스토스의 머릿속을 파고들었다.

『인도관과 붙어먹었군. 헤파이스토스.』

헤파이스토스는 바로 대꾸하고 싶었다. 그러나 느껴지는 게 있었다.

자신의 전음이 닿기에는 너무 먼 거리라는 것을.

Chapter 6.

　헤파이스토스에게 내 목소리를 들려주었다. 살려 보낸 자들은 놈의 연합을 헤집고 다니고 있다.

　그렇게 떨고 있으라지.

　나는 멀찍이 대기시켜 놓았던 내 사람들을 불러들였다.

　한참 후 한쪽에서 성일의 호통이 터졌다.

　"빨랑들 안 움직여? 무슨 말인지 몰러? 시대가 어느 때인디 아직도 한국말 모르는 것들이 있으?"

　아직 살아 있는 그룹의 리더들이 한구석으로 던져지고 있는 중이다.

　뜨거운 잿더미 속으로 숨어 있었는지, 폭우로도 거기에

묻은 재들이 다 지워지지 않은 채였다.

지금은 거둬들여진 벼락이라지만, 그래도 놈들에게는 내 뇌신 창이 사신의 낫으로 보였던 모양이다. 나를 흘깃 쳐다보는 놈들의 눈깔에서는 여전한 비명 소리가 들렸다.

잠깐 시선을 돌렸다. 하늘을 올려다보았다. 내 얼굴에도 달라붙어 있는 잿가루를 씻어 내기 위해서였다.

이윽고 내 숭배자들의 손에 끌려오는 자들까지도 추가되었다.

신음 소리로 가득 찼다. 놈들은 그것이 제 명을 앞당길 수도 있다 여겼는지, 참으려는 노력들이 많았다. 하지만 소용없다.

놈들의 한데 뭉친 신음 소리는 폭우 소리를 계속 뚫고 나왔다.

"인근에 있던 것들만 예순하나요. 근디 잔챙이들도 적지 않으요. 따로 구분할까요?"

"적든 많든, 강하든 약하든. 각각 한 그룹을 움직이고 있던 놈들이다."

성일은 흐흐, 하는 짧은 웃음소리를 내며 놈들을 돌아보았다.

연희들이 치러야만 했던 전쟁은 아직 끝나지 않았다. 놈들을 노려보는 성일의 두 눈에서 살기가 번질거렸다.

내가 연희가 아닐지라도, 성일의 그 두 눈에 쓰인 글귀를 읽을 수 있었다.

성일에게 고개를 끄덕여 보인 뒤 등을 돌렸다.

살려 달라고 애걸하는 소리들은 더 큰 신음 소리에 파묻혔다.

하지만 폭우 소리보다도, 신음 소리보다도 더 큰 소리가 울리기 시작했다.

두개골이 깨지는 소리, 빠각!

외마디 비명 소리, 억!

오늘의 폭우는 정말로 미친 듯이 쏟아진다.

*   *   *

이후.

내 숭배자들과 조수아의 공격대에게도 똑같이 말했다.

항복한 것들을 규합하는 와중에, 죽이고 싶은 놈이 있으면 죽여도 좋다 하였다.

빼앗고 싶은 게 있다면 얼마든지 빼앗으라 하였다.

검게 그을린 대지 위로 나뒹구는 아이템들 중에서도 마음에 드는 걸 발견하면 내 허락을 구할 필요가 없다 하였다.

종국에 승리한 너희들에게는 그럴 권리가 마땅히 있다 하였다.

나도 주변을 돌아다녔다.

공격대장이란 직위가 박혀 있는 것을 발견하면 그 자리에서 목숨을 거뒀다. 열정자를 유지하려는 목적도 있었지만 내게 대적했을 때 그 책임자들이 어떻게 다뤄지는지, 분명히 할 필요가 있었다.

항복한 것들.

그러니까 전의를 상실한 것들이 한곳에 모인 때는 약 두 시간 후였다.

본보기로 꽤 많이 죽여 놓았다 생각했는데 살아 있는 놈들로 더 바글거렸다.

성일이 주변의 보고를 종합해서 가져왔다.

"사만 명 쪼까 넘는다 허요."

그때만큼은 그룹 리더들에게 향했던 성일의 살의가 꺼져 있었다. 다 항복했는데 더 죽여서 뭐하겠나, 하는 조심스러운 눈빛도 함께였다.

다만 성일에게만 해당되는 이야기일 뿐.

내 숭배자들도 조슈아의 공대원들도 내 명령만 기다리고 있었다.

그들의 분노는 아직 풀리지 않았다. 그간 사그라져 간 동

료들의 목숨값을 열 배로 돌려받겠다는 눈빛들이 서슬 퍼
렜다.

그 살기가 어찌나 절절히 묻어 나오고 있는지 항복자들
은 그쪽으로 고개를 돌리지 못했다. 그래서 수만 명의 항복
자들은 하나같이 고개를 숙이고 있다.

입 쳐 다물고.

그러한 광경을 멀리서 지켜보다가 조슈아를 불러들였다.

"모두 마스터의 밑에서 싸우겠다고 합니다."

"입은 누구나 뚫려 있다. 저것들을 먼저 보내라. 단 너희
들 중 누구도 지휘관으로 나설 필요도 없다. 저것들이 헤파
이스토스에게 합류하든, 내게 진심을 바치든. 저것들에게
진짜 주인을 선택하게 하라."

"예. 마스터."

*　　　*　　　*

"오딘께 무릎을 꿇으라!"

"꿇으라—!"

어떤 녀석이 그렇게 외쳤는지는 몰라도 그것이 구호가
되었다.

녀석들은 헤파이스토스의 진영에 몰려가서 소리쳐 댔다.

헤파이스토스의 진영으로 합류하는 움직임은 보이지 않았다. 오히려 헤파이스토스 쪽에서 이탈하려는 움직임이 많았다. 칼과 칼이 부딪치는 소리나 방어막들이 번뜩이는 색채들은 거기에서 터지고 있었다.

이탈하는 데 성공한 무리들이 아주 없던 것도 아니었다.

그렇게 오딘께 무릎을 꿇으라는 소리가 점점 커져 가고 있을 때.

그렇게 헤파이스토스의 진영 내에 아래에서 위로 향하는 내분이 번지고 있을 때.

내분을 정리 중이던 헤파이스토스와 눈이 마주쳤다. 놈은 그제야 그 모든 광경을 내려다보고 있는 언덕 위의 나를 발견한 것이었다.

『그래도 당신은 한때나마 우리의 지도자가 아니었던가. 아직 인간일 적 마음이 있거든 그만 포기하고 돌아가라. 그 것이 서로에게 이로울 것이니! 우리 이십만 각성자는…….』

인도관을 어깨에 달고 있으니 나와 대등한 위치에 섰다고 생각한 것일까.

놈의 가소로운 전음을 차단했다.

놈의 말마따나 이십만이란 수가 진짜라 해도, 그것이 얼마나 부질없는 것인지는 이제 깨닫게 될 것이다. 언덕 아래로 뛰어내렸다.

누구 목소리가 더 큰지 경쟁하고 있던 것들은 금방 조용해졌다.

뇌신 창이 그간 갈무리되어 있던 뇌력의 빛을 발산하기 시작했다.

창끝으로 전방을 가리켰다. 그것이 무엇을 뜻하는지 모를 놈들은 여기에 없다.

우아아악—!

커다란 함성 소리와 함께 달려 나가기 시작했다. 입으로만 떠들 게 아니라, 진정 나를 위해 싸우는 자들만이 내 군단에 속할 수 있는 것이다.

직전에서는 내게 도륙당하던 입장이었지만 이제는 내 휘하였다.

직전의 절망 따윈 날려 버린 얼굴 위로 투지가 만연했다.

이유야 많다. 죽은 줄로만 알았던 내가 살아 돌아왔으니까. 내 밑에서 싸워야만 살아남을 수 있으니까. 그런 다양한 얼굴들이 함성을 지르며 내 옆을 스쳐 대고 있었다.

나는 한 놈의 대가리를 밟고 허공으로 뛰어올랐다.

내 군사들의 진행 방향 앞으로 숨겨져 있는 마법 함정들을 발견할 수 있었다.

뇌신 창은 일(一)자로 한 번만 움직였다. 그러나 고목에 달린 무수한 잔가지들처럼, 거기로도 파생된 뇌력 줄기들이 많았다.

그것들은 마법 함정이 매설되어 있는 일대를 휩쓸고 지나갔다.

나는 그다음에 몸을 던졌다.

"오딘께 무릎을 꿇으라!"
"오딘께 무릎을 꿇으라!"
"오딘께 무릎을 꿇으라!"

전방에서 터지고 있던 함성은 어느덧 내 뒤로 밀려났다.

나를 스쳐 지나갔던 모든 자들을 앞질러, 헤파이스토스 진영의 문전이었다.

누구는 내 뇌신 창을 보고, 누구는 황금빛이 머무는 중앙을, 또 누구는 등에서 펄럭이는 화염을 본다.

분명한 건 문전의 대열 중 누구도 나와 눈을 마주치지 못한다는 것이다.

"책임자는 죽음을 피할 수 없다. 하지만 항복한 자의 생사는 이후 들어올 내 사람들이 결정하게 될 것이다. 그들에게 무릎을 꿇고 말고는 너희들의 자유에 맡길 터. 다만 내 앞을 막는 자는 그런 기회조차 없을 것이다. 그렇다. 내가 오딘이다!"

핫!

뇌신 창을 찔러 넣은 전방의 허공.

인드라의 칼이라 오해될 만한 굵은 줄기의 뇌력이 수많은 벼락 줄기들을 사방으로 퍼트리며 뻗쳐 나갔다.

정확히 헤파이스토스의 기척이 있는 자리까지 일직선으로 관통했다.

뇌신 창의 굵직한 뇌력 줄기가 스치고 지나간 대지에서도 뇌력들이 꺼지지 않았다.

한 걸음씩 걸음을 옮길 때마다, 거기의 뇌력들이 불씨처럼 솟구쳐 오르며 내 주변에서 마지막 빛으로 산화(散花)해 댔다.

빠지직. 빠지지직—

＊　　＊　　＊

30석의 주인이나 한때 구(舊)협회인으로 올라왔던 것들도 판단이 크게 다르지 않았다.

제 수하들을 내게 밀어붙인 다음에 도망치기 일쑤인 것이다.

20만 명의 각성자? 그 수가 진짜라 해도, 그것들로 나를 도모하겠다는 목적하에서는 절대적인 가정이 필요하다.

데클란 군단처럼 꺾이지 않는 투지가 필요하다. 20만 전부가 목숨을 잃는 걸 두려워하지 않고, 제 목숨을 위시로 가진 모든 자원을 털어 넣어야 한다.

최후의 한 명까지 결사 항전 한다는 신념하에서 말이다.

내가 어떻게 양성해 왔었는데? 랜덤에만 맡겨야 했던 성장치를 본인들의 자유에 맡겨, 기본 능력치를 최대화시켜 왔다.

본 시대의 같은 시기에 견준다면 월등히 강한 각성자들.

하지만 누구도 날 건드리지 못했다.

내가 만들어 놓은 벼락의 길 위에는 오로지 나뿐이었다. 본인들의 앞을 바로 지나쳐 가는데, 사색이 된 얼굴로 넋을 놓고 바라보는 것으로 끝이다.

나를 공격하라고 외쳤던 소리들은 멀리서 나왔다. 정작 본인들은 인간 벽 속에 숨어서. 그러고는 성난 벼락에 찢긴다.

때는 진영 문전에서 격렬한 전투가 시작되고 있던 때였다.

나는 연희가 어떤 기분인지 알 것 같았다. 존재하지만 존재하지 않은. 보이지만 보이지는 않는 존재로 취급되며.

길 끝에서는 바닥을 기고 있는 헤파이스토스만 보였다.

뇌신 창의 일격 한 번에 그 꼴이었다. 안달 난 건 인도관이었다.

조바심 난 날갯짓만 요란하였다. 인도관은 날 보고 도망쳤다.

높은 허공으로 치솟아 올랐다. 하지만 내게는 날 대신해서 날아 줄 게 있었다.

늘어트리고 있던 뇌신 창을 아래에서 위로 휘둘렀다. 전격의 힘을 강화시키는 뇌신 창에 오딘의 분노가 겹쳐 있었다. 그 창이 엔더라고 지칭된 극한의 힘으로 휘둘러진 것이다.

척!

창끝은 인도관의 진행 방향을 앞서 가리키며 멈췄다. 휘둘러진 궤적이 만월(彎月)을 그렸다.

만월.

구붓하게 이지러진 초승달. 힘을 주체 못 해서 웃음을 흘리듯, 거기에서도 삐져나온 벼락 줄기들이 사방으로 퍼지고 있었다.

그것이 내가 말했던 날개다.

만월처럼 뭉친 뇌력이 인도관을 향해 광분하여 날아갔다.

인도관은 찢기기 직전에 몸을 뺐다. 그라프들이나 오르까가 제 대지 속으로 숨어 버리던 것처럼 인도관은 허공 속으로 숨었다.

시공을 찢어발길 수는 없지만, 그 움직임만큼은 포착할 수 있다.

그때부터였다. 놈이 고개를 빠끔히 내밀고 나타날 허공을 향해 뇌력을 뿌려 대기 시작한 것은.

척. 척. 척. 척—!

나는 그쪽을 향해 창을 짧고 빠르게 찔러 댔다. 천공을 향해 토해내진 뇌력 줄기들이 거기로 다채로운 선을 만들어 냈다.

그때 더욱 열 받은 까닭은 놈이 약삭빠르게 피해 대고 있기 때문만이 아니었다. 이 와중에도 놈들 특유의 장난스러운 습성이 그랬다.

두더지 잡기처럼 뇌력을 피해 허공으로 숨을 때에도…….

[(◑ᵥ◐) ⊃╳ ↳∪↲]

다시 구멍 밖으로 얼굴을 내밀 때도.

[(◑ᵥ◐) ⊃╳ ↳∪↲]

놈은 모두를 비참하게 만들고 있었다. 지금껏 내 벼락에 찢겨 죽은 것들도, 나를 위해 싸워 왔던 나의 숭배자들도, 끝까지 살아 보겠다고 나를 피해 도망치고 있는 그룹의 리더들도.

인류의 안전을 대가로 둠 카오스에게 나를 바쳐야만 했던 진심까지도.

모든 것들을 몇 개의 메시지로 웃음거리로 만들고 있었다.

그렇게 나를 포함한 모든 각성자들이 저만의 목적하에 치열하게 보내 왔던 시간들이 모조리 부정되는 것 같았다.

우리 인류를 얼마나 하찮게 봤으면, 올드 원은 이런 놈들을 인도관으로 삼았단 말인가.

[(◔﹏◔) ⊃✂ ╰∪╯. 거기 조심하세요! 정말로 잘 린답니다.]

하지만 놈이 그렇게 날 열 받게 만들려는 이유는 별것 아니다.

내게서 벗어날 수 없다는 걸 모르지 않겠지.

그리고 마침내였다.

놈이 높은 허공에서 구멍을 뚫고 나오던 순간, 벼락 줄기가 놈의 날개를 스치고 지나갔다. 놈으로선 멀리 사라졌을 거라고 판단됐을 만월의 벼락이 뚝 떨어져 충격을 가했다.

놈은 아래로 곤두박질쳤다.

황급히 하늘 높이 날아오르려 하지만 그때는 이미 내가 놈 앞까지 뛰어오른 뒤였다.

"뭐 해. 또 띄워 보지 않고?"

*　　　*　　　*

엔더 구간에 진입하면서 얻은 공능 중 하나는 특성 발동을 막는 힘이었다.

예컨대 질풍자의 경우 강력한 타격을 입혔을 때 최고 확률, 즉 거의 실패가 없는 확률로 민첩의 구간을 다음 구간으로 상승시키는 효과를 가지고 있다.

그런데 문제는 잔몹들을 상대할 때에도 내 의지와는 상관없이 발동되며 긴 재사용 시간을 남겨 버리는 데 있었다.

그러한 까닭에 둠 데지르와의 결전에서 역경자와 열정자를 제외한 특성들이 데클란 군단과의 전투에서 소비된 상태였다.

하지만 그것도 엔더 구간에 진입하면서 끝이다.

"왜. 더 띄워 보지 않고?"

인도관의 역겨운 작은 얼굴에 창끝이 작렬했다.

타격 지점에서 파생된 줄기들이 거미줄처럼 퍼졌을 때, 인도관의 방어막도 뒤쳐나왔다. 창을 쥔 내 손으로 얼얼한 감각이 밀려왔다.

인도관은 저만치 튕겨 날아가고 있었다.

[강력한 타격을 입혔습니다.]

그때 줄곧 발동을 막아 왔었던 특성 두 개를 개방시켰다.

일단은 질풍자와 예민한 자부터.

거의 실패가 없는 최고 확률답게 바로 화답이 있었다. 대단한 올드 원이라고 해도 자기가 만든 시스템을 마음대로 할 수 없다는 분명한 증거이기도 했다.

그런 게 가능했다면 불가능에 가까운 확률을 뚫고 실패를 띄웠겠지.

잘 지켜보거라. 머저리 올드 원.

우리들을 하찮은 장기 말로 던져 댈 것이었다면 적어도 비전은 제시했어야 했을 것이다. 아니지. 아니야. 애초부터 사냥개 따윈 사냥이 끝난 이후로 삶아 먹을 작정이었던 놈에게 무엇을 바랄까.

알겠는가.

그것이 네놈의 패착이다. 머저리. 그딴 식으로 해서 둠 카오스를 언제 이길 수 있을까.

[질풍자가 발동 되었습니다.]

[예민한 자가 발동 되었습니다.]

어쨌거나 첼린저 구간 다음에 엔더(Ender)가 있다.

엔더 다음에는 초월자란 뜻을 가진 오버로드(Overload)로, 둠 데지르를 죽일 수 있었던 초월의 영역이 펼쳐진다.

본 시대에서는 오로지 일악만이 엔더, 즉 SS급 영역을 경험하였지만, 녀석조차도 더 너머에 존재하는 초월의 영역은 개념으로만 그려 왔을 일이었다.

질풍자와 예민한 자가 발동되는 것으로 역경자를 터트리지 않아도 민첩과 감각만큼은 초월의 영역에 진입하였다.

그 순간 자신을 꺼내 달라는 목소리가 들렸다.

실제 목소리는 아니다.

다른 특성들의 발동과 연계되는 특성, 타고난 자가 자신 또한 발동이 가능하다는 걸 알려 오는 느낌이었다.

막을 이유가 없었다.

지금은 인도관에게 받았던 조롱들을 돌려줘야 할 시간이니까.

놈은 우리를 우습게 만들었다.

[타고난 자가 발동 하였습니다.]

[모든 특성의 숙련도가 변동 되었습니다. 일괄 변동

: LV.8 → LV.9]

[열정자 (특성)

효과: 전투 시간에 비례하여 9단계의 전투 효과를 강화 합니다.

1단계. 전투 시작부터 한 시간 까지.

— 부상 재생 속도가 대폭 상승 합니다.

2단계. 1단계 종료 시점부터 한 시간 까지.

— 특성과 아이템 등의 발동 확률이 대폭 상승 합니다.

3단계. 2단계 종료 시점부터 한 시간 까지.

— 물리 저항력과 마법 저항력이 대폭 상승 합니다.

4단계. 3단계 종료 시점부터 한 시간 까지.

— 스킬 재사용 시간이 대폭 감소 합니다.

5단계. 4단계 종료 시점부터 한 시간 까지.

— 모든 아이템의 방어력 충전 속도가 대폭 상승 합니다.

6단계. 5단계 종료 시점부터 한 시간 까지.

— 모든 부정 효과의 저항력이 대폭 상승 합니다.

7단계. 6단계 종료 시점부터 한 시간 까지.

— 6단계 까지의 모든 효과가 강화 됩니다.

8단계. 7단계 종료 시점부터 한 시간 까지.

— 권능 저항력이 소폭 상승 합니다.

9단계. 8단계 종료 시점부터 한 시간 까지.

— 육체와 정신 그리고 영혼을 보호하는 강력한 방어 체계가 완성 됩니다.

등급: S

숙련도: LV.9 (12.29%) — 타고난 자 발동 중]

[열정자의 숙련도 변화로 기존의 효과들이 변동 됩니다.]

[일괄 변동 : 대폭 → 최대폭]

[다음 단계 까지 (7단계) : 21분 30초]

[괴력자 (특성)

효과: 공격자에게 받은 물리 피해를 무조건 되돌려 줍니다.

등급: S

숙련도: LV.9 (0.34%) — 타고난 자 발동 중

지속 시간: 1 시간

재사용 시간: 24 시간]

톱니바퀴로 돌아가는 기계와 같았다. 최초의 특성이 발

동된 이후로 모든 특성들이 연계 발동되며 동시다발적으로 움직이기 시작했다.

쉐에에엑—

튕겨 날아가는 인도관을 추격하는 건 금방이었다.

바닥에 착지한 이후 다시 몸을 던진 다음에도 늦지 않았다.

자신을 45만의 인도관 중 유일해진 인도관이라며.

시작의 장을 운영하였던 힘이 자신에게 집약되어 있다며 자만했던 놈치고는 가소롭기 짝이 없었다. 놈은 간신히 눈동자만 제 옆으로 따라붙은 나를 향해 움직였을 뿐이다.

하기야 초월의 영역에 진입할 수 있는 놈이었다면 본인이 직접 둠 데지르를 상대했어야지!

허둥대는 날갯짓은 너무도 느릿했다. 초라하기 짝이 없었다.

시공에 균열의 움직임이 느껴졌다. 바로 놈이 튕겨 나가는 방향 쪽이었다.

허공에 자유자재로 구멍을 뚫으며 넘나들었던 신속함은 이제 없었다. 정확히 말하자면 내가 그 속도를 뛰어넘고 있는 것이었다.

놈이 생각을 읽는 재주가 있다는 건 알고 있다. 그런데 그것이 나보다 빠를까?

과연 놈의 몸이 느릿하게 방향을 전환하고 있었다. 엄지

손톱만 한 대가리를 제 가슴 안쪽으로 웅크리면서였는데, 그러한 방어 동작이 완성되기 전에 창끝이 먼저 닿았다.

놈의 장난스러운 얼굴이 그때 또 구겨졌다. 그 일격을 끝으로 바닥에 착지했다.

놈은 자신도 주체 못 하게 멀어지고 있었다.

내 사람들까지도 전투에 휩쓸리는 것을 막기 위해선 자리를 옮길 필요가 있었다. 최대한 멀리. 절대 전장의 경계면까지.

그래서 놈이 허공에 구멍을 파며 도망치는 것을 내버려 둔 것이다.

『그래. 도망쳐 보거라. 멀리.』

[절 화나게 만들지 마세요.]

『3초 준다. 3. 2. 1…….』

[웃기시네. 둠 맨의 3초는 찰나거든요? 제대로 하시든가요. 인간종의 3초로.]

놈이 허공의 구멍 속으로 사라졌다.

그래.

언제까지 그 경박함이 이어질 수 있나 보자.

※　　　※　　　※

시공에 균열을 만들고 도망쳐 봤자 흔적이 남을 수밖에 없다. 작은 균열 따위는 첼린저 구간의 각성자들도 읽어 낼 수 있는 일이다.

놈은 흔적을 지우기 위해 애를 썼던 것 같았다.

놈의 흔적들은 내 의도대로 전장 경계 면을 향해 이어져 있었다.

놈은 경계 면의 결계를 박박 긁고 있었다. 둠 데지르와의 격전도 버텨 냈던 결계다. 올드 원이 놈에게 시작의 장을 운영할 힘을 주었다면 내게는 이 결계를 주었다.

둠 데지르와 함께 미친 듯이 싸우다 둘 다 공멸해 버리라고.

그렇게 친절한 전장이 바로 '오딘의 절대 전장'이란 말이다.

놈의 애타는 뒷모습을 향해 웃음을 흘렸다. 들으라고 소리를 냈다. 놈 같은 이모티콘을 띄우진 못해도, 조롱의 웃음소리 따윈 얼마든지 낼 수 있다.

"흐흐."

[데비의 칼을 시전 하였습니다.]

　종국에 둠 데지르의 목을 쳐 낸 칼이다. 물론 당시와 비교한다면 역경자로 초월 구간에 진입되지 않은 칼이긴 하다. 하지만 닭 잡는 데 소 잡는 칼을 쓸 필요는 없는 것이지.

　궤적을 그려 내는 방법도 마찬가지다. 꽁꽁 숨겨서 최후의 복병처럼 사용할 필요조차 없이 보란 듯이 날려 보냈다.

　데비의 칼이 내 몸에서 튕겨 나갔을 때 등줄기가 어쩐지 시큰했다. 죽었던 순간의 기억이 육체에도 스며들어 있기 때문.

　비스듬히 아래에서 위로. 등 뒤에서부터 시작해 내 몸을 갈라 둠 데지르의 대가리를 향했던 그때의 잔혹한 칼이, 이제는 인도관을 향해 날아가고 있었다.

　쉐아악.

　순간 놈의 당황한 작은 두 눈과 시선이 마주쳤다.

　뇌신 창을 가슴 안에 끌어안는 식으로 팔짱을 껴 보였다.

　『데비의 칼인 걸 다행으로 여겨라. 한 번에 터트려 죽일 생각이 없거든.』

　데비의 칼의 진짜 궤적은 놈의 지척에 도달했을 때 시작됐다.

놈을 중심으로 어디에서나 도는 입체적인 구(球)의 궤적.

놈은 눈동자를 핑핑 굴렸다. 그러더니 제 중앙으로 구멍을 파고 들어갔다. 그래서 데비의 칼만 본래 설정된 궤적으로 돌기 시작했다.

칼날은 빠르다. 거기서 만들어지는 바람 또한 칼바람이다.

놈은 고개를 빼꼼히 내밀다가도 황급히 구멍을 닫고 사라지기 일쑤였다.

그게 놈의 한계였다. 놈의 토끼굴을 파 대는 능력이야 파악이 끝난 바, 칼날의 궤적은 놈이 시급하게 이동할 수 있는 거리가 계산되어져 있었다.

『그렇게만 숨어 있으면 재미없지. 3초 준다. 3. 2. 1……..』

놈이 구멍 밖으로 완전히 몸을 끄집어냈다. 그때 칼날은 놈의 얼굴과는 꽤 떨어진 곳을 지나치며 곡선으로 회전하고 있었다.

[치사해요! 이러면 저 루마ー르는 바깥으로 나갈 수 없는걸요.]

『빠르게 두 번. 공간을 건너뛰면 가능하다.』

[첫 번째에서 스치고 말걸요. 당신들 같이 바보인
줄 알아요? 그런데 이게 재미있으세요? 하나도 재미없
습니다. 뭘 모르시네요.]

『재미는 지금부터지.』

뇌신 창으로 지면을 찍었다. 거기에서 솟구쳐 놈을 향해
날아간 것은 얼핏 보면 뇌룡(雷龍)의 형상과도 닮아 있었
다.

날아가는 궤적을 따라 남겨진 벼락 줄기들이 몸통이자
꼬리고, 전방에서 위아래로 출렁거리는 것들이 쩍 벌려진
아가리인 것이다.

그것들이 데비의 칼이 만들어 낸 칼날 감옥까지 날아가
덮어씌워졌다. 아가리를 악다문듯한 형상을 끝으로, 칼바
람 속에도 뇌력이 튀어 댔다.

쉭쉭. 빠지지직.

『이러기 전에 진작 시도해 봤으면 좋았잖아. 그럼 날개
한쪽만 잃었을지도. 이젠 사지 하나까지도 포기해야 할 것
이다.』

[이거나 먹어요. (/*0ω0*)/彡￢￣]

또 이런 식이지. 최후의 장엄함까지는 바라지도 않는다.

모든 걸 웃음거리로 만들어 버리는 저따위 이모티콘만 띄우지 않는다면, 나는 놈에게 빠른 죽음을 선사해 줄 용의가 있었다.

『너희들은 게임을 좋아하지 않나? 퀘스트라고 생각하고 거기서 도망쳐 나와 봐. 보상은 없지만.』

[절 정말 화나게 만드시는군요. 당신에겐 둠 카오스의 안배가 있겠지만 다른 분들은요? 날 화나게 만들거나 해치면 다른 각성자 분들은 한 명도 못 돌아가요. 것보다 내 분노를 감당할 수 있겠어요? 유일해진 인도관, 저 루마―르를요.]

『그게 둠 데지르를 죽인 자에게 할 말이냐? 씨알도 먹히지 않아. 네 놈은 여기서 죽는다. 단 그냥 죽이지는 않아. 한참 가지고 놀다가 죽일 것이다.』

우리 각성자 모두의 처절함을 몇 개 메시지로 부정해온 대가로.

『시작해. 거기서 빠져나오는 데 성공하면 다음 퀘스트를 주지.』

[안 할 건데요? 전 숨어 있으면 그만이에요. 혼자
노세요. 둠 맨.]

『아직도 모르는군. 이건 취소할 수 없는 연계 퀘스트다.』

[둠 카오스에게 넘어간 분은 과연 대단하세요. 인
간종들이 본토로 돌아가지 못해도 아무 상관없다는 거
죠? 한번 해 보실래요? 헷.]

『내 군단원들은 게이트를 통해 귀환하게 되겠지. 너희들
이 예정해 둔 방식은 아니지만 상관없지 않나?』

[아…… 그러시구나. 그럼 놀이는 여기서 끝이에요.
루마ㅡ르는 정말 화가 많이 났거든요.]

『그래. 시작해 봐.』

[루마ㅡ르 화났당! ٩(๑`H´๑)۶]

시작의 장 초기처럼 뻘건 빛으로 물들진 않았다. 다만 원래부터 그렇게 흉악스러운 표정을 가지고 있는 놈이었던 것이다.

놈은 사라졌다가 나타났다. 칼날 벼락의 감옥 철창에 꿰뚫렸다.

그러니까 구의 궤적으로 맹렬히 도는 칼날과 거기에도 퍼져 있던 벼락 줄기들을 감수하면서 빠져나오려는 것이었다.

놈이 칼날 벼락의 감옥에서 완전히 탈출했을 때는 푸른 팔이 하나 잘려져 있었다.

그것도 잠시, 황금빛으로 대체된 팔이 그 자리로 생성되었다.

[짠! ('ω')/✳ 놀라긴 일러요.]

그 대장에 그 수하 아니랄까 봐 놈은 곧장 내게로 날아들었다.

초월의 영역에 미치는 속도는 아니다. 하지만 내 주위로 발생한 기이한 움직임들만큼은 그에 준하는 속도였다.

그것이 루마르의 공격이라는 걸 깨달았을 때, 나를 어디로도 움직일 수 없게 만드는 압력이 밀려오고 있었다.

태산을 들어 올리듯이 그것을 떨쳐 내며 움직이게 되었을 때.

[놀랍네요! 하지만 늦었어요.]

루마르는 새로 자라난 황금의 손을 내 오른쪽 눈을 향해 뻗어 오고 있었다.

피하고자 한다면 얼마든지 그럴 수 있었다. 그러나 내버려 두었다. 놈을 향해 그간 놈이 우리에게 그랬듯이 씩 웃어 보였다.

거기서 뭔가 깨달은 게 있었다면 놈은 멈춰야 했다. 하지만 그러지 않았다.

아마도 내 눈을 파고들어 반대쪽 뒤통수로 빠져나올 생각이 아니었을까? 형형한 빛으로만 존재했던 놈이 순간 또렷한 육신으로 뭉쳐지는 걸 보면서 그런 확신이 들었다.

보호막을 순간에 파괴할 수 있는지, 엔더 구간의 체력 수치가 가져오는 위력을 꿰뚫을 수 있는지는 둘째치고 말이다.

그렇게 놈이 악독한 표정으로 내 눈알에 부딪혔다.

하지만.

[괴력자가 발동 하였습니다.]

놈이 튕겨 날아갔다.

놈의 얼굴이 펑 터졌다. 푸른 빛이 꺼진 그 자리로 황금
빛이 돋아 나왔다. 놈의 새로운 얼굴 또한 직전에 생성되었
던 팔 같이 금빛이었다.

『왜 혼자 자해하고 그래? 멍청하긴.』

[사기잖아요!]

놈은 처음처럼 반투명하게 돌아왔다.

물리적인 공격으로는 제 살만 깎아 먹는다는 것을 깨달
은 것이다.

『조금 전에 그거 더 해 보지 그래? 스킬 명이라도 있나?』

순간적이나마 나를 움직이지 못하게 만들었던 것에 대해
물었다.

[저 루마―르가 당신들 같이 바보겠어요? 시스템은
바보 종들을 위해서만 만들어진다구요. 그렇게 해 주지

않으면 아무 것도 못 하는 바. 보.]

놈의 표정과 메시지는 따로 놀았다. 지옥에서 갓 기어 나
온 것만 같은 악귀의 얼굴과 경박스러운 메시지는 어울리
지 않는다.

그게 가증스럽다.

그때도 놈은 허공에 구멍을 열심히 파고 있었다. 쉴 새
없이 자리를 옮겨 다녔다. 그러며 나를 공격할 수 있는 틈
을 찾는 눈깔 또한 가증스럽다.

　　[경고했었죠? (◔ฺ◑) ⊃✄ ╰∪╯ 분명히 잘라 버

　　린다고 했어요.]

정말로 직전에 나를 압박했던 힘이 그쪽으로 쏠리고 있
었다. 말만으로 각성자들의 얼굴을 터트려 댔던 그 힘이다.

놈의 역겨운 장난질에 놀아날 생각이 없었다. 놈이 그걸
겪을 차례.

하반신으로 쏠린 압력이 상당하지만, 상체는 자유로웠다.

뇌신 창을 뻗쳤다. 놈의 황금빛 얼굴에서 퍼져 나온 빛에
잠깐 시야가 가려졌으나 이미 뻗쳐진 것까지는 막을 수는
없으리라.

역시나 황금빛으로 물든 세상 속에서 구멍을 파고드는 놈이 보였다. 놈의 등 뒤로 벼락이 떨어졌다. 뇌신 창과 결집되어 나왔기에 '오딘의 벼락 폭풍'만한 위력이 깃든 벼락이었다.

때는 하반신에 쏠린 엿 같은 압력을 떨쳐 내던 때였다. 놈은 다른 방향으로 생성된 구멍 밖으로 튕겨져 나오고 있었다.

내 시선은 한 박자 빨리 거기로 향해 있었다.

[인드라의 칼이 시전 되었습니다.]

인드라의 칼.

그 거대한 뇌력의 줄기는 놈 같은 건 수십 마리 삼킬 수 있을 만큼 굵었다.

둠 데지르가 토해 냈던 비명 소리까진 기대하지 않는다. 그건 LV.9 짜리였으니까. 하지만 둠 데지르보다 나약한 존재에게 둠 데지르가 받았던 충격을 기대할 수는 있겠지.

[데비의 칼 변환식 맞죠? 사기잖아요! 재사용 시간
 이 왜 그렇게 짧은데요?]

그것이 놈의 비명이었다. 인드라의 칼은 놈에게 꽂히지 않았다. 밀물처럼 굵은 줄기로 놈을 담가 버리는 식이었다.

그 안으로 놈의 팔 한쪽과 남은 두 다리마저 떨어져 나가는 게 보였다.

이제 인드라의 칼 속에서 발버둥 치는 건, 황금의 완전체 머저리 하나였다.

지면을 박찼다.

인드라의 칼도 전격(電激). 뇌신 창에 응집된 것도 전격.

두 개의 전격이 융합되었을 때 파괴력은 더욱 폭발하는 바, 뇌신 창 끝으로 놈을 꿰뚫어 버릴 심산이었다.

그러고는 죽어 가는 쥐를 가지고 노는 고양이처럼 놈을 유린할 참이었다.

그 시간이 조금 뒤로 미뤄졌다. 나를 옥죄었던 그리고 내 하반신을 짓눌렀던 힘이 이번에는 진행 방향으로 방벽을 형성하고 있었다.

하는 수 없이 바닥에 착지했다. 기어이 놈이 인드라의 칼에서 벗어나오는 광경을 노려보았다.

느껴지는 대로였다. 놈은 높은 허공에서 비틀대다가 추락하기 시작했다.

『두 번째 퀘스트다. 퀘스트 불지옥.』

[염마왕의 길을 시전 하였습니다.]

장판을 깔고.

[하누만의 꼬리를 시전 하였습니다.]

나의 불타는 꼬리로 곤두박질치는 놈을 낚아챘다. 이번
에도 놈은 경박한 메시지를 띄웠다. 자신은 건재하다는 듯
이 말이다.

[사기잖아요! S급도 아니고 A급 스킬 따위가 뭐 이
래요?]

두 개의 스킬이 일반 한계를 넘어서, LV.8의 자연 신성
(神性)으로 변했다는 것을 몰라서 뱉은 말이 아닐 것이다.
장난스럽고 경박스러운 어투는 다른 자들에겐 생사를 주
관하는 사신의 여유로 사용되었겠지만, 지금의 나에겐 같
잖은 방어 기제로 보일 뿐이다. 자신의 나약함을 숨기려는
장치일 뿐.
일그러진 악귀의 얼굴로는 그러한 진실을 숨길 수 없었
다.

이놈의 이 버르장머리를 고쳐 놓기 전까진 죽이지 않을 것이다.

놈은 꼬리에 움켜쥐어져 고통스러운 몸짓으로 바둥거리고 있었다. 그러는 놈을 장판에서 치솟은 불길 속에 담갔다.

그다음엔 내 쪽으로 가까이 잡아당겼다. 바로 내 코앞에 이르렀을 때는 화염의 망토로 덮어 버렸다.

망토는 사정없이 출렁이기 시작했다. 이후 놈은 안간힘을 다해서 겨우 망토 하나만 치워 낼 수 있을 뿐이었다.

불타는 꼬리에 움켜쥐어져 있기 때문에, 장판의 불길이 위력을 보태고 있기에.

『제법 잘 견디는군. 그 정도면 성공했다고 봐도 되겠다.』

[다음 퀘스트는 뭔가요? 생각해 봤는데 연계 퀘스트의 최종 보상은 둠 맨의 목숨이 좋겠어요. 아. 라이프 베슬…… 그거 어떻게 안 되나요? 사기잖아요!]

놈의 금이 간 얼굴에선 힘없는 황금의 빛무리가 핏물 같이 흘러내렸다.

벌써 죽으면 안 되지. 아직 멀었는데.

뇌신 창과 오딘의 분노 거기에 헤라의 광기까지 조합시켜서 놈을 유린하려던 생각은 그때 접었다. 삼중 화염의 연격 또한.

『다음 퀘스트는 처절한 고통이다.』

　[시스템이 부여한 힘을 그렇게 쓰다간, 언젠가 혼쭐
　이 날 거예요.]

『내 스스로 증명하며 쟁취해 낸 것이다. 올드 원이 부여한 게 아니라, 내 앞의 가시밭길에 놓여 있던 전리품들을 수거한 것이다. 인도관이라면서 룰도 모르는군. 정말로 바보냐?』

　놈의 일그러진 눈깔이 날 주시하고 있었다.

　거기에서 흘러 대는 황금의 피가 더욱 철철 넘치던 순간.

　내 정수리 위로 공간이 벌어지려는 움직임이 포착됐다. 어딜 감히.

　놈을 쥔 채로 살짝 몸을 던졌다. 좌우로 쫙 찢어진 공간의 균열이 내가 서 있던 자리에 내리꽂힌 게 바로 그때였다.

　거기에서 칠흑의 커다란 공간이 일렁였다. 날 삼키려던 아가리였다. 그러고는 떨어졌던 찰나의 속도처럼 사라졌다.

놈은 자신의 공격이 실패로 돌아가자 얼굴을 흔들어 댔다. 그 얼굴에서 갈라지고 있는 금은 이제 목 아래로 내려가 놈의 전신으로 번지고 있었다.

놈을 향해 웃으며 말했다.

『죽음의 힘은 최고의 고통을 선사하지. 기대해도 좋아. 어떤 고통일지 짐작이 되니까.』

[뭐, 좋아요. 그럼 일단 절 놓아주셔야 하지 않아요? 다음 퀘스트 돌입이잖아요.]

『그럴 거다.』

[세트의 손톱을 시전 하였습니다.]

다섯 줄기. 찰나에 목숨을 빼앗아 가는 죽음의 손아귀.

그러나 적중당하는 당사자에게는 그 찰나의 고통이 영겁처럼 길 것이다. 설사 살아남는다고 해도 그때의 흉터는 계속 잔존하며 남은 목숨을 갉아먹는다.

본 시대에서 죽음의 힘들이 고문용으로 자주 쓰였던 까닭이 그러한 이유에서였다.

쓱―!

다섯 개의 검은 손톱이 놈의 대가리에서부터 두 다리까지 수직으로 긋고 지나갔다.

놈의 새로운 표정을 보게 된 시점에서 놈을 풀어 주었다. 그때부터 놈은 나를 피해 공간을 건너뛰어 댔다.

놈이 고통에 몸부림치다 고개가 꺾어졌을 때는 얼굴이 보이지 않는다. 경박했던 메시지도 떠오르지 않는다.

하지만 다른 공간을 뚫고 나오며 몸을 비틀고 있을 때는 고개 또한 수그러진 채로 나를 향해 제 얼굴을 드러내고 있었다.

놈이 소리를 낼 수 있었다면 그때는 으아아아악, 하는 비명 소리를 지르고 있을 얼굴이었다.

비록 전장의 결계에 하늘이 막혀 있을지라도, 놈은 최대한 높게 이동하는 것이 내게서 벗어나는 길이라 판단했던 것 같다.

놈이 공간을 뛰어 대는 방향이 하늘을 향하는 것으로 바뀌었다. 물론 그때부터는 얼굴이 보이지 않고 몸부림으로만 고통이 드러나 있었다.

날 대신해 날아올라 놈을 공격할 스킬들이 많긴 하지만.

문득 둠 데지르와의 격전에서 해골 용을 잃은 것이 아쉽게 느껴졌다. 그런 아쉬움에 입맛을 다시고 있을 때, 놈이 추락했다.

그때도 나는 놈이 추락하게 될 지점에 먼저 가 있었다.

내 눈앞을 스쳐 떨어지는 것을 낚아채지 않았다. 어차피 바닥에는 불길 장판이 깔려 있다. 놈이 그래프처럼 땅속 저 끝까지 떨어질 일은 없었다.

놈은 불길 속에서 꿈틀거렸다. 날개는 온데간데없이 보이지 않고, 그렇게나 흘려 댔던 황금의 핏물들은 더 나오는 것도 없었다.

놈은 죽어 가고 있는 것이었다. 그리고 그 꼴은 선악(善惡)을 모르는 어린아이가 가지고 놀던 잠자리와 같았다. 날개를 떼어 버리고 모닥불에 던져 버린.

놈의 고통스러운 눈빛과 마주쳤을 때 잠깐이나마 멎어 있던 메시지가 들어왔다.

[살려 주실 거죠? (ⓢ > ‿ l)ノ♡]

『살려 주십시오, 라고 해야지.』

[……살려 주십시오.]

『그래. 그걸 기다렸어.』

거꾸로 말아 쥔 뇌신 창이 그때 움직였다.

콰직!

창끝은 놈을 관통해 지면에 틀어박혔다. 창 촉의 중간, 넓은 부분의 너비는 놈의 대가리부터 가랑이까지 찍어 놓기에 충분했다.

놈은 그렇게 시체를 남기는 것 없이 흩어지기 시작했다.

[지령 '인도관 루마—르를 제거하라' 를 완수 하였습니다.]

시체는 없지만, 놈 안에 깃들어 있던 올드 원의 힘이 드러나고 있었다.

검은 기운을 띄었다가, 찬란한 빛으로 변해 버리기 바쁜 그것은 창끝을 타고 내 전신으로 흘러들어 오기 시작했다.

[축하합니다! 공통 권능 '게이트 생성'을 확보 하였습니다.]

Chapter 7.

[게이트 생성을 시전 하였습니다.]

목표는 우리의 본토였다. 그러나 바로 부딪쳐 오는 메시
지가 있었다.

**[본토에 미친 올드 원의 힘이 해제되지 않은 상태입
니다. 하지만 기뻐 하십시오. 올드 원에게서 도주하려
는 움직임이 포착 되었습니다.]**

처음의 본진으로 돌아왔을 때 헤파이스토스는 죽어 있었

다.

놈의 마지막은 성난 들개 떼의 습격을 받은 것처럼 온전치 못했다. 남겨진 아이템 하나 없었으니 지금쯤이면 벌거벗은 몸으로 저승길을 헤매고 있을 것이다. 거기에서만큼은 대가리가 붙어 있겠지.

절대 전장에서는 무엇도 도망칠 수 없다는 사실을 모두가 깨달을 무렵이었다.

[지령 '인간 군단을 확보하라' 를 완수 하였습니다.]
[둠 카소 관할 아래 진행되고 있던, 당신의 본토에 대한 공격 명령은 중지 되었습니다. 또한 여기에서 진행되고 있던 전투들은 루네아 일족으로 하여금 수습 될 것입니다.]

패잔병들이 뿔뿔이 흩어지거나 항복하고 시체와 바닥에서는 전리품이 수거되는 난장판 속에서 연희가 다가왔다.

"퀘스트가 사라졌어."

"정확히 말해 봐."

"퀘스트 창이 띄워지질 않아."

확인 결과, 연희에게만 일어난 현상이 아니었다.

전장의 열기에서 벗어나는 순서대로 허공을 노려보는 이

들이 많아지고 있었다.

　그 무렵 결계 바깥으로 새로운 움직임이 시작되고 있었다.

　결계 면을 따라 운집되어져 있던 바르바 군단이 철수하기 시작한 것이다.

　그때도 똑같았다.

　[게이트 생성을 시전 하였습니다.]

　[본토에 미친 올드 원의 힘이 해제되지 않은 상태입니다.]

　가장 신경 쓰이는 것은 우리들의 본토에 남겨져 있는 몬스터 군단이다.

　본토를 향한 공격 명령이 중단되었다고 한들, 놈들이 하나도 남김없이 사라지는 것을 내 눈으로 직접 확인하기 전까지는 안심할 수 없었다.

　일단 패잔병들을 한데 수습하고 책임자들을 색출하는 시간들이 지나갔다.

　절대 전장의 유지 시간이 지나며 결계가 사라지자마자 그것이 들어왔다. 다만 이것들의 생김새는 개성이란 게 없어서 연희도 처음에는 그것을 인도관 루마—르로 오해했었다.

그러고는 이내 깨달은 게 있었던지, 연희의 눈매가 날카로워졌다.

"적의는 없어. 오히려 그 반대야. 어떻게 할래?"

＊　　　＊　　　＊

말을 못 하기는 기존의 인도관들과 똑같았다. 그렇다고 날아가 버린 시스템을 이용할 수도 없었으니, 우리에게는 소통할 장소가 필요했다.

연희가 그 장소를 제공했다. 내 정신세계 속에 구축된 장소였다.

화악!

연희와 처음 만났던 중학교 1학년 교실. 거기로 진입되었을 때 처음 눈에 들어온 건 창문 너머로 보이는 광경이었다.

교탁 앞에는 연희가 서 있었고, 연희의 바로 맞은편에는 흑발의 여학생이 앉아 있었다.

그때 둘의 고개가 동시에 내 쪽으로 돌려졌다. 복도에서 창문을 통해 그 안을 들여다보고 있는 나를 향해서 말이다.

여학생의 얼굴뿐만 아니라 연희 또한 얼굴이 굳어져 있었다.

둘의 눈동자에 비친 건, 그들을 바라보고 있는 거대한 눈깔 두 개였다. 내 눈깔이었고 둘을 겁에 떨게 만드는 시선임에 틀림없었다.

그 순간 나는 여기에서 내가 할 수 있는 게 무엇인지 깨달았다.

태극기가 들어 있어야 할 액자 속에 레볼루치온의 상징인 '허공을 움켜쥔 주먹'이 들어 있는 것 하며, 나를 거대하게 존재하게끔 한 것 또한 연희가 바랐던 광경이 아닐 것이다.

이 장소를 만들어 준 건 연희지만 그녀의 능력은 거기까지였다.

여기는 내게 장악된 영역이었다. 나는 앞문을 열고 들어갔다.

그때는 성일이 언젠간 물었을 때처럼 팔 두 개 다리 두 개가 온전한 모습으로, 둘을 겁먹게 만들었던 거대한 모습이 아니었다.

연희가 입술만 움직여서 소리 없이 말했다.

축하해. 선후야. 여기에서도 나를 넘어섰어.

하지만 그녀의 표정은 말과는 달랐다. 씁쓸한 쪽에 가까웠다. 많이 설명했었지만 그래도 둠 카오스에게 나를 바치고 만 게, 그녀는 계속 마음에 걸리는 모양이었다.

어쨌거나 나는 흑발의 여학생이 앉아 있는 책상에 걸터앉았다.

여학생이 말했다.

"모든 루네아의 어머니예요. 루네—아 라고 부르세요. 우리 일족에게 감정이 많이 상하셨다는 걸 알아요. 하지만 인도관들은 우리 일족에서 도망친 옛것들이랍니다. 전 그것들 같이 경박하지도 않고요."

루네아가 웃어 보일 때 그것의 눈 밑이 파들파들 떨렸다. 억지로 지은 미소였다. 초승달처럼 휘어진 눈매만큼은 꽤 잘 꾸며 낸 형상이라 할 수 있겠다.

루네아는 내 환심을 사기 위해 노력하고 있었다.

"제가 당신을 찾아온 목적은 하나예요. 당신은 우리들을 몬스터 군단이라고 부르지요? 어쨌든 좋아요. 몬스터 군단에 대한 공격을 중단해 주세요. 안전하게 각자의 본토로 돌아갈 수 있도록요. 당신의 군단도 더는 희생 없이 돌아갈 수 있어요."

"그게 네 임무겠지."

"예?"

"하지만 난 다른 지령을 받지 못했다. 아직까지는. 그때까지 너희들의 운명은 내게 달린 것이다."

"몬스터 군단을 더 죽여 봤자 강해지지 않아요. 올드 원이 떠나고 있어요."

"대신 너희들이 남아 있지. 이능(異能)이 깃든 아이템을 가지고."

그때 루네아는 내 시선을 느꼈는지 한 손으로 제 목걸이를 움켜쥐었다. 그러고는 교복 바깥으로 빠져나와 있던 그것을 안쪽으로 숨기는 것이었다.

"준비가 덜 되었군. 와서 공격을 중단해 달라 하면, '그래 좋다. 우리는 이제 한편이니까'라며 흔쾌히 허락할 줄 알았나? 정말 한편이라면 너희들은 더 공포에 떨어야겠지. 내전은 보다 잔혹한 법이니까. 너희들도 겪어 봤을 거라 생각되는데."

"……."

"내 본토에도 남겨진 몬스터들이 있다. 거기서나, 여기서나. 우리들을 노리고 왔던 것들은 단 하나도 살아남지 못할 것이다. 그런 잔챙이들은 둠 카오스도 신경 쓰지 않을 것 같다는 건…… 내 생각만이 아닐 거야. 그러니까 내게 빌려 온 것 아닌가? 루네아."

"예."

"이제 너희 일족의 운명은 어떻게 되는 거냐."

"무슨 말씀이신지."

"둠 데지르가 죽었지. 내 손에. 너희 숭배 신이. 날 섬길 테냐?"

"죄송해요. 당신께는 저희들이 공명할 수 있는 게 없어요."

그러면서 루네아는 연희를 쳐다보았다. 연희가 둠 맨이 었다면 그녀를 숭배했을 거라는 시선이었다. 그 황당한 시선에 연희는 웃음을 띠며 어깨를 으쓱해 보였다.

루네아의 말이 이어졌다.

"저희들이 공명할 수 있는 새로운 둠이 탄생하시기까지…… 평화가 올 거라 기대하고 있어요."

"그럼 피차 더 남은 말이 없겠군."

획—!

루네아의 손을 치우고 그 목걸이를 떼어 내는 것쯤은 손쉬운 일이었다.

"지금부터 우리들은 전리품을 수거할 것이다."

루네아의 목걸이는 내 집게손가락 끝에 걸려 시계추처럼 흔들거렸다.

"바라시는 게 있으신가요?"

"죽음의 서 1권 및 총지휘관들의 주력 장비들을 가져와라. 왜? 놈들의 목숨값으로는 너무나 저렴해서 놀랐나? 내가 너무 자비로워서?"

"아…… 아닙니다."

"진정 그것들도 제 목숨을 아까워한다면 내놔야만 하겠지. 어렵지 않은 계산이다. 단, 시간만 허비해서 없던 일로 만든다면."

"예."

"내 직접 너희들, 루네아의 본토로 찾아갈 것이다."

화악!

[루네아의 빛 (아이템)

아이템 등급 : S

아이템 레벨 : 482

　효과: 사용 시, 공격대 전원에게 축복 '루네아의 빛'

이 적용 됩니다.

　물리 방어력 : 5000 / 5000

　마법 방어력 : 10000 / 10000

　재사용 시간: 1일]

[* 보관함

루네아의 빛이 추가 되었습니다.]

＊　　　＊　　　＊

이 시간에도 몬스터 군단과 맞서고 있는 조나단. 그리고 행방불명된 이태한 때문이었다.

일단은 몬스터 군단과의 전투를 중단해서 그들의 안전을 확보하는 동시에 여기의 뒷수습을 진행시키는 것이 급선무였다.

우리는 세 개로 쪼개졌다.

성일에게 이태한을 찾으라 하고, 조슈아에게는 여기의 뒷수습을 맡겼으며, 나와 연희는 조나단이 있는 방향으로 향했다.

애당초 루네아에게 각 종족 간의 충돌을 막기 위한 임무가 주어져 있었기 때문인지 그 사이에 전령 역할을 하는 데에도 큰 어려움이 없었던 것 같다.

조나단이 맡고 있는 빛기둥 결계 주위로 바클란 군단이 우글거렸다.

하지만 후방으로 군진을 옮겨 두는 등, 전투를 지속하려는 움직임은 멎어 있던 것이다.

"이수아야."

연희가 말했다.

연희의 말마따나 이수아가 멀리서 우리를 응시하고 있었

다. 이수아의 주위에서는 그녀보다 두 배는 큰 바클란들이 심복처럼 움직이는 중이었다.

그때도 루네아에게는 소식이 없었는데, 내게는 조나단 쪽에 가해졌던 공격들이 멈춘 것만으로도 더없이 큰 성과였다.

우리는 바로 조나단을 찾았다. 예상대로 그는 고위급 힐러를 옆에 붙여 두고서도 피 웅덩이 속에서 비틀대고 있었다.

여기저기서 들리는 신음. 전투가 멎은 건 얼마 되지 않은 일이다.

조나단은 나와 연희가 같이 있는 모습을 보고 자리에 주저앉았다. 구겨진 그 얼굴로 안심한 기색이 빠르게 스쳤다.

연희에게 고개를 끄덕여 보였다. 그녀는 조나단 앞에 쪼그리고 앉아 그와 눈을 마주쳤다. 그때부터 조나단의 머릿속으로 보내지는 기억이 있었을 것이다.

그 작업이 끝났을 때, 조나단이 앉아 있는 자리에서 전음이 흘러들어 왔다.

『그래서 우린 언제 돌아갈 수 있는 거지?』

『올드 원이 완전히 빠져나갈 때로 추정된다. 정확히는 우리들의 본토에 미쳐 있는 올드 원의 힘이 사라졌을 때가 되겠지.』

『잘됐군. 그렇지 않아도.』

조나단의 시선이 주위 곳곳, 자신 휘하의 각성자들에게로 향했다.

전투는 중단되었다. 하지만 일시적인 소강상태일 거로만 생각할 그들은 다음 전투 준비에 여념이 없었다.

악에 받친 눈으로 무구를 정돈하고, 식욕이 없음에도 피 묻은 육포를 질겅질겅 씹으며, 온몸에는 살기가 흐르다 보다 넘쳐 흘렀다.

퀘스트 창이 띄워지지 않는 기현상 따위는 뒷전이었다.

조나단의 전음이 이어졌다.

『이것들을 어떻게 처리할지 골치였는데 말이야. 너도 인정하겠지? 썬. 이것들이 우리 사회에 큰 문제만 야기할 거란 걸.』

『물론.』

『전부 다 집어 처넣자고. 다른 차원으로. 잘됐어…… 잘됐어. 그래도 데리고 가면 안 되는 놈들은 여기서 제거해 둬야 한다. 봐 둔 놈들이 몇 있다. 시간이 많이 주어지면 좋겠는데…….』

나는 고개를 저어 보였다. 그건 둠 맨의 능력으로도 할 수 없는 일이다.

그렇지 않아도 메시지가 뜨고 있었다.

[올드 원이 도주 하였습니다.]

[당신의 본토에 미쳐 있던 올드 원의 힘이 빠르게 소멸 되고 있습니다.]

[남은 시간(소멸) : 59분 59초]

마침 시간이 떴다. 지금부터 정확히 한 시간. 우리가 본토로 떠나기 전까지 남은 시간이다.

＊　　　＊　　　＊

루시는 눈을 떴다.

입안에는 여전히 피가 고여 있었다. 또한 사방에서 느껴지는 위압감이 존재했기 때문에 일단 신음을 죽이고 주변을 두리번거렸다.

겨우 정신을 차렸거나 부상 입은 상태로 쓰러져 있는 자들이 너저분했다.

'역시 졌구나.'

애당초 그분께서 나타나셨을 때 끝난 일이었다.

신의 이름을 확보한 자들은 하나같이 대단한 능력의 소유자이자 공포스러운 존재들이다. 하지만 그들조차도 그분이 나타나자마자 꽁무니를 빼기 일쑤였다.

그때 멀리서 외마디 비명 소리가 들려왔다. 악, 하고 짧게 터졌다가 사라져 버린 그것은 숨통이 끊기는 소리였다.

루시가 그쪽으로 관심을 보였을 때 한 여자가 접근했다.

"신경 끄는 게 좋아. 아주 살벌하거든."

"당신은?"

"그쪽은 창고 케릭이지? 척 보면 알아. 난 카탈리나."

"루시."

루시는 아름다운 카탈리나를 보면서 감탄했다. 피와 진흙으로 더럽혀져 있어도 카탈리나의 육감적인 몸매와 고혹적인 눈동자만큼은 또렷하게 강조되어 있었다.

한편 루시는 생사가 결정되고 있는 이 순간, 왜 카탈리나의 미모에 눈길이 가고 있는지는, 자신조차 의문이었다.

카탈리나의 얼굴을 한참이나 응시한 이후에서야 스스로 깨달았다.

집으로 돌아가기까지 얼마 남지 않았기 때문이었을 것이다.

신의 이름을 확보한 자들이나 그에 준하는 강자들은 이 세계에 완전히 물들었다. 하지만 자신 같은 약자들은 이날이 오기만을 기다려 왔다.

특히 최종장에 돌입하고 나서는 오래된 기억들을 수차례

끄집어내곤 했었다.

노래. 음식. 영화 같은…….

"당신을 알아. 카탈리나."

"날?"

"마이애미 갱스터스."

멕시코 갱단이 숙청되는 과정에서 보스의 여자이자 갱단의 살림을 맡고 있던 여주인공이, 본인의 고향을 떠나 마이애미의 밤거리를 장악한다는 내용이었다.

인류의 찬란한 문명이 녹여져 있던 그 영화의 여주인공이 루시 앞에 있었다.

하지만 카탈리나에게선 루시가 기대했던 반응이 나오지 않았다.

한 번 더 울리는 먼 비명 소리에 루시와 카탈리나의 고개가 동시에 돌아갔다.

카탈리나가 말했다.

"만에 하나라도 도망칠 생각이라면 꿈도 꾸지 마. 그럴 이유도 없고, 우리 차례까진 오지도 않을 테니까."

"어떻게 되고 있……."

루시는 반문하려다가 황급히 입을 다물었다. 그녀의 먼 시야로 끔찍한 존재가 주변을 순찰하듯 돌아다니고 있는 광경이 들어왔기 때문이었다.

역병괴라고 불리는 오시리스의 직속 수하 중 하나였다.

끔찍한 몰골답게 그것들은 잔혹하기 짝이 없다고 알려진 자들이다. 고작 먼발치에서 목격된 것이 다임에도 루시의 심장 박동이 빨라지기 시작했다.

"책임자들을 색출하고 있어. 우리 같은 것들에게는 관심조차 없으니까 안심해. 그리로 가도 될까?"

카탈리나는 루시와 살이 닿을 정도로 가깝게 붙었다.

그제야 루시는 카탈리나를 살펴볼 여유가 생겼다. 장비는 저열하기 짝이 없었다. 영화에서는 그렇게나 강인했던 눈동자가 이제는 살 궁리만 담고 있었다.

이윽고 루시는 그녀가 자신과 같은 처지임을 깨달았다.

한쪽 가슴을 드러낸 그 옆으로 빼곡히 박혀 있는 인장들이 보였다. 원을 구성하고 있는 여덟 개의 인장. 하지만 완전히 자신과 같은 처지이지는 않았을 것이다.

뛰어난 미모 때문에라도 한 강자의 전용 창고로 이용되어 왔을 터.

그 험난했던 무대들 속에서도 질 좋은 육포와 최소한의 안전을 보장받아 왔을 것이다. 그 대가로 학대 역시 받아 왔겠지만.

그때 카탈리나가 루시의 속마음을 읽었다는 투로 말했다.

"바루나는 내가 죽였어."

"바루나?"

"2막 4장부터 내 주인을 자처했던 자였지."

"그런 자를 어떻게?"

"그분의 벼락에 그을려 있던걸? 날 보고 살려 달라고 애걸하는 그 얼굴을 네가 봤어야 했는데. 나 혼자 즐기기엔 너무 아쉬운 얼굴이었지."

통쾌해하는 기색 따윈 없었다.

단조로운 글을 읽듯이 감정 하나 실리지 않은 따분한 어투였다.

루시는 혹여나 기대했던 마음이 그 순간 꺼졌다. 역시나 이 지옥의 끝에 도달한 자들은 강자든 약자든, 어디 한구석이 비틀려 버린 것이다.

한때 바깥에서 세계적인 여배우로 상류의 삶을 살았던 여자라고 해도 다르지 않았다. 여배우 카탈리나는 사라지고 그 거죽 위로 창고 케릭 카탈리나만 덮어씌워져 있었다.

루시는 경계의 눈빛을 띠었다.

잠깐 방심해서 자신의 옆자리를 흔쾌히 내준 것에 대한 후회가 밀려들었다.

하지만 루시의 후회는 너무 늦은 것이었다. 아니나 다를까. 그 생각이 미치기 무섭게 등 뒤로 따갑게 찔러 오는 차가운 감각이 있었다.

"쉿. 이 정도는 참을 수 있지? 소리 지르면 척추를 끊어 놓을 거야. 그다음엔 네년의 모가지를 비틀어 버릴 테고."

"대담하네. 왜 내 목숨을 노리는지는 모르겠지만, 난 별 볼 일 없는 것이야."

루시는 이 상황이 이해되지 않았다. 괜히 주목을 끌었다간 목숨이 위태로운 상황이 아닌가? 신의 이름을 달고 있는 자들도 속절없이 처형당하고 있는 상황인데, 하물며 창고 케릭의 목숨 따위……

그때 불현듯 루시의 뇌리를 스쳐 지나가는 생각이 있었다.

그러자 보이지 않던 광경들이 보였다. 들리지 않았던 소리도 들려왔다.

다들 역병 괴인을 응시하며 벌벌 떨고 있으면서도 바깥을 이야기하고 있었다.

바깥! 가족들이 기다리고 있을 집 말이다. 이제는 얼굴이 생각나지 않아도 참으로 그리운 단어였다. 가족. 가족. 가족!

"얼마 안 남았구나? 그렇지? 대답해 줘. 카탈리나."

루시는 확신을 가지고 물었다. 차마 가족이나 집 등을 입에 올렸다간 눈물이 터질 것만 같아서 그렇게만 물었던 것이었다.

"집에 돌아가고 싶겠지?"

단검이 등살을 갈랐는지 뜨거운 통증이 확 번졌다.

윽.

루시는 이를 악물며 고개를 끄덕거렸다.

"정말 머지않았어. 루시. 넌 집으로 돌아갈 수 있을 거야. 물론 인장을 내게 넘긴다면 말이야. 시간 끌지 말고 바로 넘겨."

"이걸 어째. 사람 잘못 골랐어. C 등급 창고를 털어 봤자 뭐하게. 너도 별반 다르지 않은 것 같은데, 아쉽게 됐네. 얼마든지 가져가렴."

루시는 카탈리나의 얼굴에 대고 웃어 주었다. 그러던 루시가 얼굴에서 미소를 지우며 말했다.

"그런데 카탈리나. 한 명보다는 둘이 낫지 않아? A급 창고들을 알고 있어. 마침 여기에서도 보이는 녀석들이 있어."

"……."

"것보다 어떻게 돌아가고 있는 거야? 시간이 얼마나 남았어?"

"……."

"칼부터 치워 봐."

루시는 먼 광경을 바라보았다.

역병 괴인들의 지시에 의해 움직이는 사람들이 늘어나기 시작하던 때였다.

*　　　　*　　　　*

종합해 보자면 인장의 가치가 상승할 수밖에 없다는 것이었다.

무슨 까닭에서인지 시스템이 멈췄다.

퀘스트가 증발했다는 것은 곧 더 이상의 박스가 없다는 뜻.

원래도 희귀했던 인장이다. 보통 아이템을 띄우지 인장을 띄우는 법이 없었으니까. 앞으로 인장은 더욱 희귀해질 수밖에 없다.

Every cloud has a silver lining!

아무리 나쁜 일이라도 긍정적인 부분이 있기 마련이라더니!

루시는 비참했던 창고 케릭의 삶에 비로소 빛이 도래하는 것 같았다. 설사 A급 인장들을 확보하지 못한다 할지라도 이미 자신의 가슴에는 C급 인장들이 한계까지 채워져 있었다.

더욱이 돌아가는 꼴을 보니 정말로 귀환할 시간이 얼마 남지 않은 것 같았다.

먼발치에서 진행되고 있는 작업들이 그러했다. 기존의 군단 편성대로 구분되지 않고, 오로지 국적 하나에 의해서만 각성자들이 나뉘고 있었다.

지도부에서는 그 일만으로도 벅차서 창고들까지 관리할

시간이 없어 보였다.

시작의 장 2막에 들어와서는 처음 있는 일이었다.

그제야 루시는 카탈리나가 자신을 노렸던 일이 완전히 납득됐다.

단단히 한몫 잡을 수 있는 절호의 기회가 아닌가?

"저자야."

역병 괴인들의 움직임을 살피던 루시의 시선이 한 사내로 특정됐다.

A급 창고. 전투 불능 상태에 돌입한 게 틀림없는 몰골로 방치되어 있었다.

"저자뿐이야?"

"한 명 더 있으니까 걱정 마. 나눠 갖기에 충분해."

애초부터 두 명 다음으론 필요 없었다. 보유할 수 있는 인장의 한계는 8개까지.

루시와 카탈리나는 눈빛을 교환했다. 자신들에게 담긴 저급한 인장들을 모두 A급 인장으로 교체해서 바깥으로 돌아가겠다는 탐욕스러운 눈빛이었다.

그리고 둘의 계획은 성공했다.

다른 각성자들의 시선이 미치는 곳에서는 루시가 시선을 끌고, 그렇지 않은 곳에선 둘이 함께 상대를 궁지로 몰아넣었다.

혼란스럽고 모든 게 급박하게 돌아가고 있기에 가능한 일이었다.

같은 목적하에 움직였던 둘이 찢어진 시점은 역병 괴인 중 하나가 이쪽 구역으로 진입해 왔던 때였다.

역병 괴인의 목소리는 유리창을 긁어 대는 것처럼 불쾌하기 짝이 없다. 하지만 그때만큼은 그 목소리가 루시에게는 천사의 노랫소리로 들렸다.

"어디냐?"

"미, 미합중국…… 이에요."

물론 역병 괴인의 입에서 직접적으로 귀환이 언급된 건 아니었다.

그러나 분위기란 게 있었다. 루시는 추위에 떨듯 양팔로 인장 박힌 가슴을 감쌌다. 북미 출신 각성자들 무리에 합류했다.

거기에서 루시는 그나마 약해 보이는 사람에게 말을 붙였다.

"우리 정말 돌아가는 걸까요?"

자신 같은 창고 케릭이거나 온갖 잡일들을 담당했던 자로 보였다.

그런 자들에게는 특유의 분위기가 있기 마련이어서 찾기가 어렵지 않았다. 자신감보다는 분노가 크고, 바깥으로 돌아갈 수 있다는 희망 또한 어른거리는 얼굴을 찾으면 되었다.

그러며 대중없이 섞여 있는 강자들의 눈치를 보고 있는 자 중의 하나를.

"그러기만을 바랄 뿐이다. 거기에서는 우리들이라 도……."

사내는 말꼬리를 흐렸다. 그러고는 순간 감정에 복받쳤 는지 붉어진 눈시울을 훔쳤다.

다만 루시가 보건대, 사내의 감정에 동조하는 사람은 그 리 많지 않았다.

이 참담한 분위기는 윗선의 잘못된 선택에 의해 오딘께 배덕되는 행위를 저지른 결과이기도 하지만.

자신처럼 바깥을 그리워하는 사람이 얼마 남지 않았기 때문이라 생각됐다.

바깥을 다음 무대로 여기는 눈빛들이 많았다. 실제로 부 상 입은 몸으로도 전투 준비에 여념이 없는 자들이 눈에 띄 었다.

바깥에 돌아갈지 모르는 순간을 코앞에 두고서도 말이 다.

이름이 알려진 강자들도 무리 속을 헤집고 다니며 힐러 를 찾고 있었다. 그리고 역병 괴인들은 그러한 그들을 막을 생각이 없어 보였다.

역병 괴인들은 가두리 쳐 놓은 영역 안에서 벗어나지만 않는다면 각성자들이 무얼 하든지 상관하지 않고 있는 것이었다.

'저자들도 미국인이겠지?'

슬슬 소수의 역병 괴인들도 국적에 따라 뉘고 있었다.

이윽고 루시의 희망을 더욱 북돋우는 자들까지 합류했다.

패잔병들뿐만 아니라, 구원자의 도시민이라 알려진 그들 광신도들까지 국적별로 나뉘고 있는 것이었다. 루시는 행여나 그들과 시비가 붙을세라 자리를 옮겼다. 희열로 몸이 떨렸다.

'이게 귀환의 증거가 아니고 뭐겠어? 드디어. 드디어 돌아가는 거야. 집으로!'

그때였다.

갑자기 사방에서 웅성거리는 소리가 났다.

각성자들의 어깨 너머.

루시의 시야 안으로도 한순간에나마 포착되는 게 있었다.

사람들의 움직임이 커진 탓에 바로 시야가 가로막혔지만, 분명히 봤다.

게이트였다.

몬스터가 쏟아져 나와야 했던 거기에서, 어떻게 된 영문 인지 염마왕과 그의 사람들이 나오고 있었다.

루시는 익히 알고 있었다. 사실상 그들이 몬스터 군단과 끝까지 대적한 자들이고, 보란 듯이 그들에게서는 죽음을 무릅쓰고 치열하게 싸운 흔적들이 치덕치덕 달라붙어 있었 다.

루시는 순간 그런 생각이 들었다. 비록 저들만큼 광렙을 하진 못했지만, 그래도 저들 속에 포함되지 않았던 게 다행 이라고.

그랬다면 자신 같은 창고 케릭 따위는 진작 갈려 나갔을 테니까.

또 그랬다면 지금 같은 대박의 기회는 없었을 것이다. 루 시는 A급 인장 8개가 박힌 가슴 부위에서 어쩐지 온기가 일어나는 것 같았다.

틀림없이 바깥에서 높은 가격에 거래될 것이다.

거기는 본격적으로 금융 문명이 지배하고 있는 곳이지 않은가.

＊　　　＊　　　＊

『권성일!』

『여기요! 여기! 태한 동상을 찾았수!』

이태한은 성일의 품에 안겨 있었다. 꼴이 가관이었다. 얼마나 심하게 당했던지 아직도 재생이 진행되고 있었다.

곪아 터진 상처의 악취는 심각했다. 순간적으로 미간이 찌푸려졌다.

"사체 구덩이 속에서 발견했수. 아시잖수. 내 코가 개코인 거."

이태한은 그나마 온전한 한쪽 눈을 껌벅거리며 나를 응시했다.

그 얼굴은 각성자의 것인지 몬스터의 것인지 모를 살점과 내장들로 범벅되어 있었다.

"치료는 마리와 합류해서 해 주마."

"현천상제 장위룡이……."

"이런 짓을 벌여 놓고도 아직까지 살아 있을 것 같나?"

원하는 대답을 들었기 때문이었을 거다. 이태한의 눈이 천천히 감겼다.

"근디 크시포스 잡것들이 요상허요. 날 본체만체하는 것이 지들끼리 뭔가 꾸미는 게 참으로 껄쩍찌근한디. 우리 뒤통수 치려는 거 아니요?"

"몬스터 군단과는. 그래. 휴전 상태라고 하는 게 맞겠다."

"결계 끝 층에 있는 것들이 좋아할 소식이요. 뒤지고 다니면서 보니께 거기에서 항전 중인 것들이 적잖이 남아 있었수."

"얼마나?"

"일만 쪼가 안 되어 보였수. 그래도 지켜야 하는 면적이 좁아서 어떻게든 버티고 있었던 것 같던디. 고것들 장한 놈들 아니요?"

천만에.

미처 빠져나가지 못해서 어쩔 수 없이 항전 중이었을 것이다.

어쨌거나 남겨진 시간이 계속 줄어들고 있었다. 본토에 미쳐 있던 올드 원의 힘이 전부 소멸되면 본토의 시간은 다시 흐르게 될 것이다.

주요 국가의 수도를 향해 진격 중이던 몬스터 군단들이 다시 움직이게 된다는 뜻.

본토를 향한 공격 명령이 중단되었다는 것은 이후의 공격이 없다는 뜻이지, 그것들까지 해당되는 이야기가 아닐 공산이 높았다.

설사 그래도 본토에 직접적인 침공을 가한 놈들만큼은 놔둘 수 없는 법이다.

그것들의 허접한 공격에 의해 인류의 인프라가 파괴되기

전에, 그러니까 올드 원의 힘이 소멸되기 전에 전 각성자들이 각자의 고국으로 귀환할 준비가 끝나 있어야 한다는 것이다.

안식의 장은 없다.

본 시대에서처럼 우리가 이동되었던 그 자리 그 순간으로 돌아가는 일 또한 없다.

"여기의 전투는 끝났다. 이제 본토로 귀환한다."

성일이 멈칫했다. 그에게 안겨 있던 이태한도 꿈틀거렸다.

"기…… 철이…… 를 볼 수 있는 거요? 우리 기철이를 말이요? 쓰벌. 진짜 끝났네."

성일은 금방에라도 눈물을 터트릴 것처럼 굴었다. 버릇처럼 코를 훔치는 그 모습을 끝으로, 우리는 결계 안쪽으로 향했다.

거기는 성일의 보고대로였다.

크시포스 군단에 항전 중이었던 놈들로 운집되어 있었다.

내 이름하에 본인들의 군단장으로 임명된 이태한을 시체 더미 속에서 죽을 날만을 계산하게 만들었던 녀석들이다.

어느새 눈을 게슴츠레 뜨고 있는 이태한에게서도 분노가 전해져 왔다.

하지만 그가 의외의 말을 뱉었다.

"……제가 능력이 부족했던 탓…… 크윽. 탓입니다. 배운 게 많습니다. 저와 저자들을 용서……."

"그러지."

어차피 주동자 격인 놈들이 지금까지도 갇혀 있을 리는 없었다.

한편 빛기둥은 여전히 찬란했다. 그것을 코앞에 두자 만감이 교차했다.

최종장을 역전시킬 최후의 병기로 존재했던 것이나 결국 남은 것이라곤 이태한과 조나단의 군단, 그렇게 두 개뿐이다.

나머지들은 보상에 눈이 멀어서 본인들의 몫을 다른 군단에 미루고 빛기둥을 포기해 버렸다.

연희의 목숨에 달린 보상은 그 자체만 보면 크지만, 수십만이 움직인 것에 비하면 초라하기 짝이 없는 것이다.

그런데도 그 결과가 어떻게 되었나?

모순이다. 모순.

조나단 군단 같이 끝까지 결계를 지키고 있던 자들 쪽의 피해가 극심했다.

오히려 연희를 죽이려 들었던 놈들, 중앙 지역에 결집해서 그 물량으로 후방의 바르바 군단만 대적하고 있던 놈들의 생존율이 훨씬 높았던 것이다.

이에 부정할 수 없는 진실이 있다.

애당초 올드 원에게 우리 인류는 소모품에 불과했었다.

연희에게 그따위 퀘스트를 걸었을 때, 놈이라고 사태가
이 지경에 치닫게 될 것이란 걸 몰랐을까.

보상에 혹해서 몰려든 놈들도 죽일 놈들이지만 종국에는
올드 원이 근원이었다.

놈은 나 하나 제거해 놓겠다고 전 각성자를 제물로 삼았
다.

정말로 올드 원의 머저리 같은 계획이 성공했다면, 그렇
게 내가 둠 데지르와 공멸했다면 이 무대는 파멸을 피할 수
없었을 것이다.

빛기둥을 지키며 몬스터 군단이 약화되는 것을 기다리기
만 하면 됐지만, 그렇게 어항 밖으로 뛰쳐나온 금붕어 신세
가 되고 만 것들을 도륙하면 되는 것이었지만.

보라.

올드 원이 띄운 퀘스트 하나에 상황이 어떻게 치달았는
지!

대충 계산해도 최종장에 진입했던 각성자 중 반 이상이
그 농간 한 번에 죽어 나갔다.

＊　　＊　　＊

올드 원만이 아니다. 두 절대적인 존재의 싸움에 이가 갈린다. 그것들에게는 우리 인류가 얼마나 하찮게 보일까.

본토의 안전을 보장받았다고 해서 진짜 노예처럼 구는 것은 화를 자초하는 격이다.

준비가 될 때까지 발톱을 숨기고 있어야 한다. 둠 카오스의 검노(劍奴)로 올드 원에게 대적하다 보면, 올드 원을 끝장내든 둠 카오스를 끝장내든 길이 보일 것이다. 진정한 해방을 맞이할 길이.

"사람 환장하게 만드네. 니들 우동 사리 보고 싶냐? 니들 뚝배기 안에 꽉 차 있는 거 말여. 확 깨 불 텡게!"

성일은 뒤를 노려보며 외쳤다.

이 와중에도 대가를 받고 있는 자들에게 진절머리가 난다는 시선이었다.

그나마 건강한 자들은 지금껏 같이 싸워 왔던 자들에게 아이템이나 인장을 대가로 받고 그들을 수습해 주고 있었다.

"사지 팔팔한 놈들은 부상자를 안는다. 실시!"

그렇게 일어났던 소란이 일순간 멎었다.

모두는 하던 행동을 즉각 멈추고 전투 태세에 돌입했다.

"게이트! 게이트다!"

하지만 그것들의 앞에 쭉 찢어진 공간에선, 그것들의 예상과는 다르게 몬스터 군단이 튀어나오지 않는다. 당연하다.

내가 생성한 것이니까.

[게이트가 생성 되었습니다.]

조나단의 구역에서 중앙 무대로 통하는 게이트를 완성시켰을 때 발견한 사실인데, 내게 스며들어 있는 힘 또한 계량화되어 있었다.

[권능이 1 소비 되었습니다.]
[권능: 296 / 300]

둠 카오스가 보내 준 힘은 아닐 것이다. 인도관 루마르를 죽여서 확보한 힘이니까.

상태 창을 보면 공적 수치가 계산되어 있던 자리가 그것으로 대체되어 있다. 특성 차단자와 도전자는 제거되어서 추가로 확보할 수 있는 특성 자리로 두 개의 여유분이 생겼다.

과연 시스템이 증발한 마당에 더 채울 수 있는 게 남아 있는지가 문제겠지만, 그 또한 앞으로 알아 가야 할 일이다.

웅성거리는 소리들을 뒤로하고 내가 먼저 게이트 안으로 진입했다.

순간 이동의 인장을 사용했을 때와 크게 다르지 않은 느낌.

나를 감쌌다가 어딘가로 빠르게 던져 버리는 느낌이 찰나에 일어났다가 사라졌다. 내뻗었던 발은 중앙 구역의 땅을 자연스럽게 디뎠다.

거기는 더욱 소란스러웠다. 귀환 준비가 전투보다 시급하게 진행 중이었다.

조나단 휘하의 생존자들까지도 막 진입을 끝내 이동되고 있었다.

[남은 시간(소멸): 15분 31초]

아직까지 소식이 없는 루네아에게 신경을 쓸 겨를이 없었다. 그것이 지키지 못한 약조는 나중에 묻기로 하고 연희를 찾았다.

크시포스를 껴안고 있는 그녀 옆에는 어김없이 오르까가 있었다.

오르까 때문일까. 연희 때문일까. 그들이 서서 각성자들을 주시하고 있는 자리 주위는 공백 같이 크게 비워져 있었다.

"이 아이들도 우리랑 같이 가는 거지?"

크시포스에게도 오르까에게도 해당되는 물음이었다. 나는 고개를 끄덕이며 멀리서 눈이 마주친 성일을 불러들였다.

성일은 내게 오는 중에도 주변의 급박한 광경에서 눈을 떼지 못했다.

그가 도착한 것을 기점으로 우리 자리로 이동했다.

우리나라 국적의 각성자들이 모여 있는 곳으로.

＊　　　＊　　　＊

연희를 죽이려는 그룹에 속했던 자들도, 조나단의 군단에 배속되어 있었던 자들도, 한때 광신도라는 딱지를 달고 있는 몇까지도.

전부 합쳐 봤자 하나하나 셀 수 있을 정도로 적은 수였다.

하지만 그 적은 수 때문에 조용한 게 아니었다.

나를 필두로 연희와 그녀의 애완물, 성일, 이태한, 오르까까지.

시작의 장을 지배하고 있는 자들이 한꺼번에 들어왔기 때문이었다

성일은 파악을 끝냈다. 그가 혀를 내두르며 말했다.

"누님. 우리나라 각성자 말이요. 30만으로 시작하지 않았수?"

그렇게나 입에 달고 살았던 기철이를 만날 수 있던 까닭에 평소보다 톤이 높았다.

"그랬지."

"근디 고작 이것만 남아 부렀네. 오백이 쪼까 안 되는디. 거참."

성일의 그 말이 시발점이 되었다.

다들 30만 중에 오백이라는 극히 적은 확률을 뚫었다는 것을 비로소 실감했는지 하던 작업들을 멈췄다.

그들을 둘러싸고 있는 침묵 속에서, 조용히 자신의 부상과 무장을 점검하고 있던 작업들을 말이다.

지애 누나와 누나에게 달라붙어 있는 녀석 또한 다르지 않았다.

본토에 남아 있는 몬스터 군단을 의식해서 하고 있는 작업이 아닐 터.

본토에서도 무슨 일이 벌어질지 모르기에 습관이 되고 만 것이다. 그러던 것도 잠깐 그들은 다시 작업을 재개했다.

그때 이태한은 마리의 손길로 부상을 떨쳐 냈다. 본인이 통솔하고 있던 자들에게 습격받았던 사건 또한 떨쳐 낸 것으로 보였다. 각성자들을 바라보는 시선 또한 그리 날 서 있지 않았다.

연희는 그런 이태한을 흥미롭게 바라보다가 내게로 시선을 돌렸다.

『얼마나 남았어?』

『몇 분.』

『……돌아간 이후부터는 둠 카오스에게서도 벗어날 길을 찾아야 돼.』

연희는 줄곧 나와 똑같은 생각을 해 왔던 것 같았다. 언젠가 그녀는 내게 말했었다. 바깥을 아이를 낳아도 괜찮은 평화로운 세상으로 만들고 싶다고.

하지만 그랬던 소망도 한 계단 뒤로 밀려나 있는 눈빛이었다.

문득 연희의 손이 따뜻하게 내 손아귀를 감싸며 들어왔다.

그녀가 물었다.

『혹시 후회되는 거 있어?』

『내가 할 수 있는 선에선 최선을 선택해 왔다. 그리고 달성했다. 각성자들을 잘 통제하기만 한다면 바깥은 전과 다

름없이 굴러가게 될 거다. 내 가족들도, 네 가족들도 그런 세상 속에서 평탄한 일상을 누릴 수 있겠지. 반드시.』

『그럼 됐어. 난 그게 제일 걱정이었어. 후회가 남았을까 봐.』

『그럴 리가.』

『본 시대는 너무 끔찍했잖아. 바깥 사람들은 물론이고 여기 놈들도 상상조차 못 하겠지. 우리 인류의 앞에 펼쳐져 있던 길이 사실 멸종으로 치닫는 길었음을.』

『……알고 있었군.』

연희는 내가 전생자란 사실을 알고 있었다.

『왜 이러세요. 아마추어 같이.』

연희는 배시시 웃어넘겼다.

『그럼 너도 나와 똑같은 의문을 가지고 있겠군.』

『어떤?』

『내게 시간 역행의 기회를 준 것이 정말 올드 원일까? 원래 뭔가 의문이 들 때는 누가 가장 이득을 보았는지 생각해 보면 간단하지. 둠 카오스는 나를 확보했다. 그 어떤 종족들보다 강한 군단 또한 확보했고.』

『음.』

『이 가정이 맞는다면, 본 시대는 너와 우리들을 확보하는 데 거쳐 가는 통로였는지도 모른다.』

『그렇다면…… 다음 무대가 올드 원과 둠 카오스의 진짜 싸움터가 되겠네?』

『거기에서 찾을 수 있을 거다. 둠 카오스든, 올드 원이든. 두 놈들의 수작에 놀아나지 않을 길을 말이다. 꼭 찾아낼 테니 그만 마음 놓아.』

『아쉽다. 지금이 딱인데. 내 어여쁜 입술로 키스를 퍼부어 줄 타이밍.』

그녀는 한결 후련해진 표정이었다.

『뭐 어때.』

연희의 허리를 감싸서 끌어당기자, 그녀가 눈웃음을 지었다.

『진정해. 오딘의 위엄을 잃어.』

『그 반대다. 악녀 마리와 나누는 키스라면 위엄이 배가 되겠지.』

[남은 시간(소멸): 0분 0초]
[당신의 본토에 미쳐있던 올드 원이 힘이 소멸 되었습니다.]

『하지만 돌아가서 끝내야겠군.』

『지금? 타이밍 너무한 거 아니야?』

『그래 지금.』

[게이트 생성을 시전 하였습니다.]

내 몸에서부터 일어났다. 순간 내 중요한 힘 일부가 쑥 빠져나가는 느낌과 동시에, 각 국가별로 모인 자들 앞으로 공간이 벌어지기 시작했다.

이 순간을 기다렸던 자들에게서는 탄성이 나왔다. 그들 앞에 펼쳐진 칠흑의 공간이 그들을 고향으로 데려다줄 유일한 창구란 걸 깨달았기 때문이었고.

이 순간에 별 의미를 두지 않은 자들은 무기를 쥔 주먹에 힘을 가했다.

나는 그들 모두에게 외쳤다.

"본토에 남겨진 몬스터 추살이 최우선이다. 그런 다음에 협회의 지시를 기다려라. 가라! 너희들이 태어났던 땅으로!"

본토를 어떻게 여기고 있든, 모두의 입에선 똑같은 소리가 터져 나왔다.

우아아아ㅡ!

시야를 가리는 흙먼지가 뿌옇게 솟구쳐 올랐다. 그 흐릿해진 광경 속으로 게이트를 향해 뛰어나가는 자들의 뒷모습이 펼쳐졌다.

연희는 각성자들이 서로 경쟁하듯 빠르게 사라져 대는 광경을 보며 이렇게 말했다.

『본 시대는 끝났어.』

그것이 내게는 최고의 찬사였다.

Chapter 8.

　본 시대에서는 이해할 수 없었던 현상들이 설명된다.

　예컨대 몬스터 군단이 각국의 수도에 직접적인 침공을 가하지 못하고 인근 지역에 게이트를 열 수밖에 없었던 것.

　우리들의 본토에 미쳐 있던 올드 원의 힘이 이를 방해했을 거라고 본다.

　연희와 함께 제일 마지막으로 게이트를 통과해 나왔을 때.

　각성자들의 함성은 멎어 있었다. 그들의 눈앞에 이제는 꿈에서도 잘 볼 수 없었던 옛 풍경들이 펼쳐져 있기 때문이었다.

사거리 중앙이었다.

「시청 사거리」

도로는 텅 비어 있었고 신호등들 또한 마치 오래전에 죽
은 듯이 꺼져 있었다. 또렷한 것은 인도에 놓인 알록달록 화
분들과 도로 분기점마다 설치된 표지들의 푸른 색채였다.
바로 우리 본토의 진짜 색채!

「↑ 중앙로
← 서울 · 사당 · 양재
→ 정부과천청사 · 시청 · 시의회」

「예측출발금지 · 신호준수」
「시청 사거리」

「→ 과천외국어고 · 과천여자고교」

철제 표지판에 박힌 우리나라 글자들을 하나하나 훑고
있는 건 나뿐만이 아니다. 모두는 주위로 고개를 돌려 댔
다. 실제로 표지판에 적힌 글자를 소리 내서 중얼거리는 자

도 있었다.

그랬던 감상도 잠깐, 가까워지고 있는 확성기 소리로 시
선들이 집중됐다.

*"실제 상황입니다. 남은 시민 여러분들은 군 경의 통제
에 따라 대피하여 주십시오. 실제 상황입니다. 남은 시민
여러분들은 —"*

확성기를 달고 나타난 군용차 하나만이 도로에서 움직이
는 유일한 차량이었다.

"겁나게 반갑구마잉. 군바리 쉐끼들."

하지만 성일에게만 그렇게 느껴졌던 것일까. 아니면 아
주 오래된 기억, 1막에서 그들이 겪었던 군인들에 대한 안
좋은 기억을 떠올리고 있기 때문일까.

각성자들은 우리를 발견하고 속력을 높여 오는 그것을
몬스터 보듯 하였다.

성일이 허락을 구하는 눈빛으로 나를 돌아보았다. 고개
를 끄덕여 보였다.

성일이 한순간에 끌어올린 속도는 군용 차량보다 빨랐
다. 그가 차량에 빠르게 접근해서 운전석 쪽으로 붙었다.

급브레이크가 걸린 소리는 요란했으며 향수를 자극하는

소리였다. 약간의 흰 연기 뒤로 스키드 마크가 선명했다.

"뭘 놀라고 그려."

성일이 운전석 창에 대고 흥분된 목소리를 냈다.

놀란 옆얼굴로 아무 말도 못 하는 운전수 대신, 조수석과 뒷좌석에서 군인들이 내리기 시작했다.

그들은 완전 무장되어 있었다.

그들도 우리들에게서 위화감을 느꼈기 때문이었을 것이다. 우리를 난생처음 보는 생물처럼 바라보면서 각자의 집게손가락을 방아쇠에 걸쳤다.

총구를 우리 쪽으로 향하지만 않았을 뿐인지, 우리에게 도사리고 있는 위험을 본능적으로 직감한 것 같았다. 사람이라면 누구나 그렇듯.

설사 본능이 뒤떨어진 자라도 우리에게 묻어 있는 핏물들을 발견하고는 심상치 않음을 느꼈을 것이다.

성일은 어처구니가 없다는 듯한 얼굴로 나를 쳐다보았다.

군용차를 가리켰다가 서울 방향을 가리켰다. 성일이 바로 알아들었다.

"여기는 우리가 알아서 할 테니께, 그 짝들은 후딱들 꺼져."

"당신들 뭡니까!"

조수석에서 내린 군인이었다. 성일은 웃고 있는 것 같았다. 그의 목소리에는 웃음기가 다분했으니까.

그만큼은 본토로 돌아온 걸 진정으로 기쁘게 받아들이고 있었다.

"지옥에서 돌아온 전사들이지."

"그게 무슨……."

쾅!

성일이 주먹으로 차의 보닛을 내리쳤다. 우그러지다 못해 허공으로 튀어 오른 군용차 하부를 바로 움켜쥔 것도 성일이었다.

그가 군용차를 움켜쥔 손으로 도로 한 쪽을 가리켰다.

"후딱 꺼져 부러. 괜히 휘말려서 뒈지지 말고."

"각…… 각성자입니까?"

"그럼 뭐 겄어. 근디 건빵 가진 것들 있지?"

＊　　＊　　＊

연희는 크게 호흡을 들이마시었다가 내쉬었다. 그러고는 작은 콧구멍을 움직인다. 맛있는 냄새가 많이 난다는 기쁜 목소리도 함께였다.

주변에는 경찰서와 소방서 등의 작은 관공서뿐만 아니라 시청도 있고 호텔도 있었다. 비워져 버린 도시라 해도 어디서든 식자재나 완성된 요리가 남겨져 있기에 충분했다.

하지만 지금은 건빵만으로도 훌륭했다.

성일은 군인들에게 빼앗다시피 해서 가져온 그것을 모두에게 돌렸다.

아그작.

한편 이태한은 상가 빌딩의 옥상 간판들에서 눈을 떼지 못하고 있었다.

나는 그가 자신의 일성 그룹과 연관된 것을 찾고 있다 생각했는데, 아니었다. 그의 시선은 대후 증권의 간판에 꽂혀 있었다.

전일 인베스트먼트가 대후 그룹을 인수하며 바야흐로 전일 그룹으로 거듭났던 일을 떠올리고 있는 것일까. 그렇다면 그 생각은 수많은 고리를 거쳐 전일 클럽까지 이어질 수 있었다.

그때 성일이 봉지의 부스러기를 제 입에 털어 넣으며 말했다.

"저쪽."

서울 대공원 쪽이다.

거기서 들려오는 괴성이야 감각을 조금만 높여도 들을 수 있는 일이다.

연희는 본 시대가 끝났다고 말했었지만, 아직 그 잔재가 남아 있다.

크시포스 군단은 과천에 진입한 이후로 두 개 군단으로 찢어졌었다. 하나는 관악산을 가로질러 관악구로, 다른 하나는 과천대로를 타고 방배동으로 진입하여 서울을 강타했었다.

이것들을 박멸하고 나야 본 시대가 정말로 끝나는 것이다.

아직 놈들은 두 개 군단으로 찢어지지 않은 상태였다. 규모는 저열하기 짝이 없는 게이트 D 등급.

부상이 심한 자들은 남게 하고 나머지들을 그쪽 방향으로 보냈다.

"우리 새끼들이 사는 땅이다잉. 하나도 남기지 말어어엇!"

성일이 발을 굴렀을 때 아스팔트 도로가 먼저 깨지며 파편들을 솟구쳐 올렸다. 그렇게 성일이 큼지막한 동작과 빠른 속도로 뛰쳐나갔다.

모두는 괴성이 운집되어 있는 방면으로 최단 거리를 잡았다.

뻥 뚫려 있는 도로를 이용하지 않았다. 성일과 이태한 같이 레벨이 높은 이들은 건물 자체를 뛰어넘었다. 그럴 수 없는 이들은 굳게 닫힌 관공서 철문을 건너뛰며 빠르게 그 방향으로 사라져 갔다.

찰나에 내 주위에 남은 인원이라곤 부상이 심한 자들과 연희 그리고 그녀의 애완물 및 오르까가 다였다.

"안 가?"

"기회를 줘야지."

이번만큼은 본인들 손으로 고국을 지킬 수 있는 기회 말이다.

그리고 그것은 성일과 이태한이 포함되어 있기에 실패하는 것이 오히려 불가능한 일이었다.

*　　　*　　　*

표지판에는 대공원대로라고 쓰여 있다. 전차들이 6차선 대로를 틀어막고 있었다. 전차는 표정을 지을 수 없지만, 그것들 뒤에 소총으로 무장한 앳된 군인들의 얼굴은 표정을 지을 수 있었다. 드러난 그 얼굴들은 겁에 질려 있었다.

바로 지척까지 몬스터 군단이 진격했음을 알고 있는 것이었다.

또한 군 지휘관은 서울로 가는 첫 관문을 맡고 있다는 것에 사명을 가지고 있는지, 휘하 장병들의 사기를 북돋우는 소리를 키워 놓고 있었다.

그 소리는 우리나라 성우로 하여금 재녹음된 조슈아의

기자 회견 내용이었다.

"시작의 장은 우리 세계와는 다른 시간대의 공간입니다. 그 공간의 시간이 흘러도 우리 세계의 시간은 흐르지 않습니다. 그러니 여러분들에게는 우리가 준비되어진 힘으로 찰나에 나타나, 새로운 위협을 해소하는 것처럼 보일 것입니다."

"각성자들이 시작의 장에서 돌아오길 기다려 주십시오. 그리고 시작의 장에서 시험을 치를 각성자들은 오늘의 이 발표와 우리들을 기억해 주십시오. 우리가 함께 신세계에 닥친 위험을 제거해 나갈 수 있습니다."

당시에 진실을 알았더라면 마지막 내용은 바뀌어졌을 것이다.

서울 대공원 방면으로 전투가 시작된 소리가 들려왔다. 하지만 군인들에게는 괴성이 커진 것으로만 들릴 뿐인지라, 지휘관은 즉각 소리를 끄고서 임전 태세를 명령했다.

지휘관이 무전기를 집어 들었을 때, 내가 그 앞에 있었다. 그의 한 손에 들려져 있던 서류 파일들은 그때 동반된 바람에 휘날렸다.

2기갑여단이 서울로 진입되는 첫 관문을 담당하고 있었다.

"필요 없다. 몬스터들은 곧 진압될 것이다. 나는 각성자다."

그의 무전기를 눈짓으로 가리켰다. 그때도 무궁화가 한 개 박힌 지휘관과 주변 장병들은 어떻게 대처해야 할지를 몰라 했다.

갑자기 나타난 초자연적인 존재를 바로 받아들이긴 쉽지 않은 일이다.

그때 장병 하나가 태블릿 피시를 가지고 접근했다. 연희는 내 뒤로 합류해서 반짝이는 눈으로 태블릿 피시를 쳐다보았다.

태블릿 피시 속에는 상공에서 촬영이 시작된 영상이 실시간으로 전송되고 있었다. 거기는 살육의 도가니였다.

광분해서 날뛰는 건 우리 각성자들이었고, 성일의 움직임은 현대 기기로도 쫓지를 못했다. 성일이 틀림없는 검은 점이 이리저리 번뜩이는 자리마다 핏물이 터져 대고 있었다.

성일은 어느새 크시포스의 거대 괴수 대가리에 올라타 있었다.

그때 처음으로 상공에서 내려다보는 성일의 정수리며 널찍한 어깨선이 잡혔다. 거기까지였다. 거대 괴수가 어떤 일격에 의해 쓰러지는지는 또 잡히지 않았다.

검은 점이 다시 움직이기 시작했다.

이태한으로 추정되는 점 역시 몬스터들을 도륙하고 있는 가운데, 휘하 각성자들 중 몇은 영상 속도를 몇 배속으로 빠르게 돌리고 있는 듯한 움직임으로 몬스터 사이를 휘저었다.

팔악팔선과 둠 카소의 화신이 격전했던 영상을 몇 번이고 돌려 봤던 때가 생각났다. 최대한으로 느리게 재생시켜도 그들의 움직임을 파악하기 어려워서 얼마나 애를 먹었었던가.

직접 이 두 눈으로 그 광경을 보고 있지 않은 이상, 현대 기기의 한계는 거기까지였다.

지휘관은 침을 삼켜 넘겼다.

혼란스러운 그의 시선이 슬슬 태블릿 피시에서 내게로 옮겨지고 있었다.

"지금은 계엄……."

그는 말꼬리를 흐리며 나를 훑어보았다. 그러고는 연희에게도 시선이 미치더니, 그녀의 품에 안겨 있는 애완물에까지 닿았다.

털이 덥수룩하고 통통한 이계의 생물은 겉보기론 위험스럽지 않다.

그래도 크시포스의 진짜 모습을 알고 있기 때문인지, 그는 한 발짝 뒤로 물러나며 권총집에 손을 올렸다.

"누가 지휘하고 있습니까?"

그가 거리를 벌린 자리에서 말했다.

"나다."

"진압이 끝나는 대로 각성자 전원을 소집시켜 주십시오. 인원은······."

"당신, 지금 실수하고 있는 거야. 훗."

연희가 웃어 내는 소리에도 아랑곳하지 않고 그는 자신의 임무를 다했다.

"인원은 이것뿐입니까?"

지휘관은 태블릿 피시 속의 영상을 눈짓해 보였다. 그러다가 내 어깨 너머, 멀리서 움직이지 않는 오르까에게로 시선을 옮겼다.

네크로맨서의 로브로 위장하고 있는 오르까에게선 특히나 위험스러운 느낌이 강렬할 수밖에 없었다.

"일단 상부에 보고드려야겠습니다."

"계엄 사령부겠군."

"그렇습니다."

"둘 다 내려오라고 해."

"······."

"계엄사령관 그리고 대통령. 여기로 당장."

지휘관의 얼굴이 순간 굳어지며 미간에 주름이 잡혔다.

"당신들…… 일단 그렇게 요구했다고 올리긴 하겠습니다만. 우리 계엄군이 국가 전역의 모든 상황을 통제할 권리를 가지고 있습니다. 각성자 전원은 우리 계엄군의……."

지휘관의 손에 들려 있던 태블릿 피시는 어느새 연희의 손아귀 안으로 옮겨져 있었다. 연희가 그것을 바닥에 내리치고는 재밌다는 투로 말을 뱉었다.

"안 돼. 안 돼. 너희들은 이걸 볼 자격이 없단다."

"무슨 짓입니까?"

"우리 군에 뭐? 주상아. 우리에게 군복을 입힐 수 있을지 내기할래? 네가 딱해서 하는 소리야. 거기서 그치고 더는 밉보이지 말렴."

연희에게 고개를 저어 보이자 그녀는 미안하다는 표정과 함께 뒤로 물러났다.

지휘관의 얼굴에 대고 한마디만 했다.

"'전일'에서 보잔다고 전해라. 내 신분은 전일 여회장에게 확인받으면 될 것이다."

각성자라는 이름보다 그 이름이 더 먹히는 세계가 바로 여기니까.

여기는 우리나라, 전일에 지배되는 나라다.

　　　　＊　　　＊　　　＊

"전일 여회장님이십니다."

지휘관은 내가 그의 눈앞에 갑자기 나타났을 때보다, 태블릿 피시의 영상에서 기괴한 광경을 봤을 때보다 더 놀란 듯했다.

그래. 그에게는 그것이 보다 현실로 느껴지는 일일 것이다.

자신의 견장에 박힌 무궁화쯤은 헛기침 한 번으로 떼어낼 수 있는 권력자의 목소리가 코앞의 몬스터보다 더 두려울 수 있었다.

지휘관이 건네주고 간 스마트폰에서 일성 그룹 로고를 발견했다.

쓴웃음이 입가로 번졌다.

〈 나다. 〉

스마트폰에 대고 말했다.

〈 과천이라고 들었어요. 그런데 전 각성되지 않았어요. 〉

제이미의 놀란 목소리가 바로 튀어나왔다.

〈 그렇겠지. 여기로 와 줘야겠다. 〉

〈 바로 출발할게요. 〉

제이미와 연결을 끊고 마음의 준비를 했다.

좀처럼 액정을 터치하지 못하는 내 모습에서 연희가 공감한다는 듯이 고개를 끄덕여 보였다. 그녀의 손에도 스마트폰이 쥐어져 있지만, 막상 제 가족들에게 연결을 시도하지는 못하고 있었다.

통신망이 끊긴 지역은 몬스터 군단이 휩쓸고 지나갔었던 안양, 군포시 일대뿐.

연희와 내 가족 그리고 주요 인물들의 가족들이 운집하고 있는 전일 리조트 쪽은 언제든 연결이 가능한 상태였다.

하지만 그건 잠깐의 착오였다.

마음 단단히 먹고 아버지께 연결을 시도했을 때 들려오는 소리라곤 통화량이 많아 연결이 지연되고 있다는 기계음이 다였다.

제이미는 특수 회선을 썼었겠지만 말이다.

어쨌거나 연희가 1막에서 귀환석을 써서 내게 합류할 수 있었음에도 그러지 않았던 것이 백분 공감됐다.

아직 시작의 장에서 달고 나온 핏물로 찌들어 있다.

부모님께도 내 피비린내가 얼마든지 미치고 말 것이다. 그것이 설사 목소리뿐일지라도.

원래 부모님들은 자식의 변화쯤은 금방 알아차리지 않는가.

그래도……

미뤄서는 안 되는 일이다.

"안 터지네. 나중에 하지, 뭐."

연희는 시원하다는 듯이 웃으며 스마트폰을 조작했다.

그녀는 거기에 설치되어 있는 어플들이 처음 보는 신문명인 것처럼 대했다. 카메라 아이콘을 응시하는 시간이 길어졌다.

그러고는 날 보고 다시 웃으며 살짝 터치. 이후로 연희는 액정을 통해 스마트폰 렌즈 속으로 담겨 오는 세상을 관찰하기 시작했다.

이리저리 스마트폰을 움직이면서.

그때 지휘관이 다시 들어왔다.

"통화는 끝나셨습니까?"

내가 누구인지 무척 궁금한 눈치였다.

그의 태도는 조심스러워졌고 내 지시를 받는 걸 수긍하고 있었다.

"부모님께 연락을 해야겠는데 연결이 어렵군. 일단 자식이 여기에 건강히 있다고 통신 띄워. 전일 리조트. 나전일 부부께."

아버지께서는 갑자기 당신의 눈앞에서 사라진 자식을 걱정하고 계실 거다. 텔레비전 속에 담긴 파괴된 도시들과 몬스터들을 보시면서 말이다.

"그리고 가능한 빨리 연결 방법을 찾아봐라."

"알겠습니다. 계엄사령관님과 VIP께서는 진압이 끝난 후에 오실 예정입니다."

"전일 여회장은 지금 바로 날아오고 있다."

"……그렇게 전달받았습니다. 다시 보고 올리겠습니다. 그리고 말씀하신 대로 과천 시청 사거리에서 부상자들을 수습하였습니다. 우리 군 최고의 의료진들을 붙여 놓았으니 염려 마십시오."

"고통을 호소하는 자가 있다면 독한 진정제만 놔 둬. 또한 얼굴이 어둠에 가려져 있는 자에게는 접근하지 말도록."

"충성."

그가 막사에서 나가자 연희는 배꼽을 잡았다.

"태세 변환 끝내주네. 저것도 진입했으면 한자리 해 먹었을 거야. 아니, 1막 2장에서 죽었으려나?"

우리에게도 씻을 물이 지급되었을 때였다.

수도관에서 직접 호스를 따 온 것이라 부족함이 없었다.

연희는 시작의 장에서 가지고 온 버릇대로 주변을 의식하지 않고 그 자리에서 다 벗으려 했다. 그러나 그녀가 먼저 느낀 것이 있었을 터, 행동을 멈췄다. 그래도 가슴과 아래만 겨우 가려져 나머지 피부는 그대로 드러난 상태였다.

사실 몬스터 가죽을 기워 만든 속옷도 완벽한 것은 아니었다.

연희가 씻으면서 말했다.

"저것들 봐. 날 무서워하지 않아. 이런 거 정말 오랜만이 네."

황급히 돌아가는 시선들은 내 눈빛과 부딪쳐서였다. 연희 때문이 아니라.

"즐길 수 있을 때 즐겨 둬라. 그것도 잠깐이니까."

*　　*　　*

정말로 박수를 쳐 줄 일이다. 서울 대공원 방면에서 튀어 나온 것들이 있었다.

탈것을 탄 크시포스 전사들. 하지만 그것들의 양손에 들 려 있어야 할 손도끼는 진즉 잃었는지 어디에도 보이지 않 았다.

간신히 목숨만 붙은 것들이었고 보란 듯이 그 뒤를 쫓아 오는 각성자도 몇 있었다.

장갑 차량으로 만들어진 바리케이드에서 장병들의 전투 준비가 끝나 있던 순간.

쉐아아악!

연희가 먼저 튀어 나갔다.

『또 씻으면 되잖아. 너무 좋다. 이렇게 말할 수 있는 게.』

연희의 전음은 빨랐다. 그녀가 크시포스 전사들을 도륙하는 것도 빨랐다.

제 주력 스킬을 사용하지 않아도 저런 잡졸들 따위는 칼질 몇 번이면 끝난다는 걸 과시하고 싶었는지도 모른다.

연희의 칼질은 섬세했다. 탈것의 모가지, 전사의 모가지.

그리고 그것들의 복부 아래에서부터 마석과 함께 붙어 있는 심장까지 쭉.

네 번의 칼질은 한 세트가 되어 탈것과 거기에 탄 크시포스 놈들을 죽여 나갔다. 광대의 단검에서 터진 저주가 무엇인지 확인하기 어려울 정도로 바로 죽어 버리는, 신속한 속도였다.

바리케이드 전방.

그쪽 도로 위는 몬스터 사체와 거기에서 흘러나온 핏물 그리고 내장물들로 더럽혀졌다.

"도와줘야 돼?"

연희가 뒤로 합류한 각성자들에게 묻고 있었다.

"아닙니다. 다 끝나 가고 있습니다."

"피해는?"

"없습니다."

"잡졸들뿐인데 그래야지. 어쨌든 너희들 손으로 직접 조국을 지킨 거야. 좀 자긍심을 가져 봐."

"예."

각성자들은 달려왔던 방향으로 다시 뛰어갔다. 그때 연희가 이쪽으로 몸을 틀었다.

그녀가 선 곳은 핏물로 흥건했다. 그녀의 전신도 양동이째로 핏물을 끼얹은 듯했다. 머리칼과 온 살결을 따라 피가 흐르고 있었다.

연희는 단검으로 재주를 부리며 천천히 걸어왔다. 눈에 띄게 즐거운 기색을 보여 왔었지만, 군인들에게 뭔가 불만스러운 게 있었던 것 같았다.

그렇지 않고서야 제 능력을 그렇게 과시할 리가 없었다.

핏물로 범벅된 전신.

웃음까지 말아 감고 있는 그 얼굴로 향하는 시선들에는 이전 같은 눈빛들이 사라져 있었다.

연희가 피로 찍힌 발자국을 남기며 내게 돌아왔을 때는 그녀를 흘깃거리는 이가 단 한 명도 없었다.

봤어?
봤어?

소리 죽인 뒷말들만 재잘거렸다.

＊　　　＊　　　＊

이윽고 연희가 기다렸던 물건들이 지급됐다. 막사 안에서 본토의 여성 속옷으로 갈아입은 연희는 내 앞에서 한 바퀴 돌아 보았다.

"좀 크지 않아?"

내가 봐도 브래지어에는 남은 공간이 확실히 있었지만, 고개를 저어 주었다.

연희는 마저 본토의 겉옷까지 챙겨 입었다. 그러고는 천막을 걷어 올렸다. 성일과 이태한을 비롯한 각성자들의 기척이 가까워지고 있던 시점이었다.

그들이 육안으로도 보이는 거리까지 진입했을 때, 일대는 침묵에 휩싸였다.

전투의 열기는 쉽게 꺼지지 않는다. 그러한 살기가 이글거리며 피를 흘리면서 걸어오는 그들의 모습은, 연희가 보여 주었던 광경과는 또 다른 비현실적인 광경으로 보였을 것이다.

예컨대 그들이 식사를 마친 도살자들처럼 보일 것이다.

지휘관의 지시가 없는 데도 알아서 길이 열렸다.

그들이 달고 온 피비린내와 악취가 진동하기 시작한 것과는 별개로, 장병들을 훑어보는 각성자들의 시선은 한참 아랫것들을 내려다보는 광오한 시선이었다.

고작 몇백만 들어왔을 뿐이나 한 개 여단이 그들에게 압도당했다.

지휘관은 막사 앞에서 그런 그들을 멍하니 쳐다보고 있다가 나를 돌아보았다.

내가 말했다.

"시청 도로에 호텔이 하나 있더군. 물, 식사, 옷, 핸드폰 그리고 여자든 남자든, 기타 원하는 것들을 물어서 그대로 제공해라. 비용은 얼마가 들어도 상관없다. 처리 후 전일 그룹으로 청구하도록."

각성자들이 몰고 온 분위기에 파묻혀 버렸기 때문이었을까.

군인 신분에서 항변이 튀어나올 수 있는 지시에도 불구하고 지휘관의 입에선 그렇게 하겠다는 대답이 즉각 나왔다.

"허미. 누님. 몰라보겠소. 예뻐요. 예뻐!"

성일이 지휘관을 무시하고 막사 안으로 들어왔다. 한편 이태한은 지휘관에게 그의 스마트폰을 요구하고 있었다.

지휘관은 피로 얼룩진 이태한의 얼굴을 알아보지 못했다.

"말은 고마운데 성일아. 어쩌지? 넌 구원자의 도시민들과 함께 남아서 좀 더 수고해 줘야겠어."

연희가 나보다 먼저 말했다. 각성자들이 돌아오기 전에 다뤘던 내용 중에 하나였다.

"기철이한테 가 봐야 하는디요."

"마석 좀 만져 봤다면서?"

"흐미. 대체 언제 적 얘기요. 누님이 말하기 전까진 잊고 있었수."

"잔말 말고 하나도 빠짐없이 수거해 놓으렴."

"쓸모 짝에도 없는 돌멩이를 왜요."

"빨리 끝내 놓을수록 기철이한테 갈 수 있는 시간도 빨라진단다?"

"아따 좀 봐주쇼. 사람 환장하겠네. 사람 마음 그렇게 잘 보시는 분이 어째 아비 마음을 이리도 몰라 준디야."

"맨손으로 가려 했어? 선물도 없이?"

"예?"

"기철이 선물 챙겨 가야지. 그리고 그렇게 갈 거야? 애간 떨어진다."

"그야 그렇지만서도, 돌멩이 주워 담는 거는 아랫것들이 할 일 아니오? 뭔 필요인지 모르겠지만."

"돌멩이 아니야. 마석이란다."

"그럼 군바리들 가져다 씁디다? 손버릇 나쁜 것들은 뚝배기 깨 불고."

"그 현장에서 몇이나 제대로 움직일 수 있을지 모르겠지만. 뭐 알아서 하렴. 빨리 끝내고 아들 보러 가자, 성일아. 선물 좋은 걸로 준비해 놓을게."

"알겠소. 마석만 챙기면 되어요? 껍따구나 대갈빡 같은 건요?"

"그런 건 필요 없고 드랍 아이템도 보이는 대로 수거해 줘."

"어째 주문이 점점 늘어나는디. 더 늘어나기 전에 갑니다! 그럼 준비해 놓고 기다리슈."

성일은 내게 짧은 눈인사를 마치고선 막사 밖으로 나갔다.

밖은 각성자들을 나눠 태운 군용 트럭들이 언급했던 호텔이 있는 방향으로 이동 중이었다. 따로 옮겨져 있던 부상자들도 그때 함께 이동되는 것 같았다.

나는 이태한에게 다가갔다.

그는 자신의 그룹 로고가 박힌 스마트폰이 제 손에 쥐어져 있었어도 별 감흥을 보이지 않았다.

"기자 회견 준비해라."

양장 차림의 말끔한 모습으로 있으라는 주문은 필요 없어 보였다.

이태한의 눈빛이 흔들렸다. 조슈아가 아니라 자신이 선택될 것이라고 예상했을 일이나 내게서 직접 확인을 받자

새삼 기분이 달랐던 모양이다.

그가 감격 서린 얼굴로 고개를 숙였다.

지휘관이 그런 이태한의 본토 신분을 알아차렸을 때는 그가 얼굴에 붙어 있던 살점과 핏물들을 지워 낸 이후였다.

하지만 지휘관이 이태한에게 아는 체하려던 것도, 상공에 가까워지는 헬기 소리에 멈춰지고 말았다.

전일 그룹의 마크.

전라도에서 출발한 제이미가 대통령과 계엄사령관보다도 먼저 도착했다.

제이미는 헬기에서 내리자마자 곧장 뛰어왔다. 여기저기 피로 찍혀 있는 발자국을 발견하고는 잠깐 멈칫하긴 했지만, 그 시간은 짧았다.

다른 이들도 그렇지만 그녀도 우리가 얼마나 긴 세월을 관통하고 나왔는지 모른다. 거기가 얼마나 참혹했는지도.

그래서였다.

그녀의 첫마디는 또 자신이 각성되지 않은 것에 대한 한탄이었다. 각성자의 대열에 합류해서 내게 동참하지 못한 것에 대한 한탄이었다.

연희가 가소롭다는 듯한 웃음을 흘리고 나서야, 비로소 제이미는 일대에 남겨져 있는 위압적인 분위기를 읽어 낸 것 같았다.

이태한에게도 위화감을 느꼈을 테고.

이태한의 젖은 머리칼이나 아직 다 씻어 내지 못한 피비린내 때문만이 아니었다.

"이 회장. 당신도 각성했나요?"

둘은 안면이 있는 사이다.

하지만 이태한은 대답 없이 자리를 비켰다. 과거였다면 있을 수 없는 일이다. 일성 그룹이 천하의 전일 여회장에게?

제이미는 생각 깊어진 얼굴로 이태한의 뒷모습을 쳐다보다가 내게로 고개를 돌렸다.

그 무거워진 얼굴에 대고 물었다.

"통신이 어렵더군. 전용 회선을 쓰는 게 있겠지?"

"예."

"우리 부모님께 연결해."

"예."

그녀가 본인의 스마트폰을 조작하며 물었다.

"그런데 얼마나 계셨다 오신 거죠?"

*　　*　　*

〈 항상 조심해야 한다. 아들. 〉

아들.

그 소리를 들었을 때 먹먹히 젖어 들어오는 느낌이 있었다. 치밀어 오르려는 그것을 침을 삼켜 막았다.

제이미도 그렇지만 연희 또한 입을 다물고 있었다.

정적이 내려앉았다.

내게서 핸드폰을 옮겨 받은 연희가 막사 밖으로 나갔다.

그런 지 얼마 안 됐을 무렵.

"으아아악—!"

한 사내의 비명 소리가 울렸다.

손 하나가 통째로 잘려 나간 계엄군 장교가 절단면으로 피를 뿌리며 도로 위에서 나뒹굴고 있었다. 연희는 장교의 잘린 손을 들고 있었으며 그 손에는 장교의 것으로 보이는 핸드폰이 움켜쥐어져 있었다.

연희에게 향해지는 총구들이 늘어나고 있던 때였다.

물론 연희는 태연했다.

옷에 튀어 있는 피 몇 방울을 의식하고 있는 게 다였다.

그녀가 내게로 걸음을 옮기기 시작했다. 군 간부들 몇이 똑같은 소리를 외쳤다. 그 자리서 움직이지 말라고.

그 순간에 연희가 보였던 움직임은 오로지 내게만 보였

을 것이다. 그녀는 전부를 훌쩍 뛰어올랐다.

허공에는 연희의 잔영이 남아 있었다.

"내 손! 내 소오·오·오온—!"

비명 소리가 더욱 커졌다.

그럼에도 불구하고 연희에게 소총을 겨누고 있던 장병들이나 그러도록 지시를 내렸던 장교들도 넋 나간 얼굴이 되고 말았다.

연희는 날 보며 장교의 손에 쥐어져 있던 핸드폰을 떼어냈다.

장교의 손은 아무런 가치도 없는 쓰레기처럼 바닥에 버려졌다.

그렇게 연희를 거쳐 내게로 옮겨진 장교의 핸드폰 속에는 연희가 담겨 있었다. 정확히는 본인의 가족과 통화를 나누고 있는 연희의 옆모습 사진이었다.

그때 제이미는 제 발 앞쪽으로 방치된 잘린 손을 쳐다보고 있었다.

"제이미."

비로소 제이미의 고개가 번쩍 들려졌다.

그녀에게 핸드폰 속 연희를 몰래 찍은 사진을 보여 주었다.

지휘관은 갑작스러운 사건에 섣불리 결단을 내리지 못하고 있었다. 그 결단을 쉽게 만들어 준 건 제이미였다.

"봉합 수술 안 하실 건가요? 빨리 주워 담으세요. 그리고 부하 관리를 어떻게 하시길래 내 앞에서 이런 일이 일어나는 겁니까."

그때였다.

연희는 앞의 소란 따윈 바로 무시해 버리며 호텔이 있는 방향으로 고개를 틀었다.

『알고 있지? 올가미가 시작됐어. 내가 가 볼까 하는데.』

『그냥 있어. 그것 하나 처리 못 할 녀석들이 아니다.』

『그건 그래.』

*　　　*　　　*

연희가 제이미의 곁눈질에 대고 말을 뱉었다.

"정말 그럴래? 고작 손 하나 가지고? 지금 일어나고 있는 일을 알면 아주 기겁하겠네."

제이미는 연희의 기에 눌렸다. 저도 모르게 연희의 시선을 회피했다. 그러다가 설명을 요구하는 눈빛으로 나를 쳐다보는 것이었다.

"이쪽은 마리다. 우리나라 신분을 알고자 하면 알 수 있겠지만 그러지 않았으면 좋겠군. 그건 나도 원치 않은 일이니."

"잘 부탁해, 제이미. 우리 앞으로 자주 보게 될 것 같아. 훔쳐볼 필요가 없단 뜻이야."

"날 대하듯 하는 게 신상에 이로울 것이다. 명령이 아니라."

"……알겠어요. 하지만 성급했어요. 모두가 보고 있는 자리였어요. 계엄군 주둔 지역. 그것도 군 장교가 피해자예요. 이 사건이 앞으로 마리 씨의 발목을 붙잡을 거예요."

연희는 나와 동시에 코웃음 쳤다.

"최소 이십 년이었다. 그보다 더 긴 세월을 보내고 온 자들도 적지 않겠지. 하지만 숫자로 다뤄질 세월이 아니다."

비로소 제이미는 일전의 질문에 대한 답을 들었다. 그녀는 나와 연희의 얼굴을 혼란스럽게 쳐다보았다.

"각성자들은 나이가 들지 않는다."

"……하나같이 놀라운 이야기뿐이에요. 다른 시공간의 삶을 살다 온 것이나, 노화 현상이 중단된 것이나. 어떻게 그런 일이 일어날 수 있는 거죠. 그럼…… 몇이나 돌아온 건가요?"

"이십만에 못 미치는 수다."

그것이 얼마나 적은 수인지 알지 못하는 그녀를 위해 설명을 덧붙였다.

"처음 우리는 사천오백만으로 시작했었다. 고작 그만큼

만 살아 돌아왔지. 이제 알겠나? 시작의 장이 어떤 곳이었을지?"

제이미의 동공이 확장됐다. 그녀는 깊은 충격에 빠졌다.

특히 연희를 바라보는 시선이 달라졌다.

"마리 씨. 당신이 겪어 왔던 세월들이 얼마나 끔찍했을지는 상상도 할 수 없어요. 어떤 말을 한들 위로도 되지 않겠죠. 하지만요. 이런 표현을 써서 미안한데, 당신은 치료를 받아야 돼요. 다른 누구도 아닌 당신 자신을 위해서요."

"나도 오딘의 사람이고 여자란다. 너희들의 질서를 깨트리지 않아. 제이미. 너나 잘하세요."

제이미는 조금 전보다 더 놀라는 듯했다. 본인의 생각을 고스란히 읽혔기 때문으로 보였다.

"마리는 정신계다. 사람의 마음을 읽지. 나를 제외한 모든 각성자 중에서 제일의 강자이기도 하다. 마리 앞에서는 뻔한 수작 부리지 않는 게 좋아."

"그렇다고 하네?"

제이미가 보인 첫 반응은 황급히 양손으로 제 머리를 감싸는 것이었다. 그러고는 공포에 질린 혼란스러운 시선을 어디에 둬야 할지 몰라 했다.

그 시선은 결국 내게로 꽂혔다. 허락을 바라는 시선이었다.

고개를 끄덕여 주었다. 그녀는 도망치듯 막사 바깥으로 뛰쳐나갔다. 잠시 뒤 그녀가 담배 냄새를 달고서 돌아왔다.

"제가 알아도 되는 사안들인가요?"

"나라고 전 세계 곳곳에 퍼진 입들을 다 틀어막을 순 없겠지. 마리는 우리들 사이에서 유명하다. 조나단과 조슈아 또한. 그리고 '오딘'은 더 이상 클럽만의 이름이 아니다. 수십 년의 세월을 여기서 다 풀 수는 없겠지. 나머지는 이태한에게 들어라."

"일성 이 회장 말씀이신가요."

"그와 함께 협회를 구축하게 될 것이다. 전일 그룹과 프랑스 법인보다도 그 일을 최우선으로 삼아."

"예…… 그런데 이자들이 늦네요. 어디까지 오고 있는지 확인해 볼게요."

대통령과 계엄사령관을 말하는 것이다.

"계엄 시국이라도 전일의 귀는 뚫려 있을 줄 알았는데, 실망이군."

"……무슨 말씀이시죠?"

"작전 올가미. 계엄군에서 진행 중인 시나리오가 있다."

괜히 지휘관이 우리를 보자마자 계엄과 통제에 대해 언급한 게 아니다.

그를 비롯한 계엄 사령들에게 하달된 명령이 있었다. 과거 조슈아의 기자 회견 이후로 군 내부에서 비밀리에 진행되던 작전에서 나온 것이다.

하지만 연희의 시선을 피할 수는 없었다. 연희가 한 번씩 자신의 능력을 과시하며 불만을 표출했던 까닭은 그 때문이었다.

연희를 몰래 찍었던 계엄군 장교도 개인의 호기심 때문에 벌인 일이 아니었다.

그렇게 지금쯤이면 각성자들이 옮겨진 호텔은 피바다가 되어 있을 것이다. 실제로 감각을 높이자 그쪽에서 다급한 소리들이 울리고 있었다.

계엄군이 각성자들을 한 명 한 명 따로 분리하려던 과정에서 일어난 충돌이다.

"제 불찰이에요."

올가미에 대해서 알게 된 제이미는 진심으로 그렇게 받아들이는 것 같았다.

아니. 계엄을 무소불위의 권력이라 여기는 자들이 문제다. 물론 개인의 재산권뿐만 아니라 기본권까지도 통제할 수 있는 대단한 권력이니 그렇게 여길 수는 있지만, 문제는!

그 계엄을 언제고 해제할 수 있는 힘이 내게 있음을 모르는 데 있었다.

우리나라 사정은 더 그렇다. 클럽의 말단은커녕 겨우 그 존재만을 알고 있을 대통령과 계엄사령관은 큰 착각 속에 빠져 있다.

혹 모르지. 외국 자본 전일 그룹의 손아귀에서 조국을 구출할 수 있는 유일한 기회라고 생각할지도. 진정 그 목적하에서만 벌어지고 있는 작전이라면 얼마든지 박수를 쳐 줄 용의가 있다.

호텔 쪽에서 일어난 소란이 멎은 지 한참이 지나고 나서였다.

그는 북미의 대통령과 같았다.

클럽의 공작에도 불구하고 이 나라 대통령으로 당선됐다.

그러나 그것이 클럽의 지시를 거부할 수 있다는 뜻은 또 아닌 것이다.

*　　　*　　　*

"그들은 몹시 위험한 자들입니다. 각하. 지금에라도 고려해 주십시오. 경호 인력을 늘린다고 되는 일이 아닙니다."

"늘리지 말고 다 치우세요. 그보다 계엄사령관은 뭐라시던가요? 안 되겠대요?"

"제 권한으로 각하를 따로 모실 수 있습니다. 잔혹한 살육을 벌이고도 태연하게 식사나 요구하는 자들입니다. 초능력을 쓰는 살인마들입니다. 그런 자들의 수뇌와 독대 하신다는 것은……."

"독대가 아니에요. 전일 여회장도 같이 있다는데, 별일 있겠어요?"

실랑이가 그친 다음이었다.

대통령은 미소로 들어왔다. 심지어 그는 연희가 안고 있는 크시포스에게도 눈웃음을 짓는 여유를 보여 주었다.

우리가 올가미 작전을 인지하고 있음을 알고 있더라도 그런 미소를 지을 수 있을까.

어쨌든 대통령은 수행원 없이 혼자였다.

"각성자 여러분들께서 외계 생물들을 진압해 주신 공로, 국가가 영원히 기억할 것입니다. 감사하고 또 감사합니다. 국가와 전 국민을 대표하여 감사의 뜻을 전합니다."

그가 깊게 허리를 숙였다. 그런 후 머문 시선은 제이미 쪽이었다. 제이미가 중간에서 교두보 역할을 해 주길 바라는 눈치였다.

제이미가 그에 부응했지만, 그가 바랐던 식은 결코 아니었다.

"대통령님. 올가미 작전을 즉각 철회하셔야 합니다. 장병들의 희생만 늘어날 뿐이에요."

"올가미 작전이요? 외계 생물들은 진압된 게 아니었습니까?"

그렇게 그는 뻔뻔하게 놀란 표정으로 나를 쳐다보았다.

제이미의 어깨를 툭툭 쳐 준 다음 자리에서 일어났다.

"아니, 어딜 가시는지."

황망한 목소리가 뒤에서 부딪쳐 왔다. 애당초 제이미와 대통령을 이 자리에 데려다 놓는 것까지가 내 할 일의 끝이었다.

대통령도 제이미의 또 다른 신분을 알고 있으니까.

제이미가 클럽 안에서도 천상계에 속한 인물이라는 것까지는 몰라도, 클럽의 일원이라는 사실만큼은 알고 있으니까.

바깥은 대통령의 수행원 및 경호 인력들이 포진되어 있었다. 그들이 이미 벌였던 일 때문에라도, 우리를 바라보는 눈깔들에선 극도의 경계심이 번질거리고 있었다.

우리는 호텔 방향으로 몸을 틀었다.

당황한 대통령의 웃음소리 뒤로 이어진 대화에 귀를 기울이면서.

"허허. 호텔에서 불미스러운 사고가 있었던 것은 사실입니다. 하지만 올가미라는 작전은 금시초문이에요. 각성자 분들이 단단히 화가 나신 것 같은데, 제가 직접 사과드리겠습니다."

"신경 쓰지 마세요. 그들에게는 해프닝도 되지 않는 일 일 테니까요. 전 군이 움직여도 어떻게 할 수 없는 외계 괴물들을 일거에 진압한 자들이잖아요. 그보다 대통령님을 급히 모신 까닭은 계엄 때문입니다."

"그 때문이라면…… 외계 문명의 침공이 다시는 없으리란 보장이 없습니다."

"비슷한 경우가 발생할 수는 있겠지만, 협회 내에서 얼마든지 정리될 수 있는 문제예요. 이런 대규모 침공은 다신 없다는 게 협회의 확신입니다. 이 나라 국민들도 안전을 확인받아 생업에 다시 복귀하고 싶을 거예요. 저와 수만 전일인들도 한뜻으로 계엄 해제를 바라고 있습니다. 대통령님."

"협회라면 세계 각성자 협회겠군요."

"예."

"조슈아 회장은 지금도 리조트에 있습니까? 꼭 한번 만나 보고 싶군요."

"조만간 자리를 마련해 보겠습니다."

"감사합니다. 저 역시 같은 심정입니다. 하루빨리 우리 국민들에게 일상을 돌려주고 싶습니다. 하지만 계엄 해제라는 것이 그리 간단한 문제가 아니에요. 우리 국무회의를 통과하는 것과는 별개로, 세계정세의 변화도 충분히 고려되어야 할 문제입니다. 우리 국토에 가해진 침공은 진압되었지만 다른 나라는 아직이에요."

"아닙니다. 다른 나라들도 우리와 같은 논의를 시작하고 있을 겁니다. 확인하시고 바로 시작하시죠."

"고려해 보지요."

"이건 부탁이 아닙니다."

"오늘따라 말씀이 너무 지나치십니다. 허허. 허허허허."

"이번만큼은 전일 회장의 신분으로 드리는 말씀이 아닙니다."

"······클럽입니까?"

"클럽의 주인을 직접 뵙고도 끝까지 거부했다간, 이 나라 국운(國運)을 장담할 수 없습니다."

"그, 그럼······ 방금 전에······?"

"예. 그분이십니다. 이 나라 정부의 대표로서 기쁘지 않으세요? 작고 작은 반도의 분단국가에서 온 세계의 주인이 탄생하셨습니다."

"······."

"계엄 해제하세요. 그분의 명령입니다."

＊　　　＊　　　＊

호텔 앞.

이태한이 작전 책임자로 보이는 장교와 심각한 대화를 나누고 있었다.

이태한이 먼 거리에서 나를 발견했다. 둘의 대화는 중단될 수밖에 없었다. 이태한이 내게 향해 오는 동안 무전을 주고받기 시작한 작전 책임자의 모습이 보였다.

곧 계엄군을 실은 차량들이 일사불란하게 움직였다. 그것들이 남기고 간 매연보다 호텔 안에서 흘러나오는 피비린내가 더욱 강렬한 여기였다.

"계엄은 곧 해제될 것이다. 때에 맞춰 회견을 시작하도록."

"그럼 서울에 먼저 들어가 있겠습니다."

떠나는 이태한의 등 뒤로 연희가 즐거운 목소리를 냈다.

"우린 호텔에서 볼게. 내일 봐."

그녀는 피로 물든 호텔이라도 비로소 거기에 들어갈 수 있다는 기쁨을 즐기고 있었다.

호텔 입구는 계엄군의 시체를 끌고 간 흔적들로 지저분

했다. 그 흔적들은 로비와 승강기 그리고 비상계단 등으로
이어졌다.

"이 정도면 준수하지 않아? 뭘 해 보지도 못하고 상황
종결된 것 같은데."

한바탕 난리가 있었던 곳다웠다. 로비에는 온전한 게 남
아 있지 않았다. 모든 게 파괴된 그 광경은 폭탄이라도 떨
어졌던 것처럼 보였다.

또한 수습되지 못한 소총과 어느 계엄군의 사지가 피 웅덩
이에 잠겨 있고 벽에는 손바닥 자국들이 피로 찍혀 있었다.

유독 많은 피가 쏟아진 자리에서는 타일 틈새를 타고 아
직도 구불구불 흘러오는 흐름이 있었는데, 그 움직임을 쫓
아 보던 연희가 한구석에서 계엄군 장교를 찾아냈다.

모두가 철수한 상황에서도 그는 여전히 패닉 상태였다.
거기에서 웅크리고만 있었던 것이다.

계엄군 장교는 아무 말도 뱉지 못했다.

이를 딱딱 떨며 확장된 동공으로 연희를 올려다보기만
할 뿐.

"쫄기는."

연희는 그렇게만 말하고 내 앞으로 돌아왔다. 보통 호텔
의 좋은 방은 마지막 층에 있기 마련이다. 우리는 고장 난
승강기 대신 비상계단을 이용했다.

"성일이한테 기철이 선물 준비해 놓기로 했잖아. 뭐가 좋을까?"

성일을 위한 것이었다면 고민할 게 없었다. 싸구려 소주 한 병에 라면 한 그릇이라도 지금 우리들에겐 그보다 값진 게 없으니까.

우리는 시체가 끌려간 흔적을 쫓듯 계속 계단을 밟았다.

마지막 층의 복도로 나왔다. 장르는 제각기 달라도 모처럼 만의 음악들이 우리를 맞이했다.

문을 열어 놓고 있는 이도 있었고 그렇지 않은 이도 있었다. 다들 샤워를 끝내고, 그 방에서 누릴 수 있는 본토의 문명을 찾아 가고 있는 중이다.

열린 한 방에서 지애 누나와 눈이 마주쳤다. 누나와 말을 섞지 않은 지는 오래됐다. 지금껏 나와 마주쳤을 때마다 그랬듯, 이번에도 누나는 하던 행동을 멈추고 고개만 숙여 보였다.

보아하니 대검찰청으로 복귀할 생각이 없는 것 같았다.

그렇게 우리를 위해 비워진 객실로 들어와서였다.

연희는 짧은 탄성과 함께 침대 위로 몸을 던졌다. 이불 없이 매트리스뿐이다. 그러나 연희는 거기에 얼굴을 박은 채 매트리스의 푹신한 느낌을 감격스러워했다.

그러던 그녀가 나를 향해 몸을 돌리며 빙그레 웃었다.

"생각났어."

눈이 빛나고 있었다.

"선물?"

"소원 쿠폰이 좋겠어. 우리 이름을 박아서. 오딘과 마리."

*　　　*　　　*

크롱이. 본 명칭은 크로노스의 흉갑이지만 그 이름으로 부르며 참 애지중지했었다.

성일은 크롱이를 획득했을 때보다 더 큰 기쁨에 휩싸였다.

소원 쿠폰은 호텔에 비치된 메모지를 대충 찢어 만들어진 것이다. 하지만 거기에 오딘과 마리 누님의 이름이 박혀 있는 이상 첼린저 박스조차 비교될 수 없는 물건이 되고 말았다.

성일은 이 백지 쿠폰이 사실상 기철이가 아니라 자신을 위한 선물임을 모르지 않았다. 당연히 해야 할 일을 해 왔고 의리를 지킨 것뿐인데, 너무나 큰 선물을 받고 말았다.

성일은 쿠폰을 주머니에 집어넣고 초인종을 눌렀다.

왈왈!

마당 쪽에서 개새끼 소리부터 났다. 개를 싫어하는 전 여편네가 일부러 키우고 있는 개새끼였다. 자신이 행여나 무단 침입할까 봐. 그래. 그랬었다.

어쨌거나 성일은 비워진 다른 집들처럼 기철이도 대피소로 갔을까 봐 노심초사했다. 하지만 다행히 집안에서는 그들의 기척이 존재했다.

"나여."

성일은 인터폰 렌즈에 대고 웃어 보였다. 눈물이 앞을 가렸다.

벌써부터 꼴사납게 눈물 콧물 다 짜면서 들어갈 수는 없었다. 그래서 평소보다 더 과장되게 웃었고 주먹에 힘을 주었다.

〈 어떻게 왔어? 〉

퉁명스러운 전 여편네의 목소리가 튀어나왔다.

그것만으로도 성일은 한계를 느꼈다. 그리웠던 목소리였다. 벌써부터 콧물이 삐져나오는 것 같았다.

〈 내가 못 올 곳 왔나. 〉
〈 그럼 올 곳이야? 〉

〈 기철이 안에 있는 거 알으. 〉

〈 왜. 세상 난리 나니까 이제 와서 아빠 노릇 하고 싶어
졌어? 꿈도 야무지셔. 우리 남편 알기 전에 돌아가. 괜히
소란 피우지 말고. 〉

〈 당신 볼라고 온 거 아니여. 기철이만 불러 줘. 잠깐이
면 돼. 줄 것도 있고. 〉

〈 우리 남편, 아…… . 〉

그러고 나서였다. 인터폰에서 들려오는 목소리의 주인이
바뀌었다.

〈 어허. 자네는 좀 조용히 있어 봐. 기철이 보려고 왔어? 〉

〈 그렇수. 〉

〈 ……들어와. 〉

틱, 하고 잠금장치가 풀리는 소리가 났다. 성일은 이 안
으로 발을 딛는 것이 처음이었다. 한 번도 열린 적이 없던
문이었고 기철이와는 주말에 역 근처에서만 잠깐씩 봐 왔
던 게 전부였다.

그것도 기철이가 사춘기에 접어들면서 뜸해지긴 했지만.

돈 많은 노땅들이 모여 사는 동네라더니 잘 조경된 정원

364 전생자

이 펼쳐졌다. 다만 미친 듯이 짖어 대는 개새끼가 천국 같은 그 광경을 방해하고 있었다.

성일이 노려보자 개새끼는 제 개집 안으로 꽁무니를 뺐다. 그제야 시작의 장에서는 차마 꿈에서도 꿀 수 없던 광경이 완벽해졌다.

전 여편네와 노땅이 걸어 나왔다. 그런데 그 잠깐 사이에 전 여편네는 노땅에게 한 소리를 들었는지, 뾰족한 입을 꾹 다문 채였다.

자신과 함께 살 때는 도사견처럼 사나웠던 여자가 재혼하고 나서는 저 모양이다.

"열어 줘서 고맙수. 근디 기철이는?"

"진정부터 하고."

노땅이 대답했다.

"그러니께 기철이는?"

"씻고 있어. 일단 들어와. 아비가 아들 보겠다는데. 마지막…… 일 수도 있잖아?"

노땅의 집 안에는 사재기해 놓은 생필품들이 현관부터 가득했다.

성일은 전 여편네의 눈총을 받으며 가죽 소파에 앉았다. 노땅은 불편한 표정으로 성일을 응시하다가 안방으로 들어갔다.

그때 전 여편네가 성일 앞에 버티고 서서 한마디 뱉었다.

"다리 좀 안 떨 수 없어? 나까지 불안해지잖아. 그리고 꼴이 그게 뭐야?"

전 여편네는 성일을 못마땅하게 훑어보았다. 평소에는 입지도 않았던 셔츠에 청바지. 그것까지는 그렇다 치겠는데, 청바지 하단 부분은 진흙으로 더럽게 젖어 있었다. 양말 또한.

"당신은 내가 반갑지도 않으? 나는 증말 당신 얼굴 한번 보고 싶어서."

"이…… 이…… 인간이…… 세상 미치니까 너까지 돌아버렸구나?"

"미안혀. 당신하고 살 때 못할 짓 참말 많이 했구만."

"나야말로 환장해 부러겄다. 속죄하면 천국 갈 것 같지? 그럼 교회나 가지 여기가 어디라고 쳐들어와? 우리 남편이 점잖은 양반이시라 이 정도나 봐주는지 알아."

"됐으. 당신하고 싸우려고 온 거 아니여. 나는. 나는……."

"그럼 미친 소리 하들 말고 가만히 있어. 알겠어? 우리 아들한테까지 겁주면 내가 가만 안 둘 거야."

그제야 성일은 화장실에서 들려오는 소리에 집중할 수 있었다.

시원스레 쏟아지는 물소리 따윈 날려 버렸다. 그러자 그 사이사이마다 눌려 있던 기철이의 호흡, 그러니까 축농증이 있어서 비강을 긁고 나오는 그 소리가 확연하게 들리기 시작했다.

성일의 시야가 흐려졌다. 어깨는 주체 못 하게 들쑥날쑥했다.

"우냐? 와…… 와……."

전 여편네는 성일이 우는 모습을 보고 할 말을 잃었다. 그러나 그렇게 미친놈을 보듯 했던 그녀의 눈에서도 눈물이 흐르기 시작했다.

두려움 때문이다.

난생처음 전남편 성일이 눈물을 쏟고 있는 모습을 보자니 미친 듯이 무서워졌다.

정말로 세상이 이렇게 끝나 버릴까 봐. 바로 서울 지척까지 올라왔다는 괴물들을 이 집안에서 두 눈으로 직접 보고 말까 봐.

그녀는 쪼그리고 앉아 무릎 사이로 얼굴을 박았다. 그러고는 이미 터져 버린 눈물을 계속 쏟으며 중얼거렸다.

"우리 어떡해…… 우리 어떡해……."

그때 물소리가 그쳤다. 성일로서는 더 많은 눈물이 흐르게 된 시점이었다. 정말로 들려온 기철이의 목소리 때문이었다.

"아빠 목소리 들렸는데. 아빠 왔어?"

성일의 눈이 빠르게 깜박거려졌다. 다시 봐도 기철이, 우리 기철이다.

성일은 느릿하게 일어났다.

기철이의 이름을 부르고 싶지만 정작 목소리는 나오지 않았다. 눈물과 콧물을 쏟고 몸을 떨면서 거기다 움직임은 느릿했다.

기철이가 뒷걸음질 치려던 것도 바로 벽에 막혔다.

성일은 그대로 끌어안은 기철이를 두고 한 생각만 했다.

'근력 조절. 근력 조절. 근력 조절…… 우리 기철이 다치므 큰일 나.'

"아 진짜 뭔데? 아빠 왜 이래? 숨 막힌다고. 엄마. 엄마! 울지 마. 울지 좀 말라고 진짜! 제발 좀 싸우지 마! 제바아 아알."

"싸운 거 아냐, 아들. 우리 아들 겁주지 말랬잖아. 당신…… 정말…… 왜 이래애애…… 이럴 거면 나가."

성일은 그렇게 전 여편네가 울면서 등짝을 때려 왔던 감각도 순간에 잊어버렸다.

게이트를 통과했을 때나 느낄 수 있던 느낌이었다. 일체 배경이 사라지고 모든 소리가 꺼져 버리는 그 찰나의 느낌 말이다.

성일의 뇌리로 많은 광경들이 주마등처럼 스쳤다. 오딘을 처음 만났던 수십 년 전부터 기철이를 꼭 닮은 강자성이 본인을 희생한 순간까지.

수십 번을 죽어도 전혀 이상하지 않았을 고비들이 머릿속으로 박혀 들어왔다.

그럼에도 살아남았다. 돌아왔다. 그리고 지금 기철이를 안고 있었다.

그렇게 여기까지 올 수 있었던 진정한 까닭은 앞에서 끌어 주었던 오딘과 뒤에서 밀어 주었던 기철이의 존재가 있었기 때문이었다.

둘 중 누구 하나가 빠졌다면 자신은 결코 살아 돌아올 수 없었다.

부질없이 죽어 나간 그 어떤 목숨들 같이.

"고맙다잉. 고맙다잉."

성일은 찰나를 깨고 나오며 흐느꼈다.

발버둥 치는 기철이를 푼 성일의 양손은 어느새 땅을 짚고 있었다. 그의 통곡 소리도 눈물도 거실 바닥으로 부딪쳐 댔다.

그렇게 얼마나 울어 댔을까.

성일은 문득 든 생각에 주머니 속으로 조심스레 손을 넣었다.

선물이라고 부르기에는 거기에 담긴 가치가 퇴색될 것 같았다. 그래서 성일은 그것을 뭐라고 지칭하지 못하고 이렇게만 말했다.

"넣어 둬. 기철아. 꼭 필요할 때 써. 겁나게 많은 목숨값 들이여."

성일은 기철이의 손에 백지 쿠폰을 쥐여 주었다.

"……."

"소원 쿠폰이여. 마리 누님과 오딘께서 들어주실 거여. 거기 써 있잖으."

"엄마. 아빠가……."

기철이는 쿠폰과 성일을 번갈아 쳐다보다가 제 엄마에게로 시선을 돌렸다.

잔뜩 겁먹은 표정이었다. 하지만 기철이의 절박한 시선을 받아 주기엔, 성일의 전 여편네는 아직도 두려움 속에서 허우적대고 있었다. 무릎 사이에 얼굴을 박은 채로.

노땅이 안방에서 나온 게 그때였다. 그도 불안감으로 가득한 얼굴이었다.

그러던 노땅의 시선이 무심결에 텔레비전으로 향했다가 거기로 고정되었다.

노땅의 눈이 부릅떠졌다.

확!

「 [속보] 계엄사령부 '과천에서 외계 생명체 격
퇴.'」

「 [속보] 세계 곳곳에서 각성자 출몰, 안정을 찾아
가는 지구촌.」

「 [속보] 세계 각성자 협회의 예언이 사실로. 인류
승리 목전.」

「 [속보] 계엄령 해제.」

노땅이 텔레비전 볼륨을 높였다. 전 여편네와 기철이의
시선도 거기로 돌아갔다.

"3월 17일 22시를 기점으로 열흘간 실시 되었던 계
엄령이 오늘부로 해제되었습니다. 외계 생명체의 공격
에 의해 파괴된 과천, 안양, 군포시 일대에 한해서는 통
행 금지령으로 축소, 국가 재건 최고 회의가……."

텔레비전 속 아나운서의 표정과 목소리에서는 어쩔 수
없는 흥분이 동반되고 있었다. 잠시 끊겼던 아나운서의 말
이 이어졌다.

"세계 각성자 협회에서 기자 회견을 시작했습니
다."

화면이 넘어갔다. 성일이 고개를 들었을 때 태한 동상이
보였다.

반나절 만에 시작의 장에서 달고 왔던 핏물들이 완전히
지워져 있었다. 애초부터 거기로 진입하지 않았던 사람처
럼, 정장 차림에 깔끔하게 정돈된 머리였다.

성일은 바닥을 짚고 일어나 기철이의 어깨에 팔을 둘렀
다.

기철이가 말했다.

"잠깐만. 이것 좀 보고."

기철이는 물론 전 여편네도 노땅도 텔레비전에서 눈을
떼지 못하고 있었다.

"수십 년 전, 저는 아시아의 기업가였습니다. 수십
년 전, 저는 우리 인류의 찬란한 문명과 사랑하는 우
리 이웃과 가족들을 향해 오는 외계 문명의 습격에
분노와 두려움에 휩싸여 있었습니다. 세계의 많은
도시들이 불타고 파괴되고 있었습니다. 우리 인류는
외계 문명의 습격에 무력했습니다.

조슈아 폰 카르얀 이사님의 말씀대로 그것들은 현재의 화력으로는 억제할 수 없는 괴물들이었습니다. 우리 인류로서는 최후의 수단으로 핵을 사용할 수밖에 없는 처지에 몰려 있었습니다.

하지만 '여러분들에게는 우리가 준비되어진 힘으로 찰나에 나타나, 새로운 위협을 해소하는 것처럼 보일 겁니다.', 조슈아 폰 카르야 이사님의 그 말씀은 현실이 되었습니다.

이제 현실입니다. 우리 각성자들은 수십 년의 전장, 시작의 장에서 돌아왔습니다. 포악했던 외계 문명들로부터 크게 승리하였습니다.

이 자리를 빌려 영광스러운 승전보를 전할 기회를 양보해 주신, 조슈아 폰 카르얀 이사님. 그리고 최후의 수단을 억제하도록 노력해 주신 모든 세계 정상과 관계자 여러분. 그리고 우리를 믿고 침착하게 기다려 주신 세계 온 인류에게 깊은 경의를 표합니다.

안녕하십니까. 세계 각성자 협회장, 이태한입니다."

박수 소리는 흥분하여 미쳐 날뛰는 듯했다. 텔레비전 속에서만이 아니었다.

노땅을 시작으로 전 여편네도. 특히 기철이는 제자리에서 뛰어 대면서 환호성을 질렀다. 성일은 이번에는 알아서 안겨 오는 기철이를 끌어안으며 코를 훌쩍였다.

"우리 인류는 설명할 수 없는 현상에 강렬한 공포와 경이로움을 느껴 왔습니다. 거기에 우리 인류는 신의 이름들을 붙여 주었습니다.

그중에서도 북유럽 신화의 주신이었던 '오딘'에 대해 말씀드리고 싶습니다.

오딘은 천공의 신이었습니다. 마법의 신이었고 전쟁의 신이었으며 지혜의 신이었습니다. 한 눈에는 지혜가 담겨 있었고 한 손으로 폭풍과 천둥을 내리치며, 다른 한 손으로는 승리를 거머쥐었던 신이었습니다. 모든 신들의 제왕이었습니다.

그분은 시작의 장에서 현존하였고 우리는 그분과 함께 돌아왔습니다.

기억해 주십시오.

그분의 이름 아래 함께 싸워 왔던 우리. 협회 이사 마리, 이사 오시리스 조슈아 폰 카르얀, 이사 염마왕 조나단 헌터, 이사 칼리버 권성일 및 이십만 각성자 전원은.

오늘의 승리를 기점으로 우리 인류를 공격했던 외계 문명으로 나아갈 것입니다. 우리가 잃어 왔던 모든 것들을 되찾아 올 것입니다. 재건에 만족지 않고, 신세계의 부흥을 일으킬 것입니다.

우리 세계 각성자 협회는 전 인류에게 새로운 시대를 약속드립니다.

오늘의 승리는 위대한 첫 발걸음이자 인류 역사의 분기점으로, 우리 인류가 얼마나 강하고 위대한 종족인지를 우리 스스로 증명해 나갈 것입니다."

질문을 받겠다는 말과 함께 텔레비전 속이 소란스러워졌을 때였다.

노땅과 전 여편네는 여전히 텔레비전에 몰입해 있었으나 기철이는 달랐다. 기철이는 제 손에 구겨져서 쥐어져 있던 메모지를 펼치고 있었다.

「 **소원 쿠폰**

내용: 오딘과 마리가 칼리버 권성일의 아들, 기철이를 위해. 」

"아빠…… 아니지?"

기철이의 눈이 빠르게 깜박여졌다.

"아빠여. 아빠가 칼리버 권성일이여!"

〈다음 권에 계속〉